मनोरमा

प्रेमचंद

टू साइन

प्रकाशक : ट्रू साइन पब्लिशिंग हाउस
पता : SY.N0.21/2 & 21/3, सोननहल्ली,
कृष्णराजपुरल, बेंगलुरु, कर्नाटक – 560049, भारत

ईमेल: books@truesign.in

वेबसाइट: www.truesign.in

मनोरमा

प्रेमचंद

ISBN: 978-93-5462-504-6

संस्करण: 2022

मनोरमा

1

मुंशी वज्रधर सिंह का मकान बनारस में है। आप हैं तो राजपूत पर अपने को 'मुंशी' लिखते और कहते हैं। 'ठाकुर' के साथ आपको गंवारपन का बोध होता है। बहुत छोटे पद से तरक्की करते-करते आपने अन्त में तहसीलदारी का उच्च पद प्राप्त कर लिया था। यद्यपि आप उस महान पद पर तीन मास से अधिक न रहे और उतने दिन भी केवल एवज पर रहे; पर आप अपने को साबित 'तहसीलदार' लिखते थे और मुहल्ले वाले भी उन्हें खुश करने को 'तहसीलदार साहब' ही कहते थे। यह नाम सुनकर आप खुशी से अकड़ जाते थे, पर पेंशन केवल 25 रु. मिलती थी। इसलिए तहसीलदार साहब को बाजार-हाट खुद ही करना पड़ता था। घर में चार प्राणियों का खर्च था। एक लड़की, एक लड़का और स्त्री। लड़के का नाम चक्रधर था। वह इतना जहीन था कि पिता के पेंशन के जमाने में घर से किसी प्रकार की सहायता न मिल सकती थी, केवल अपने बुद्धि बल से उसने एम.ए. की उपाधि प्राप्त कर ली थी। मुंशीजी ने पहले ही से सिफारिश पहुंचानी शुरू की थी। दरबारदारी की कला में वह निपुण थे। कोई नया हाकिम आये, उससे जरूर रब्त-जब्त कर लेते थे। हुक्काम ने चक्रधर का खयाल करने के वादे भी किये थे, लेकिन जब परीक्षा का नतीजा निकला और मुंशीजी ने चक्रधर से कमिश्नर के यहां चलने को कहा, तो उन्होंने जाने से साफ इनकार किया।

मुंशीजी ने त्योरी चढ़ाकर पूछा-क्यों? क्या घर बैठे तुम्हें नौकरी मिल जाएगी?

चक्र-मेरी नौकरी करने की इच्छा नहीं है। आजाद रहना चाहता हूं।

वज्र-आजाद रहना था तो एम.ए. क्यों पास किया?

उस दिन से पिता और पुत्र में आये-दिन बमचख मचती रहती थी। मुंशीजी बार-बार झुंझलाते और उसे कामचोर, घमण्डी, मूर्ख कहकर अपना गुस्सा उतारते रहते थे।

चक्रधर पिता का अदब करते थे, उनको जवाब तो न देते, पर अपना जीवन सार्थक बनाने के लिए जो मार्ग तय कर लिया था, उससे वह न हटते थे। उन्हें यह हास्यास्पद मालूम होता था कि आदमी केवल पेट पालने के लिए आधी उम्र पढ़ने में लगा दे। विद्या को जीविका का साधन बनाते उन्हें लज्जा आती थी। वह भूखों मर जाते, लेकिन नौकरी के लिए आवेदन-पत्र लेकर कहीं न जाते। विद्याभ्यास के दिनों में भी वह सेवा-कार्य में अग्रसर रहा करते थे और अब तो इसके सिवा उन्हें कुछ सूझता ही न था। दीनों की सेवा और सहायता में जो आनन्द और आत्मगौरव था, वह दफ्तर में बैठकर कलम घिसने में कहां?

मुंशी वज्रधर ने समझा था, जब यह भूत इसके सिर से उतर जायगा, शादी-ब्याह की फिक्र होगी तो आप-ही-आप नौकरी की तलाश में दौड़ेगा। लेकिन जब दो साल गुजर जाने पर भी भूत के उतरने का कोई लक्षण न दिखायी दिया, तो एक दिन उन्होंने चक्रधर को खूब फटकारा।

चक्रधर अब पिता की इच्छा से मुंह न मोड़ सके। उन्हें अपने कॉलेज में ही कोई जगह मिल सकती थी। लेकिन वह कोई ऐसा धन्धा चाहते थे, जिससे थोड़ी देर रोज काम करके अपने पिता की मदद कर सकें। संयोग से जगदीशपुर के दीवान ठाकुर हरसेवक सिंह को अपनी लड़की को पढ़ाने के लिए एक सुयोग्य और सच्चरित्र अध्यापक की जरूरत पड़ी। उन्होंने कॉलेज के प्रधानाध्यापक को इस विषय में एक पत्र लिखा। उन्होंने चक्रधर को उस काम पर लगा दिया। काम बड़ी जिम्मेदारी का था, किन्तु चक्रधर इतने सुशील, इतने गंभीर और इतने संयमी थे कि उन पर सबको पूरा विश्वास था।

मनोरमा की उम्र अभी 13 वर्ष से अधिक न थी, लेकिन चक्रधर को उसे पढ़ाते हुए बड़ी झेंप होती थी। एक दिन मनोरमा वाल्मीकि रामायण पढ़ रही थी। उसके मन में सीता के वनवास पर एक शंका हुई। वह इसका समाधान करना चाहती थी। उसने पूछा-मैं आपसे एक बात पूछना चाहती हूं, आज्ञा हो तो पूछूं?

चक्रधर ने कातर भाव से कहा-क्या बात है?

मनोरमा-रामचन्द्र ने सीताजी को घर से निकाला, तो वह चली क्यों गयीं? और जब रामचन्द्र ने सीता की परीक्षा ले ली थी और अन्त:करण से उन्हें पवित्र समझते थे, तो केवल झूठी निन्दा से बचने के लिए उन्हें घर से निकाल देना कहां का न्याय था?

चक्रधर-यदि सीताजी पति की आज्ञा न मानतीं, तो वह भारतीय सती के आदर्श से गिर जातीं और रामचन्द्र को राज- धर्म का आदर्श भी तो पालन करना था।

मनोरमा-यह ऐसा आदर्श है, जो सत्य की हत्या करके पाला गया है, यह आदर्श नहीं है, चरित्र की दुर्बलता है। मैं आपसे पूछती हूँ आप रामचंद्र की जगह होते, तो क्या आप भी सीता को घर से निकाल देते?

चक्रधर-नहीं, मैं तो शायद ने निकालता।

मनोरमा-आप निन्दा की परवाह न करते।

चक्रधर-नहीं, मैं झूठी निन्दा की जरा भी परवाह न करता।

मनोरमा की आँखें खुशी से चमक उठीं प्रफुल्लित होकर बोली-यही बात मेरे मन में थी।

उस दिन से मनोरमा को चक्रधर से कुछ स्नेह हो गया। जब उनके आने को समय होता तो वह पहले ही आकर बैठ जाती और उनका इन्तजार करती। अब उसे अपने मन में भाव प्रकट करते हुए संकोच न होता।

ठाकुर हरसेवकसिंह की आदत थी की पहले दो-चार महीनों तक नौकरी का वेतन ठीक समय पर देते; पर ज्यों -ज्यों नौकर पुराना होता जाता था, उन्हें उनके वेतन की याद भूलती

जाती थी। चक्रधर को भी इधर चार महीनों से कुछ न मिला था। न वह आप-ही-आप देते थे, न चक्रधर संकोचवश माँगते थे। उधर घर से रोज तकरार होती थी। आखिर एक दिन चक्रधर ने विवश हो ठाकुर साहब को एक पुरजा लिखकर अपना वेतन माँगा। ठाकुर साहब ने पुरजा लौटा दिया-व्यर्थ की लिखा-पढ़ी की उन्हें फुरसत न थी और-उनको जो कुछ कहना हो खुद आकर कहें। चक्रधर शरमाते हुए गये और बहुत-कुछ शिष्टाचार के बाद रुपये मांगे। ठाकुर साहब हंसकर बोले-वाह बाबू जी, वाह! आप भी अच्छे मौजी जीव हैं। चार महीने से वेतन नहीं मिला और आपने एक बार भी नहीं माँगा। आपको महीने-महीने अपना वेतन ले लेना चाहिए था। सोचिए, मुझे एक मुश्त देने में कितनी असुविधा होगी! खैर जाइए; दस-पाँच दिन में रुपये मिल जायेंगे।

चक्रधर कुछ न कह सके। लौटे तो मुख पर घोर निराशा छायी हुई थी। मनोरमा ने उनका पुरजा अपने पिता के पास ले जाते हुए राह में पढ़ लिया था। उन्हें उदास देखकर पूछा-दादाजी ने आपको रुपये नहीं दिये?

चक्रधर उसके सामने रुपये-पैसे का जिक्र न करना चाहते थे। मुंह लाल हो गया, बोले-मिल जायेंगे।

मनोरमा-आपको 120 रु. चाहिए न?

चक्रधर-इस वक्त कोई जरूरत नहीं है।

मनोरमा-जरूरत न होती तो आप माँगते ही न। देखिए, मैं जाकर....

चक्रधर ने रोक कर कहा-नहीं-नहीं, कोई जरूरत नहीं।

मनोरमा ने न मानी। तुरन्त घर में गयी और एक क्षण में पूरे रुपये लाकर मेज पर रख दिये।

वह तो पढ़ने बैठ गयी; लेकिन चक्रधर के सामने यह समस्या आ पड़ी कि रुपये लूं या न लूँ। उन्होंने निश्चय किया कि न लेना चाहिए। पाठ हो चुकने पर वह उठ खड़े हुए और बिना रुपये लिए बाहर निकल आये। मनोरमा रुपये लिए हुए पीछे-पीछे बरामदे तक आयी। बार-बार कहती रही-इसे आप लेते जाइये, पर चक्रधर ने एक न सुनी और जल्दी से बाहर निकल गये।

2

चक्रधर डरते हुए घर पहुँचे तो क्या देखते हैं कि द्वार पर चारपाई पड़ी हुई है, उस पर कालीन बिछी हुई और एक अधेड़ उम्र के महाशय उस पर बैठ हुए हैं। उसने सामने ही एक कुर्सी पर मुंशी वज्रधर बैठे फर्शी पी रहे थे और नाई खड़ा पंखा झल रहा था। चक्रधर के प्राण सूख गये। अनुमान से वह ताड़ गये कि महाशय वर की खोज में आये हैं। निश्चय करने के लिए घर में जाकर माता से पूछा, तो अनुमान सच्चा निकला। बोले-दादाजी ने इनसे क्या कहा?

निर्मला ने मुस्कुराकर कहा-नानी क्यों मरी जाती है, क्या जन्म भर कुंवारे ही रहोगे ! जाओ बाहर बैठो; तुम्हारी तो बड़ी देर से जोहाई हो रही है।

चक्रधर-यह है कौन?

निर्मला-आगरे के कोई वकील हैं; मुंशी यशोदानन्दन।

चक्रधर-मैं तो घूमने जाता हूं। जब यह यमदूत चला जाएगा, तो आऊंगा।

निर्मला-वाह रे शर्मीले! तेरा-सा लड़का तो देखा ही नहीं। आ, जरा सिर में तेल डाल दूं, बाल न जाने कैसे बिखरे हुए हैं। साफ कपड़े पहनकर जरा देर के लिए बाहर जाकर बैठ।

इतने में मुंशीजी ने पुकारा-नन्हे, क्या कर रहे हो? जरा यहां तो आओ।

चक्रधर के रहे-सहे होश भी उड़ गये। बोले-जाता तो हूं लेकिन कहे देता हूं, मैं यह जुआ गले में न डालूँगा। जीवन में मनुष्य का यही काम नहीं है कि विवाह कर ले, बच्चों का बाप बन जाय और कोख के बैल की तरह आंखों पर पट्टी बांधकर गृहस्थी में जुत जाए।

चक्रधर बाहर आये तो, मुंशी यशोदानन्दन ने खड़े होकर उन्हें छाती से लगा लिया और कुर्सी पर बैठाते हुए बोले-अब की सरस्वती में आपका लेख देखकर चित्त बहुत प्रसन्न हुआ। इस वैमनस्य को मिटाने के लिए आपने जो उपाय बताये हैं, वे बहुत ही विचारपूर्ण हैं।

इस स्नेह-मृदुल आलिंगन और सहृदयता-पूर्ण आलोचना ने चक्रधर को मोहित कर लिया! वह कुछ जवाब देना ही चाहते थे कि मुंशी वज्रधर बोल उठे-आज बहुत देर लगा दी। राजा साहब से कुछ बातचीत होने लगी क्या।

यह कहकर मुंशीजी घर में चले गए तो यशोदानन्दन बोले-अब आपका क्या काम करने का इरादा है?

चक्रधर-अभी तो निश्चय किया है कि कुछ दिनों आजाद रहकर सेवाकार्य करूं।

यशोदा-आप जैसे उत्साही युवकों का ऊँचे आदर्शों के साथ सेवा-क्षेत्र में आना जाति के लिए सौभाग्य की बात है। आपके इन्हीं गुणों ने मुझे आपकी ओर खींचा है। चक्रधर ने आंखें नीची करके कहा-लेकिन मैं अभी गृहस्थी के बन्धन में नहीं पड़ना चाहता। मेरा विचार है, कि गृहस्थी में फंसकर कोई तन-मन से सेवा-कार्य नहीं कर सकता।

यशोदा-मैं समझता हूं कि यदि स्त्री और पुरुष के विचार और आदर्श एक-से हों, तो स्त्री-पुरुष के कामों में बाधक होने के बदले सहायक हो सकती है। मेरी पुत्री का स्वभाव, विचार, सिद्धान्त सभी आपसे मिलते हैं और मुझे पूरा विश्वास है कि आप दोनों एक साथ रहकर सुखी होंगे। सेवा-कार्य में वह हमेशा आपसे एक कदम आगे रहेगी। अंग्रेजी, हिन्दी, उर्दू संस्कृत पढ़ी हुई है; घर के कामों में कुशल है। रही शक्ल-सूरत वह भी आपको इस तस्वीर से मालूम हो जाएगी।

यशोदानन्दन तस्वीर चक्रधर के सामने रखते हुए बोले -स्त्री में कितने ही गुण हों, लेकिन यदि उसकी सूरत पुरुष को पसन्द न आयी, तो वह उसकी नजरों से गिर जाती है; और उनका दाम्पत्य-जीवन दु:खमय हो जाता है। मैं तो यहां तक कहता हूं कि वर और कन्या में दो-चार बार मुलाकात भी हो जानी चाहिए। कन्या के लिए तो यह अनिवार्य है। पुरुष को स्त्री पसन्द न

आयी, तो वह और शादियाँ कर सकता है। स्त्री को पुरुष पसन्द न आया, तो उसकी सारी उम्र रोते ही गुजरेगी।

चक्रधर के पेट में चूहे दौड़ने लगे कि तस्वीर क्यों कर ध्यान से देखूं। वहीं देखते शरम आती थी, मेहमान को अकेला छोड़कर घर में न जाते बनता था। कई मिनट तक तो सब्र किये बैठे रहे; लेकिन न रहा गया। पान की तश्तरी और तस्वीर लिए हुए घर में चले आये। अपने कमरे में आकर उन्होंने उत्सुकता से चित्र पर आंखें जमा दीं। उन्हें ऐसा मालूम हुआ, मानो चित्र ने लज्जा से आँखें नीची कर ली हैं, मानो वह उनसे कुछ कह रही है। उन्होंने तस्वीर उलटकर रख दिया और चाहा कि बाहर चला जाऊँ लेकिन दिल न माना, फिर तस्वीर उठा ली और देखने लगे। आंखों को तृप्ति ही न होती थी। चित्र हाथ में लिए हुए वह भावी जीवन के मधुर स्वप्न देखने लगे। यह ध्यान ही न रहा कि मुंशी यशोदानन्दन बाहर अकेले बैठे हुए हैं। अपना व्रत भूल गए, सेवा-सिद्धान्त भूल गये, आदर्श भूल गये, भूत और भविष्य वर्तमान में लीन हो गए, केवल एक ही सत्य था, और वह चित्र की मधुर कल्पना थी!

सहसा तबले की थाप ने उनकी समाधि भंग की। बाहर संगीत-समाज जमा था। मुंशी वज्रधर को गाने-बजाने का शौक था। गला तो रसीला न था, पर ताल स्वर के ज्ञाता थे। बाहर आये तो मुंशीजी ने ध्रुपद की एक तान छेड़ दी थी। पंचम स्वर था, आवाज फटी हुई, सांस उखड़ जाती थी, बार-बार खांस कर साफ करते थे, लोच का नाम न था, कभी-कभी बेसुरे भी हो जाते थे, पर साजिन्दे वाह-वाह की धूम मचाये हुए थे।

आधी रात के करीब गाना बन्द हुआ। लोगों ने भोजन किया। जब मुंशी यशोदानन्दन बाहर आकर बैठे तो वज्रधर ने पूछा-आपसे कुछ बात-चीत हुई?

यशोदा-जी हां हुई, लेकिन नहीं खुले।

वज्रधर-विवाह के नाम के चिढ़ता है।

यशोदा-अब शायद राजी हो जायें।

प्रात:काल यशोदानन्द ने चक्रधर से पूछा-क्यों बेटा, एक दिन के लिए मेरे साथ आगरे चलोगे?

चक्रधर-मुझे तो आप इस जंजाल में न फंसाये, तो बहुत अच्छा हो।

यशोदा-तुम्हें जंजाल में नहीं फंसाता बेटा, तुम्हें ऐसा सच्चा सहायक और मित्र दे रहा हूं जो तुम्हारे उद्देश्यों को पूरा करना अपने जीवन का मुख्य कर्तव्य समझेगी। यों तो मैं मन से आपको अपना दामाद बना चुका; पर अहल्या की अनुमति ले लेनी आवश्यक समझता हूं। आप भी शायद यह पसन्द न करेंगे कि मैं इस विषय में स्वेच्छा से काम लूं।

चक्रधर बड़े संकट में पड़े। सिद्धान्त-रूप में वह विवाह के विषय में स्त्रियों को पूरी स्वाधीनता देने के पक्ष में थे, पर इस समय आगरे जाते उन्हें बड़ा संकोच हो रहा था।

यशोदानन्दन ने कहा-मैं आपके मनोभावों को समझ रहा हूं। पर अहल्या उन चंचल लड़कियों में नहीं है, जिसके सामने जाते हुए आपको शरमाना पड़े। आप उसकी सरलता देखकर प्रसन्न होंगे। मैं तो उसी को लाकर दो-चार दिन के लिए यहां ठहरा सकता हूं, पर शायद आपके घर के लोग यह पसन्द न करेंगे।

चक्रधर ने सोचा-अगर मैंने और ज्यादा टालमटोल की, तो कहीं यह महाशय सचमुच ही अहल्या को यहां न पहुंचा दें। बोले-जी नहीं, मुनासिब नहीं मालूम होता। मैं ही चला चलूंगा।

घर में निर्मला तो खुशी से राजी हो गयी। हां, मुंशी वज्रधर को कुछ संकोच हुआ, लेकिन यह समझकर कि यह महाशय लड़के पर लट्टू हो रहे हैं, कोई अच्छी रकम दे मरेंगे, उन्होंने भी कोई आपत्ति न की। अब केवल ठाकुर हरसेवक सिंह को सूचना देनी थी।

जब चक्रधर पहुंचे तो ठाकुर साहब अपनी प्राणेश्वरी लौंगी से कुश बातें कर रहे थे। मनोरमा की माता का देहान्त हो चुका था। लौंगी उस वक्त लौंडी थी। उसने इतनी कुशलता से घर संभाला कि ठाकुर साहब उस पर रीझ गये और उसे गृहिणी के रिक्त स्थान पर अभिषिक्त कर दिया। लौंगी सरल हृदय, सदय, हंसमुख, सहनशील स्त्री थी, जिसने सारे घर को वशीभूत कर लिया था। यह उसी की सज्जनता थी, जो नौकरों को वेतन न मिलने पर भी जाने न देती थी। मनोरमा पर तो वह प्राण देती थी। ईर्ष्या, क्रोध, मत्सर उसे छू भी न गया था। वह उदार न हो; पर कृपण न थी। ठाकुर साहब कभी-कभी उस पर भी बिगड़ जाते थे, मारने दौड़ते थे, दो-एक बार मारा भी था; पर उसके माथे पर जरा भी बल न आता था। ठाकुर साहब का सिर भी दुखे, तो उसकी जान निकल जाती थी। वह उसकी स्नेहमयी सेवा ही थी, जिसने ऐसे हिंसक जीव को जकड़ रखा था।

इस वक्त दोनों प्राणियों में कोई बहस हुई थी। ठाकुर साहब झल्ला-झल्ला कर बोल रहे थे; और लौंगी अपराधियों की भांति सिर झुकाये खड़ी थी कि मनोरमा ने आकर कहा-बाबू जी आये हुए हैं, आप से कुछ कहना चाहते हैं।

ठाकुर साहब की भौहें तन गयीं। बोले-कहना क्या चाहते होंगे, रुपये मांगने आये होंगे। अच्छा, जाकर कह दो कि आते हैं, बैठिए।

लौंगी-इनके रुपए दे क्यों नहीं देते? बेचारे गरीब आदमी हैं; संकोच के मारे नहीं मांगते; कई महीने तो चढ़ गये।

यह कहकर लौंगी गयी और रुपये लाकर ठाकुर साहब से बोली-लो, दे आओ। सुन लेना, शायद कुछ कहना भी चाहते हों।

ठाकुर साहब ने झुंझलाकर रुपये उठा लिए और बाहर चले। लेकिन रास्ते में क्रोध शान्त हो गया। चक्रधर के पास पहुंचे, तो विनय के देवता बने हुए थे।

चक्रधर-आप को कष्ट देने आया हूं।

ठाकुर-नहीं-नहीं मुझे कोई कष्ट नहीं हुआ। यह लीजिए आपके रुपये।

चक्रधर-मैं इस वक्त एक दूसरे ही काम से आया हूं! मुझे एक काम से आगरा जाना है। शायद दो-तीन दिन लगेंगे। इसके लिए क्षमा चाहता हूं।

ठाकुर-हां, हां, शौक से जाइए; मुझसे पूछने की जरूरत न थी।

ठाकुर साहब अन्दर चले गए, तो मनोरमा ने पूछा-आप आगरे क्या करने जा रहे हैं।

चक्रधर-एक जरूरत से जाता हूं।

मनोरमा-कोई बीमार हैं क्या?

चक्रधर-नहीं, बीमार कोई नहीं है।

मनोरमा-फिर क्या काम है, बताते क्यों नहीं? जब तक न बतलाइयेगा मैं जाने न दूंगी।

चक्रधर-लौटकर बता दूंगा। तुम किताब देखती रहना।

मनोरमा-जी नहीं, मैं यह नहीं मानती, अभी बतलाइए। आप अगर मुझसे बिना बताये चले जायेंगे, तो मैं कुछ न पढ़ूंगी।

चक्रधर-यह तो बड़ी टेढ़ी शर्त है। बतला ही दूं। अच्छा, हंसना मत। तुम जरा भी मुस्कुराई और मैं चला।

मनोरमा-मैं दोनों हाथों से मुंह बन्द किये लेती हूं।

चक्रधर ने झेंपते हुए कहा-मेरे विवाह की कुछ बातचीत है। मेरी तो इच्छा नहीं है, पर एक महाशय जबरदस्ती खींचे लिए जाते हैं।

यह कहकर चक्रधर उठ खड़े हुए। मनोरमा भी उनके साथ-साथ आयी। जब वह बरामदे से नीचे उतरे, तो प्रणाम किया और तुरन्त अपने कमरे में लौट आयी। उसी आंखें डबडबायी हुई थीं और बार-बार रुलाई आती थी, मानो चक्रधर किसी दूर देश जा रहे हों!

3

संध्या समय जब रेलगाड़ी बनारस से चली, तो यशोदानन्दन ने चक्रधर से कहा-मैंने अहल्या के विषय में आप से झूठी बातें कही है। वह वास्तव में मेरी लड़की नहीं है। उसके माता-पिता का हमें कुछ पता नहीं।

चक्रधर ने बड़ी-बड़ी आंखें करके कहां-तो फिर आपके यहां कैसे आयी?

यशोदा-विचित्र कथा है। 15 वर्ष हुए, एक बार सूर्यग्रहण लगा था। हमारी एक सेवा-समिति थी। हम लोग उसी स्नान के अवसर पर यात्रियों की सेवा करने प्रयाग आये थे। वहीं हमें यह लड़की नाली में पड़ी रोती मिली। बहुत खोज क़ी; पर उसके मां-बाप का पता न लगा। विवश होकर उसे साथ लेते गये। 4-5 वर्ष तक तो उसे अनाथालय में रखा; लेकिन जब कार्यकर्ताओं की फूट के कारण अनाथालय बन्द हो गया तो, अपने ही घर में उसका पालन-पोषण करने

लगा। जन्म से न हो, पर संस्कारों से वह हमारी लड़की है। उसके कुलीन होने में भी संदेह नहीं। मैंने आप से सारा वृत्तान्त कह दिया। अब आप को अख्तियार है, उसे अपनायें या त्यागें। हां, इतना कह सकता हूं कि ऐसा रत्न आप फिर न पायेंगे। मैं यह जानता हूं कि आपके पिताजी को यह बात असह्य होगी, पर यह भी जानता हूं कि वीरात्माएं सत्कार्य में विरोध की परवाह नहीं करती और अन्त में उस पर विजय ही पाती हैं।

चक्रधर गहरे विचार में पड़ गये। एक तरफ अहल्या का अनुपम सौन्दर्य और उज्ज्वल चरित्र था, दूसरी ओर माता-पिता का विरोध और लोकनिन्दा का भय, मन में तर्क-संग्रह होने लगा। यशोदानन्दन ने उन्हें असमंजस में पड़े देखकर कहा-आप चिन्तित देख पड़ते हैं और चिन्ता की बात भी है; लेकिन जब आप जैसे सुशिक्षित और उदार पुरुष विरोध और भय के कारण कर्तव्य और न्याय से मुंह मोड़े तो फिर हमारा उद्धार हो चुका। आपके सामाजिक विचारों की स्वतंत्रता का परिचय पाकर ही मैंने आपके ऊपर इस बालिका के उद्धार का भार रखा है और यदि आप ने भी अपने कर्तव्य को न समझा, तो मैं नहीं कह सकता, उस अबला की क्या दशा होगी।

चक्रधर रूप-लावण्य की ओर से तो आंखें बन्द कर सकते थे; लेकिन उद्धार के भाव को दबाना उनके लिए असम्भव था। वह स्वतंत्रता के उपासक थे और निर्भीकता स्वतंत्रता की पहली सीढ़ी है। दृढ़ भाव से बोले-मेरी ओर से आप जरा शंका न करें। मैं इतना भीरु नहीं हूं कि ऐसे कामों में समाज-निन्दा से डरूं। माता-पिता को प्रसन्न रखना मेरा धर्म है; लेकिन कर्तव्य और न्याय की हत्या करके नहीं। कर्तव्य के सामने माता-पिता की इच्छा का मूल्य नहीं है।

यशोदानन्दन ने चक्रधर को गले लगते हुए कहा-भैया, तुमसे ऐसी ही आशा थी।

गाड़ी आगरे पहुंची, तो दिन निकल आया था। मुंशी यशोदानन्दन अभी कुलियों को पुकार ही रहे थे कि उनकी निगाह पुलिस के सिपाहियों पर पड़ी। चारों तरफ पहरा था। उन्होंने आश्चर्य से पूछा-क्यों साहब, आज यह सख्ती क्यों है?

थानेदार-आप लोगों ने जो कांटे बोये हैं, उन्हीं का फल है। शहर में फिसाद हो गया है।

इतने में समिति का एक सेवक दौड़ता हुआ आ पहुंचा। यशोदानन्दन ने आगे बढ़कर पूछा-क्यों राधामोहन, यह क्या मामला हो गया।

राधा-जिस दिन आप गये उसी दिन पंजाब से मौलवी दीनमुहम्मद साहब का आगमन हुआ। तभी तो मुसलमानों को कुरबानी की धुन सवार है। इधर हिन्दुओं को भी यह जिद है कि चाहे खून की नदी बह जाय पर कुरबानी न होने पायेगी। दोनों तरफ से तैयारियां हो रही हैं; हम लोग तो समझाकर हार गए।

यशोदानन्दन ने पूछा-ख्वाजा महमूद कुछ न बोले।

राधा-उन्हीं के द्वार पर तो कुरबानी होने जा रही है।

यशोदा-ख्वाजा महमूद के द्वार पर कुरबानी होगी! इसके पहले या तो मेरी कुरबानी हो जायेगी, या ख्वाजा महमूद की। तांगे वाले को बुलाओ।

राधा-बहुत अच्छा हो कि आप इस समय यही ठहर जायें।

यशोदा-वाह-वाह! शहर में आग लगी हुई है और तुम कहते हो, मैं यहीं रह जाऊं। जो औरों पर बीतेगी, वहीं मुझ पर बीतेगी, इससे क्या भागना। तुम लोगों ने बड़ी भूल की कि मुझे पहले से सूचना न दी।

तीनों आदमी तांगे पर बैठकर चले। सड़कों पर जवान चक्कर लगा रहे थे। मुसाफिरों की छड़ियां छीन ली जाती थीं। दो-चार आदमी भी साथ न खड़े होने पाते थे। दुकानें सब बन्द थीं, कुंजड़े भी साग बेचते नजर न आते थे। हां, गलियों में लोग जमा हो-होकर बातें कर रहे थे।

कुछ दूर तक तीनों आदमी मौन धारण किये बैठे रहे। चक्रधर शंकित होकर इधर-उधर ताक रहे थे। लेकिन यशोदानन्दन के मुख पर ग्लानि का गहरा चिह्न दिखाई दे रहा था।

जब तांगा ख्वाजा महमूद के मकान के समाने पहुंचा तो हजारों आदमियों का जमाव था। यद्यपि किसी के हाथ में लाठी या डण्डे न थे; पर उनके मुख जिहाद के जोश से तमतमाये हुए थे। यशोदानन्दन को देखते ही कई आदमी उनकी तरह लपके; लेकिन जब उन्होंने जोर से कहा- मैं तुमसे लड़ने नहीं आया हूं। कहां हैं ख्वाजा महमूद? मुमकिन हो तो जरा उन्हें बुला लो, तो लोग हट गये।

जरा देर में एक लम्बा-सा आदमी, गाढ़े की अचकन पहने, आकर खड़ा हो गया। यही ख्वाजा महमूद थे।

यशोदानन्दन ने त्योरियां बदलकर कहा-क्यों ख्वाजा साहब, आपको याद है, इस मुहल्ले में कभी कुरबानी हुई है?

महमूद-जी नहीं, जहां तक मेरा ख्याल है, यहां कभी कुरबानी नहीं हुई।

यशोदा-तो फिर आज आप यहां कुरबानी करने की नयी रस्म क्यों निकल रहे हैं?

महमूद-इसलिए कि कुरबानी करना हमारा हक है। अब तक हम आपके जज्बात का लिहाज करते थे, अपने माने हुए हक को भूल गये थे; लेकिन जब आप लोग अपने हकों के सामने हमारे जज्बात की परवाह नहीं करते, तो कोई, वजह नहीं कि हम अपने हकों के सामने आपके जज्बात की परवाह करें।

यशोदा-इसके यह माने है कि कल आप हमारे द्वारों पर हमारे मन्दिरों के सामने कुरबानी करें और हम चुपचाप देखा करें? आप यहां हरगिज कुरबानी नहीं कर सकते और करेंगे, तो इसकी जिम्मेदारी आपके सिर होगी।

यह कहकर यशोदानन्दन फिर तांगे पर बैठे। दस-पांच आदमियों ने तांगे को रोकना चाहा; पर कोचवान ने घोड़ा तेज कर दिया। जब तांगा यशोदा नन्दन के द्वार पर पहुंचा तो वहां हजारों आदमी खड़े थे। इन्हें देखते ही चारों तरफ हलचल मच गयी। लोगों ने चारों तरफ से उन्हें घेर लिया।

यशोदनन्दन तांगे से उतर पड़े और ललकार कर बोले-भाइयों, आप जानते हैं, इस मुहल्ले में आज तक कभी कुरबानी नहीं हुई। अगर आज हम यहां कुरबानी करने देंगे, तो कौन कह सकता है कि कल को हमारे मन्दिर के सामने गौ-हत्या न होगी!

कई आवाजें एक साथ आयी-हम मर मिटेंगे, पर यहां कुरबानी न होने देंगे।

आदमियों को यों उत्तेजित करके यशोदानन्दन आगे बढ़े और जनता 'महाबीर' और 'श्री रामचन्द्र की जय'-ध्वनि से वायुमण्डल को कम्पायमान करती हुई उनके पीछे चली। उधर मुसलमानों ने भी डण्डे संभाले। करीब था कि दोनों में मुठभेड़ हो जाय कि एकाएक चक्रधर आगे बढ़कर यशोदनन्दन के सामने खड़े हो गए और विनीत, किन्तु दृढ़ भाव से बोले-आप अगर उधर जाते हैं, तो मेरी छाती पर पांव रखकर जाइए। मेरे देखते यह अनर्थ न पायेगा।

यशोदानन्दन ने चिढ़कर कहा-हट जाओ। अगर एक क्षण भी देर हुई तो फिर पछताने के सिवा और कुछ हाथ न आयेगा।

चक्रधर-मित्रों, जरा विचार से काम लो।

कई आवाजें-विचार से काम लेना कायरों का काम है।

चक्रधर-तो फिर जाइए; लेकिन उस गौ को बचाने के लिए आपको अपने एक भाई का खून करना पड़ेगा।

सहसा एक पत्थर किसी तरफ से आकर चक्रधर के सिर में लगा। खून की धारा बह निकली; लेकिन चक्रधर अपनी जगह से हिले नहीं। सिर थामकर बोले-अगर मेरे रक्त से आपकी क्रोधाग्नि शान्त होती हो, तो यह मेरे लिए सौभाग्य की बात है।

यशोदानन्दन गरजकर बोले-यह कौन पत्थर फेंक रहा है। अगर वह बड़ा वीर है, तो क्यों नहीं आगे आकर अपनी वीरता दिखता? पीछे खड़ा पत्थर क्यों फेंकता है?

एक आवाज-धर्म-द्रोहियों को मारना अधर्म नहीं है।

यशोदानन्दन-जिसे तुम धर्म का द्रोही समझते हो, वह तुमसे कहीं सच्चा हिन्दू है।

एक आवाज-सच्चे हिन्दू वही तो होते हैं, जो मौके पर बगलें झांकने लगें और शहर छोड़कर दो-चार दिन के लिए खिसक जायें।

यशोदानन्दन-आप लोग सुन रहे हैं, मैं सच्चा हिन्दू नहीं हूं मैं मौका पड़ने पर बगलें झांकता हूं और जान बचाने के लिए शहर से भाग जाता हूं। ऐसा आदमी आपका मन्त्री बनने के योग्य नहीं है। आप उस आदमी को अपना मन्त्री बनायें, जिसे आप सच्चा हिन्दू समझते हों।

यह कहते हुए मुंशी यशोदनन्दन घर की तरफ चले। कई आदमियों ने उन्हें रोकना चाहा, लेकिन उन्होंने एक न मानी। उनके जाते ही यहाँ आपस में 'तू-तू मैं-मैं' होने लगी।

चक्रधर ने जब देखा कि इधर से अब कोई शंका नहीं है, तो वह लपक कर मुसलमानों के सामने आ पहुंचे ओर उच्च स्वर से बोले -हजरत, मैं अर्ज करने की इजाजत चाहता हूं।

एक आदमी-सुनो, सुनो यही तो अभी हिन्दुओं के सामने खड़ा था।

चक्रधर-अगर इस गाय की कुरबानी करना आप अपना मजहबी फर्ज समझते हों, तो शौक से कीजिए। लेकिन क्या वह लाजमी है कि इसी जगह कुरबानी की जाए? इस्लाम ने हमेशा दूसरों के जज्बात का एहतराम किया है। अगर आप हिन्दू जज्बात का लिहाज करके किसी दूसरी जगह कुरबानी करें, तो यकीनन इस्लाम के वकार में फर्क न आएगा।

एक मौलवी ने जोर देकर कहा-ऐसी मीठी-मीठी बातें हमने बहुत सुनी हैं। कुरबानी यहीं होगी।

ख्वाजा महमूद बड़े गौर से चक्रधर की बातें सुने रहे थे। मौलवी साहब की उद्दण्डता पर चिढ़कर बोले -क्या शरीयत का हुक्म है कि कुरबानी यहीं हो? किसी दूसरी जगह नहीं की जा सकती?

मौलवी साहब ने ख्वाजा महमूद की तरफ अविश्वास की दृष्टि से देखकर कहा-मजहब के मामले में उलमा के सिवा और किसी को दखल देने का मजाज नहीं है।

ख्वाजा-बुरा न मानिएगा, मौलवी साहब! अगर दस सिपाही आकर यहाँ खड़े हो जायें, तो बगलें झांकने लगिएगा!

मौलवी-भाईयों, आप लोग ख्वाजा साहब की ज्यादती देख रहे हैं। आप ही फैसला कीजिए की दीनी मामलात में उलमा का फैसला वाजिब है, या उमरा का!

एक मोटे-ताजे दढ़ियल आदमी ने कहा-आप बिस्मिलाह कीजिए। उमरा को दीन से कोई सरोकार नहीं।

यह सुनते ही एक आदमी बड़ा-सा छुरा लेकर निकल पड़ा और कई आदमी गाय की सींगें पकड़ने लगे। गाय अब तक तो चुपचाप खड़ी थी। छुरा देखते ही वह छटपटाने लगी। चक्रधर यह दृश्य देखकर तिलमिला उठे। उन्होंने तेजी से! लपककर गाय की गरदन पकड़ ली और बोले-आज आपको इस गौ के साथ एक इनसान की भी कुरबानी करनी पड़ेगी।

सभी आदमी चकित हो-होकर चक्रधर की ओर ताकने लगे। मौलवी ने क्रोध से उन्मत होकर कहा-कलाम-पाक की कसम, हट जाओ, वरना गजब हो जाएगा।

चक्रधर-हो जाने दीजिए। खुदा की यही मरजी है कि आज गाय के साथ मेरी भी कुरबानी हो।

ख्वाजा-कसम खुदा की, तुम जैसा दिलेर आदमी नहीं देखा। तुम कलमा क्यों नहीं पढ़ लेते?

चक्रधर-मैं एक खुदा का कायल हूं। वही सारे जहान का खालिक और मालिक है। फिर और किस पर ईमान लाऊं?

ख्वाजा-वल्लाह, तब तो तुम सच्चे मुसलमान हो। हमारे साथ खाने-पीने से परहेज तो नहीं करते?

चक्रधर-जरूर करता हूं उसी तरह, जैसे किसी ब्राह्मण के साथ खाने से परहेज करता हूं, अगर वह पाक-साफ न हो।

ख्वाजा-काश, तुम जैसे समझदार तुम्हारे और भाई भी होते। मगर यहां तो लोग हमें मलिच्छ कहते हैं। यहां तक कि हमें कुत्तों से भी नजिस समझते हैं। वल्लाह, आपसे मिलकर दिल खुश हो गया। जब कुछ-कुछ उम्मीद हो रही है कि शायद दोनों कौमों में इत्तफाक हो जाय। अब आप जाइए। मैं आपको यकीन दिलाता हूं कि कुरबानी न होगी।

ख्वाजा महमूद ने चक्रधर को गले लगाकर रुखसत किया। इधर उसी वक्त गाय की पगहिया खोल दी गई। वह जान लेकर भागी। और लोग भी इस 'नौजवान' की 'हिम्मत' और 'जवांमर्दी' की तारीफ करते हुए चले।

चक्रधर को आते देखकर यशोदानन्दन अपने कमरे से निकल आये और उन्हें छाती से लगाते हुए बोले-भैया, आज तुम्हारा धैर्य और साहस देखकर मैं दंग रह गया। तुम्हें देखकर मुझे अपने ऊपर लज्जा आ रही है। तुमने आज हमारी लाज रख ली।

उन्हें कमरे में बिठाकर यशोदानन्दन ने घर में जाकर अपनी स्त्री वागीश्वरी से कहा-आज मेरे एक दोस्त की दावत करनी होगी? भोजन खूब दिल लगाकर बनाना। अहल्या, आज तुम्हारी पाक-परीक्षा होगी।

अहल्या-वह कौन आदमी था दादा, जिसने मुसलमानों के हाथों गौ-रक्षा की?

यशोदा-वही तो मेरे दोस्त हैं, जिनकी दावत करने को कह रहा हूं। यहां सैर करने आये हैं।

अहल्या- (वागीश्वरी से) अम्मा, जरा उन्हें अन्दर बुला लेना, तो दर्शन करेंगे।

पड़ोस में एक डॉक्टर रहते थे। यशोदानन्दन ने उन्हें बुलाकर घाव पर पट्टी बंधवा दी। धीरे-धीरे सारा मुहल्ला जमा हो गया। कई श्रद्धालुजनों ने तो चक्रधर के चरण छुए।

भोजन के बाद ज्यों ही लोग चौके से उठे, अहल्या ने कमरे की सफाई की। इन कामों से फुरसत पाकर वह एकान्त में बैठकर फूलों की एक माला गूंथने लगी। मन में सोचती थी, न-जाने कौन हैं, स्वभाव कितना सरल है? लजाने में तो औरतों से भी बड़े हुए हैं। खाना खा चुके, पर सिर न उठाया। देखने में ब्राह्मण मालूम होते हैं। चेहरा देखकर तो कोई नहीं कह सकता कि यह इतने साहसी होंगे।

सहसा वागीश्वरी ने आकर कहा-बेटी दोनों आदमी आ रहे हैं। साड़ी तो बदल लो।

अहल्या 'उंह' करके रह गई। ही, उसकी छाती में धड़कन होने लगी। एक क्षण में यशोदानन्दनजी चक्रधर को लिये हुए कमरे में आये। वागीश्वरी और अहल्या दोनों खड़ी हो गयीं। यशोदानन्दन ने चक्रधर को कालीन पर बैठा दिया और खुद बाहर चले गये। वागीश्वरी पंखा झलने लगी, लेकिन अहल्या मूर्ति की भांति खड़ी रही।

चक्रधर ने उड़ती हुई निगाहों से अहल्या को देखा। ऐसा मालूम हुआ मानो कोमल, स्निग्ध एवं सुगन्धमय प्रकाश की लहर-सी आंखों में समा गयी।

वागीश्वरी ने मिठाई की तश्तरी सामने रखते हुए कहा-कुछ जल-पान कर लो भैया, तुमने कुछ खाना भी तो नहीं खाया। तुम-जैसे वीरों को सवा सेर से कम न खाना चाहिए। धन्य है वह माता जिसने ऐसे बालक को जन्म दिया! अहल्या, जरा गिलास में पानी तो ला। भैया, जब तुम मुसलमानों के सामने अकेले खड़े थे, तो यह ईश्वर से तुम्हारी कुशल मना रही थी। जाने कितनी मनौतियां कर डालीं। कहा है वह माला, जो तूने गूंथी थी? अब पहनाती क्यों नहीं?

अहल्या ने लजाते हुए कांपते हाथों से माला चक्रधर के गले में डाल दी, और आहिस्ता से बोली-क्या सिर में ज्यादा चोट आयी?

चक्रधर-नहीं तो; बाबूजी ने ख्वाहमख्वाह पट्टी बँधवा दी।

चक्रधर मिठाइयां खाने लगे। इतने में महरी ने आकर कहा-बड़ी बहूजी, मेरे लाला को रात से खासी आ रही है। कोई दवाई दे दो।

वागीश्वरी दवा देने चली गयी। अहल्या अकेली रह गयी, तो चक्रधर ने उसकी ओर देखकर कहा-आपको मेरे कारण बड़ा कष्ट हुआ। मैं तो इस उपहार के योग्य न था।

अहल्या-यह उपहार नहीं, भक्त की भेंट है।

वागीश्वरी ने आकर मुस्कराते हुए कहा-भैया, तुमने तो आधी भी मिठाइयां नहीं खायी। क्या इसे देखकर भूख-प्यास बन्द हो गयी? यह मोहनी है, जरा इससे सचेत रहना।

अहल्या-अम्मा, तुम छोटे-बड़े किसी का लिहाज नहीं करतीं!

चक्रधर यहां कोई घण्टे-भर तक बैठे रहे। वागीश्वरी ने उनके घर का सारा वृत्तान्त पूछा-कै भाई हैं, कै बहिनें, पिताजी क्या करते हैं, बहनों का विवाह हुआ या नहीं? चक्रधर को उसके व्यवहार में इतना मातृ-स्नेह भरा मालूम होता था, मानो उससे पुराना परिचय है। चार बजते-बजते ख्वाजा महमूद के आने की खबर पाकर चक्रधर बाहर चले आये। और भी कितने ही आदमी मिलने आये थे। शाम तक उन लोगों से बातें होती रही। निश्चय हुआ कि एक पंचायत बनायी जाय और आपस के झगड़े उसी के द्वारा तय हुआ करें। चक्रधर को भी लोगों ने उस पंचायत का एक मेम्बर बनाया। रात को जब अहल्या और वागीश्वरी छत पर लेटी, तो वागीश्वरी ने पूछा-अहल्या, सो गयी क्या?

अहल्या-नहीं अम्मा, जाग तो रही हूं।

वागीश्वरी-हां, आज तुझे क्यों नींद आयेगी! इनसे ब्याह करेगी? तुम्हारे बाबूजी तुमसे मिलाने ही के लिए इन्हें काशी से लाये हैं। इनके पास और कुछ हो या न हो हृदय अवश्य है। और ऐसा हृदय, जो बहुत कम लोगों के हिस्से में आता है। ऐसा स्वामी पाकर तुम्हारा जीवन सफल हो जायगा।

अहल्या ने डबडबायी हुई आंखों से वागीश्वरी को देखा; पर मुंह से कुछ न बोली। कृतज्ञता शब्दों में आकर शिष्टाचार का रूप धारण कर लेती है! उसका मौलिक रूप वही है, जो आंखों से बाहर निकलते हुए कांपता और लजाता है।

4

मुंशी वज्रधर उन रेल के मुसाफिरों में थे, जो पहले तो गाड़ी में खड़े होने की जगह मांगते हैं, फिर बैठने की फिक्र करने लगते हैं और अन्त में सोने की तैयारी कर देते हैं। चक्रधर एक बड़ी रिसायत के दीवान की लड़की को पढ़ाये और वह इस स्वर्ण-संयोग से लाभ न उठायें! यह क्योंकर हो सकता था। दीवान साहब को सलाम करने आने-जाने लगे। बातें करने में तो निपुण थे ही, दो-ही चार मुलाकातों में उनका सिक्का जम गया। इस परिचय ने शीघ्र ही मित्रता का रूप धारण किया। एक दिन दीवान साहब के साथ वह रानी जगदीशपुर के दरबार में जा पहुंचे और ऐसी लच्छेदार बातें कीं, अपनी तहसीलदारी की ऐसी जीट उड़ायी कि रानीजी मुग्ध हो गयीं! सोचा-इस आदमी को रख लूं तो इलाके की आमदनी बढ़ जाय। ठाकुर साहब से सलाह की। यहां तो पहले ही से सारी बातें सधी-बधी थीं। ठाकुर साहब ने रंग और भी चोखा कर दिया। दूसरी ही सलामी में मुंशीजी को 25 रु. मासिक की तहसीलदारी मिल गयी। मुंह-मांगी मुराद पूरी हुई। सवारी के लिए घोड़ा भी मिल गया। सोने में सुहागा हो गया।

अब मुंशीजी की पांचों अंगुली घी में थीं! जहां महीने में एक बार भी महफिल न जमने पाती थी, वहाँ अब तीसों दिन जमघट होने लगा। इतने बड़े अहलकार के लिए शराब की क्या कमी। कभी इलाके पर चुपके से दस-बीस बोतलें खिंचला लेते, कभी शहर के किसी कलवार पर धौंस जमाकर दो-चार बोतल ऐंठ लेते। बिना हर्र-फिटकरी रंग चोखा हो जाता था। एक कहार भी नौकर रख लिया और ठाकुर साहब को घर से दो-चार कुर्सियाँ उठवा लाये। उनके हौसले बहुत ऊंचे न थे, केवल एक भले आदमी की भांति जीवन व्यतीत करना चाहते थे। इस नौकरी ने उनके हौसले को बहुत-कुछ पूरा कर दिया; लेकिन यह जानते थे कि इस नौकरी का कोई ठिकाना नहीं। रईसों का मिजाज एक-सा नहीं रहता। मान लिया रानी साहिबा के साथ निभ ही गयी, तो कै दिन। राजा साहब आते ही पुराने नौकरों को निकाल बाहर करेंगे। जब दीवान साहब ही न रहेंगे, तो मेरी क्या हस्ती! इसलिए उन्होंने पहले ही से नये राजा साहब के यहां आना-जाना शुरू कर दिया था। इनका नाम ठाकुर विशालसिंह था रानी साहिबा के चचेरे-देवर होते थे। उनके दादा दो भाई थे। बड़े भाई रियासत के मालिक थे। उन्हीं के वंशजों ने दो पीढ़ियों तक राज्य का आनन्द भोगा था। अब रानी के नि:सन्तान होने के कारण विशालसिंह के भाग्य उदय हुए थे। दो-चार गाँव, जो उनके दादा को गुजारे के दिए मिले थे, उन्हीं को रेहन-बय करके इन लोगों ने 50 वर्ष काट दिये थे-यहां तक कि विशालसिंह के पास इतनी भी सम्पत्ति न थी कि गुजर-बसर के लिए काफी होती। उस पर कुल मर्यादा का पालन करना आवश्यक था। महारानी के पट्टीदार थे और इस हैसियत का निर्वाह करने के लिए उन्हें नौकर-चाकर, घोड़ा-गाड़ी, सभी कुछ रखना पड़ता था। अभी तक परम्परा की नकल होती चली आती थी। दशहरे के दिन उत्सव जरूर मनाया जाता, जन्माष्टमी के दिन जरूर धूमधाम होती।

प्रात:काल था; माघ की ठंड पड़ रही थी। मुंशीजी ने गरम पानी से स्नान किया, कपड़े पहने; बाहर घोड़ा तैयार था, उस पर बैठे और शिवपुर चले।

जब वह ठाकुर साहब के मकान पर पहुंचे, तो ठाकुर साहब धूप में बैठे एक पत्र पढ़ रहे थे।

मुंशीजी ने मोढ़े पर बैठते हुए कहा-सब कुशल आनन्द है न?

ठाकुर-जी हां, ईश्वर की दया है। कहिए, दरबार के क्या समाचार हैं?

मुंशीजी ने मुस्कराकर कहा-सब वही पुरानी बातें हैं। डॉक्टरों के पौ बाहर हैं। दिन में तीन-तीन डॉक्टर आते हैं। रोज जगदीशपुर से 16 कहार पालकी उठाने के लिए बेगार पकड़कर आते हैं। वैद्यजी को लाना और ले जाना उनका काम है।

ठाकुर-अन्धेर है और कुछ नहीं? यह महा अन्याय है, बेचारी प्रजा तबाह हुई जाती है। आप देखेंगे कि मैं इस प्रथा को क्योंकर जड़ से उठा देता हूं।

मुंशी-आप से लोगों को बड़ी-बड़ी आशाएं हैं। चमारों पर भी यही आफत है। दस-बारह चमार रोज साईसी करने के लिए पकड़ बुलाये जाते हैं। सुना है, इलाके भर के चमारों ने पंचायत की है कि जो साईसी करे, उसका हुक्का-पानी बन्द कर दिया जाय। अब या तो चमारों को इलाका छोड़ना पड़ेगा, या दीवान साहब को साईस नौकर रखने पड़ेंगे।

ठाकुर-चमारों को इलाके से निकालना दिल्लगी नहीं है! ये लोग समझते हैं कि अभी वही दुनिया है, जो बाबा आदम के जमाने में थी। इस देश से न जाने कब यह प्रथा मिटेगी। मैं रियासत की काया पलट कर दूंगा। सुनता हूं पुलिस आये-दिन इलाके में तूफान मचाती रहती है। मैं पुलिस को वहां कदम न रखने दूंगा।

मुंशी-सड़कें इतनी खराब हो गयी हैं कि एक्के-गाड़ी का गुजर ही नहीं हो सकता।

ठाकुर-सड़कों को दुरुस्त करना मेरा पहला काम होगा। मोटर-सर्विस जारी कर दूंगा। जिसमें मुसाफिरों को स्टेशन से जगदीशपुर जाने में सुविधा हो। इलाके में लाखों बीघे ईख बोयी जाती है। मेरा इरादा है कि एक शक्कर की मिल खोल दूं। शेखी नहीं मारता, इलाके में एक बार रामराज्य स्थापित कर दूंगा। आप ने किसी महाजन को ठीक किया?

मुंशी-हां, कई आदमियों से मिला था और वे बड़ी खुशी से रुपये देने के लिए तैयार हैं, केवल यही चाहते हैं कि जमानत के तौर पर कोई गांव लिख दिया जाय।

ठाकुर-तो जाने दीजिए। अगर कोई मेरे विश्वास पर रुपये दे, तो दे, लेकिन रिसायत की इंच-भर भी जमीन रेहन नहीं कर सकता। मुझे पहले ही मालूम था कि इस शर्त पर कोई महाजन रुपये देने पर राजी न होगा। ये बला के चघड़ होते हैं। मुझे तो इनके नाम से चिढ़ है। मेरा वश चले, तो आज इन सबों को तोप पर उड़ा दूं। इन्हीं के हाथों आज मेरी यह दुर्गति है! इन नर-पिशाचों ने सारा रक्त चूस लिया। पिताजी ने केवल पांच हजार लिये थे, जिनके पचास हजार हो गये। और मेरे तीन गांव, जो इस वक्त दो लाख के सस्ते थे, नीलाम हो गये। पिताजी का मुझे यह अन्तिम उपदेश था कि कर्ज कभी मत लेना। इसी शोक में उन्होंने देह त्याग दी।

यहां अभी यह बातें हो ही रही थीं कि जनानाखाने में से कलह-शब्द आने लगे। मालूम होता था, कई स्त्रियो में संग्राम छिड़ा हुआ है। ठाकुर साहब ये कर्कश शब्द सुनते ही विकल हो गये,

उनके माथे पर बल पड़ गये, मुख तेजहीन हो गया। यही उनके जीवन की सबसे दारुण व्यथा थी। यही कांटा था, जो नित्य उनके हृदय में खटका करता था। उनकी बड़ी स्त्री का नाम वसुमती था। वह अत्यंत गर्वशीला थी; नाक पर मक्खी भी न बैठने देती। वह अपनी सहपत्नियों पर उसी भांति शासन करना चाहती थीं, जैसे कोई सास अपनी बहुओं पर करती है।

दूसरी स्त्री का नाम रामप्रिया था। वह रानी जगदीशपुर की रानी की सगी बहन थीं। दया और विनय की मूर्ति, बड़ी विचारशील और वाक्य-मधुर; जितना कोमल अंग था, उतना ही कोमल हृदय भी था। घर में इस तरह रहती थी मानो थी ही नहीं। उन्हें पुस्तकों से विशेष रुचि थी, हरदम कुछ-न-कुछ पढ़ा लिखी करती थीं। सबसे अलग-विलग रहती थीं; न किसी के लेने में; न देने में, न किसी वैर, से न प्रेम।

तीसरी स्त्री का नाम रोहिणी था। ठाकुर साहब का उन पर विशेष प्रेम था, और वह भी प्राणपण से उनकी सेवा करती थीं। इनमें प्रेम की मात्रा अधिक थी, या माया की-इसका निर्णय करना कठिन था। उन्हें यह असह्य था कि ठाकुर साहब उनकी सौतों से बातचीत भी करें। वसुमती कर्कशा होने पर भी मलिन-हृदय न थी; जो कुछ मन में होता, वही मुख में। रोहिणी द्वेष को पालती थी, जैसे चिड़िया अपने अण्डे को सेती है।

ठाकुर साहब ने अन्दर जाकर वसुमती से कहा-तुम घर में रहने दोगी या नहीं? जरा भी शरम-लिहाज नहीं, जब देखो संग्राम मचा रहता है। सुनते-सुनते कलेजे में नासूर पड़ गये।

वसुमती-कर्म तो तुमने किये हैं, भोगेगा कौन?

ठाकुर-तो जहर दे दो। जला-जलाकर मारने से क्या फायदा!

वसुमती-क्या वह महारानी लड़ने के लिए कम थीं कि तुम उनका पक्ष लेकर आ दौड़े?

रोहिणी-आप चाहती हैं कि मैं कान पकड़ कर उठाऊ या बैठाऊँ तो यहां कुछ आप के गांव में नहीं बसी हूं।

ठाकुर-आखिर कुछ मालूम भी तो हो, क्या बात हुई?

रोहिणी-वही हुई, जो रोज होती है। मैंने हिरिया से कहा, जरा मेरे सिर में तेल डाल दे। मालिकन ने उसे तेल डालते हुए देखा, तो आग हो गयीं। तलवार खींचे हुए आ पहुंचीं और उसका हाथ पकड़कर खींच ले गयीं। आज आप निश्चय कर दीजिए की हिरिया उन्हीं की लौंडी है या मेरी भी।

वसुमती-वह क्या निश्चय करेंगे, निश्चय मैं करूंगी। हिरिया मेरे साथ मेरे नैहर से आयी है और मेरी लौंडी है। किसी दूसरे का उस पर कोई दावा नहीं है।

रोहिणी-सुना आप ने। हिरिया पर किसी का दावा नहीं है, वह अकेली उन्हीं की लौंडी है।

ठाकुर-हिरिया इस घर में रहेगी, तो उसे सबका काम करना पड़ेगा।

वसुमती वह सुनकर जल उठी। नागिन की भांति फुफकार कर बोली-इस वक्त तो आप ने चहेती रानी की ऐसी डिग्री कर दी, मानों यहां उन्हीं का राज्य है। ऐसे ही न्यायशील होते तो सन्तान का मुंह देखने को न तरसते!

ठाकुर साहब को ये शब्द बाण-से लगे। कुछ जवाब न दिया। बाहर आकर कई मिनट तक मर्माहत दशा में बैठे रहे। वसुमती इतनी मुंहफट है, यह उन्हें आज मालूम हुआ। ताना ही देना था, तो और कोई लगती हुई बात कह देती। यह तो कठोर-से-कठोर आघात है, जो वह कर सकती थी। ऐसी स्त्री का मुंह न देखना चाहिए।

सहसा उन्हें एक बात सूझी। मुंशीजी से बोले -यदि आप यहां के किसी विद्वान ज्योतिषी से परिचित हों, तो कृपा करके उन्हें मेरे यहां भेज दीजिएगा। मुझे एक विषय में उनसे कुछ पूछना है।

मुंशी-आज ही लीजिए, यहां एक-से-एक बढ़कर ज्योतिषी पड़े हुए हैं। आप मुझे कोई गैर न समझिए। जब, जिस काम की इच्छा हो, मुझे कहला भेजिए। सिर के बल दौड़ा आऊंगा। मैं तो जैसे महारानी को समझता हूं वैसे ही आप को भी समझता हूं।

ठाकुर-मुझे आप से ऐसी ही आशा है। जरा रानी साहबा का कुशल समाचार जल्द-जल्द भेजिएगा। वहां आप के सिवा मेरा कोई नहीं है। आप के ऊपर मेरा भरोसा है। जरा देखिएगा, कोई चीज इधर-उधर न होने पाये, यार लोग नोच-खसोट न शुरू कर दें।

मुंशी-आप इससे निश्चिन्त रहें। मैं देख-भाल करता रहूंगा।

ठाकुर-हो सके, तो जरा यह भी पता लगाइएगा कि रानी ने कहां-कहां से कितने रुपए कर्ज लिए हैं।

मुंशी-समझ गया, यह तो सहज ही में मालूम हो सकता है।

ठाकुर-जरा इसका भी तो पता लगाइएगा कि आजकल उनका भोजन कौन बनाता है।

वज्रधर ने ठाकुर साहब के मन का भाव ताड़कर दृढ़ता से कहा-महाराज, क्षमा कीजिएगा, मैं आप का सेवक हूं पर रानीजी का भी सेवक हूं। उनका शत्रु नहीं हूं। आप और वह दोनों सिंह और सिंहनी की भांति लड़ सकते हैं। मैं गीदड़ की भांति अपने स्वार्थ के लिए बीच में कूदना अपमान जनक समझता हूं। मैं वहां तक तो सहर्ष आप की सेवा कर सकता हूं जहां तक रानीजी का अहित न.. हो। मैं तो दोनों ही द्वारों का भिक्षुक हूं।

ठाकुर साहब दिल में शरमाये, पर इसके साथ मुंशीजी पर उनका विश्वास और भी दृढ़ हो गया। बात बनाते हुए बोले -नहीं-नहीं, मेरा मतलब आपने गलत समझा। छी:! छी:! मैं इतना नीच नहीं।

ठाकुर साहब ने बात तो बनायीं, पर उन्हें स्वयं ज्ञात हो गया कि बात बनी नहीं। अपनी झेंप मिटाने को वह समाचार-पत्र देखने लगे। इतने में हिरिया ने आकर मुंशीजी से कहा-बाबा, मालकिन ने कहा है कि आप जाने लगे तो मुझसे मिल लीजियेगा।

ठाकुर साहब ने गरजकर कहा-ऐसी क्या बात है, जिसको कहने की इतनी जल्दी है। इन बेचारों को देर हो रही है। कुछ निठल्ले थोड़े ही हैं कि बैठे-बैठे औरतों का रोना सुना करें। जा, अन्दर बैठ!

यह कहकर ठाकुर साहब उठ खड़े हुए, मानो मुंशीजी को विदा कर रहे हैं। वह वसुमती को उनसे बातें करने का अवसर न देना चाहते थे। मुंशीजी को भी अब विवश होकर विदा मांगनी पड़ी।

मुंशीजी यहां से चले, तो उनके मन में यह शंका समायी हुई थी कि ठाकुर साहब कहीं मुझसे नाराज तो नहीं हो गये। हां; इतना सन्तोष था कि मैंने कोई बुरा काम नहीं किया। इस विचार से मुंशी जी और अकड़कर घोड़े पर बैठ गये। वह इतने खुश थे, मानो हवा में उड़ रहे हैं। उनकी आत्मा कभी इतनी गौरवोन्मत्त न हुई थी। चिन्ताओं को कभी उन्होंने इतना तुच्छ न समझा था।

5

चक्रधर की कीर्ति उनसे पहले ही बनारस पहुंच चुकी थी। उनके मित्र और अन्य लोग उनसे मिलने के लिए उत्सुक हो रहे थे। जब वह पांचवें दिन घर पहुंचे, तो लोग मिलने और बधाई देने आ पहुंचे। नगर का सभ्य-समाज मुक्तकंठ से उनकी तारीफ कर रहा था। यद्यपि चक्रधर गम्भीर आदमी थे; पर अपनी कीर्ति की प्रशंसा से उन्हें सच्चा आनन्द मिल रहा था। और लोग तो तारीफ कर रहे थे, मुंशी वज्रधर लड़के की नादानी पर बिगड़ रहे थे। निर्मला तो इतना बिगड़ी कि चक्रधर से बात न करना चाहती थी।

शाम को चक्रधर मनोरमा के घर गये। वह बगीचे में दौड़-दौड़कर हजारे से पौधों को सींच रही थी। पानी से कपड़े लथपथ हो गये थे। उन्हें देखते ही हजारा फेंककर दौड़ी और पास आकर बोली-आप कब आये, बाबू जी! मैं पत्रों में रोज वहां का समाचार देखती थी और सोचती थी कि आप यहाँ आयेंगे, तो आपकी पूजा करूंगी। आप न होते, तो वहां जरूर दंगा हो जाता। आप को बिगड़े हुए मुसलमानों के सामने अकेले जाते हुए जरा भी शंका न हुई?

चक्रधर ने कुर्सी पर बैठते हुए कहा-जरा भी नहीं! मुझे तो यही धुन थी कि इस वक्त कुरबानी न होने दूंगा, इसके सिवा दिल में और कोई खयाल न था। मैं तो यही कहूंगा कि मुसलमानों को लोग नाहक बदनाम करते हैं। फिसाद से वे भी उतना ही डरते हैं, जितना हिन्दू? शान्ति की इच्छा भी उनमें हिन्दुओं से कम नहीं है?

मनोरमा-मैंने तो जब पढ़ा कि आप उन बौखलाये हुए आदमियों के सामने नि:शंक भाव से खड़े थे, तो मेरे रोंगटे खड़े हो गये। मैं उस समय वहां होती, तो आपको पकड़कर खींच लाती। अच्छा, तो बतलाइए कि आपसे वधूजी ने क्या बातें कीं? (मुस्कराकर) मैं तो जानती हूं आपने कोई बातचीत न की होगी, चुपचाप लजाये बैठे रहे होंगे?

चक्रधर शरम से सिर झुकाकर बोले -हां, मनोरमा हुआ तो ऐसा ही! मेरी समझ में ही न आता था कि बातें क्या करूं? उसने दो-एक बार कुछ बोलने का साहस भी किया...

मनोरमा-आपको देखकर खुश तो बहुत हुई होंगी?

चक्रधर- (शरमाकर) किसी के मन का हाल मैं क्या जानूं।

मनोरमा ने अत्यन्त सरल भाव से कहा-सब मालूम हो जाता है। आप मुझसे बता नहीं रहे हैं। कम-से-कम इच्छा तो मालूम हो ही गई होगी। मैं तो समझती हूं जो विवाह लड़की की इच्छा के विरुद्ध किया जाता है, वह विवाह ही नहीं है। आपका क्या विचार है?

चक्रधर बड़े असमंजस में पड़े। मनोरमा से ऐसी बातें करते उन्हें संकोच होता था। डरते थे कि कहीं ठाकुर साहब को खबर मिल जाय-सरला मनोरमा ही कह दे-तो वह समझेंगे, मैं इसके सामाजिक विचारों में क्रान्ति पैदा करना चाहता हूं। अब तक उन्हें ज्ञान न था कि ठाकुर साहब किन विचारों के आदमी हैं। हां, उनके गंगा-स्नान से यह आभास होता था कि वह सनातन- धर्म के भक्त हैं। सिर झुकाकर बोले-मनोरमा, हमारे यहां विवाह का आधार प्रेम और इच्छा पर नहीं, धर्म और कर्तव्य पर रखा गया है। इच्छा चंचल है, क्षण-क्षण में बदलती रहती है। कर्तव्य स्थायी है, उसमें कभी परिवर्तन नहीं होता।

सहसा घर के अन्दर से किसी के कर्कश शब्द कान में आये, फिर लौंगी का रोना सुनायी दिया। चक्रधर ने पूछा-यह तो लौंगी रो रही है?

मनोरमा-जी हां! आपसे तो भाई साहब की भेंट नहीं हुई? गुरुसेवक सिंह नाम है। कई महीनों से देहात में जमींदारी का काम करते हैं। हैं तो मेरे सगे भाई और पढ़े-लिखे भी खूब हैं लेकिन भलमनसी छू भी नहीं गई। जब आते हैं, लौंगी अम्मां से झूठ-मूठ तकरार करते हैं। न जाने उससे इन्हें क्या अदावत है।

इतने में गुरुसेवकसिंह लाल-लाल आंखें किये निकल आये और मनोरमा से बोले -बाबूजी कहां गये हैं? तुझे मालूम है कब तक आयेंगे। मैं आज ही फैसला कर लेना चाहता हूं। चक्रधर को बैठे देखकर वह कुछ झिझके और अन्दर लौटना ही चाहते थे। कि लौंगी रोती हुई आकर चक्रधर के पास खड़ी हो गयी और बोली-बाबूजी, इन्हें समझाइए कि मैं अब बुढ़ापे में कहां जाऊं? इतनी उम्र तो इनमें कटी, अब किसके द्वार पर जाऊं? मैंने इन्हें अपना दूध पिलाकर पाला है; मालकिन के दूध न होता था, और अब मुझे घर से निकालने पर तुले हुए हैं।

गुरु सेवकसिंह की इच्छा तो न थी कि चक्रधर से इस कलह के सम्बन्ध में कुछ कहें; लेकिन जब लौंगी ने उन्हें पंच बनाने में संकोच न किया तो वह खुल पड़े। बोले -महाशय, इससे यह पूछिए कि अब यह बुढ़िया हुई, इसके मरने के दिन आये, क्यों नहीं किसी तीर्थस्थान में जाकर अपने कलुषित जीवन के बचे हुए दिन काटती? मरते दम तक घर की स्वामिनी बनी रहना चाहती है। दादाजी भी सठिया गये हैं; उन्हें मानापमान की जरा भी फिक्र नहीं। इसने उन पर न जाने क्या मोहिनी डाल दी है कि इनके पीछे मुझसे लड़ने पर तैयार रहते हैं। आज मैं निश्चय करके आया हूं कि इसे घर के बाहर निकाल कर ही छोडूंगा। या तो यह किसी दूसरे मकान में रहे, या किसी तीर्थ-स्थान को प्रस्थान करे।

लौंगी-तो बच्चा सुनो, जब तक मालिक जीता है, लौंगी इसी घर में रहेगी और इसी तरह रहेगी। जब वह न रहेगा, तो जो कुछ सिर पर पड़ेगी, झेल लूंगी। मैं लौंडी नहीं हूं कि घर से बाहर जाकर रहूं। तुम्हें यह कहते लज्जा नहीं आती? चार भांवरे फिर जाने से ही ब्याह नहीं हो जाता। मैंने अपने मालिक की जितनी सेवा की है और करने को तैयार हूं उतनी कौन ब्याहता करेगी? लाये तो हो बहू कभी उठकर एक लुटिया पानी भी देती है? नाम से कोई ब्याहता नहीं होती, सेवा और प्रेम से होती है।

यह कहती हुई लौंगी घर में चली गयी। मनोरमा चुपचाप सिर झुकाये दोनों की बातें सुन रही थी। उसे लौंगी से सच्चा प्रेम था। मातृ-स्नेह का जो कुछ सुख उसे मिला था, लौंगी से ही मिला था। उसकी माता तो उसे गोद में छोड़कर परलोक सिधारी थीं। उस एहसान को वह कभी न भूल सकती थी। अब भी लौंगी उस पर प्राण देती थी। इसलिए गुरु सेवकसिंह की यह निर्दयता उसे बहुत बुरी मालूम होती थी।

एकाएक फिटन की आवाज आई और ठाकुर साहब उतरकर अन्दर गये। गुरु सेवकसिंह भी उनके पीछे-पीछे चले। वह डर रहे थे कि लौंगी अवसर पाकर कहीं उनके कान न भर दे।

जब वह चले गये, तो चक्रधर ने कहा-यह तो बताओ कि तुमने इन चार-पांच दिनों में क्या काम किया?

मनोरमा-मैंने तो किताब तक नहीं खोली। आप नहीं रहते तो मेरा किसी काम में जी नहीं लगता। आप अब कभी बाहर न जाइएगा।

चक्रधर ने मनोरमा की ओर देखा, तो उसकी आंखें सजल हो गई थीं। सोचने लगे-बालिका का हृदय कितना सरल, कितना उदार, कितना कोमल और कितना भावमय है।

6

मुंशी वज्रधर विशालसिंह के पास से लौटे तो उनकी तारीफों के पुल बांध दिये। यह! तारीफ सुनकर चक्रधर को विशालसिंह से श्रद्धा-सी हो गई। उनसे मिलने गये और समिति के संरक्षकों में उनका नाम दर्ज कर लिया। तब से कुंवर साहब समिति की सभाओं में नित्य सम्मिलित होते थे। अतएव अबकी जब उनके यहां कृष्णाष्टमी का उत्सव हुआ तब चक्रधर अपने सहवर्गियों के साथ उसमें शरीक हुए।

कुंवर साहब कृष्ण के परम भक्त थे। उनका जन्मोत्सव बड़ी धूमधाम से मनाते थे; उनकी स्त्रियों में भी इस विषय में मतभेद था। रोहिणी कृष्ण की उपासक थी, तो वसुमती रामनवमी का उत्सव मनाती थी, रही रामप्रिया, वह कोई व्रत न रखती थी।

सन्ध्या हो गयी थी। बाहर कंवल, झाड़ आदि लगाये जा रहे थे। चक्रधर अपने मित्रों के साथ बनाव-सजाव में मसरूफ थे। संगीत समाज के लोग आ पहुंचे थे। गाना शुरू होने वाला ही था कि वसुमती और रोहिणी में तकरार हो गई। वसुमती को यह तैयारियां एक आंख न भाती थीं।

उसके रामनवमी के उत्सव में सन्नाटा-सा रहता था। विशालसिंह उस उत्सव से उदासीन रहते थे। वसुमती इसे उनका पक्षपात समझती थी। वह दिल में जलभुन रही थी। रोहिणी सोलह-श्रृंगार किये पकवान बना रही थी। उसका वह अनुराग देख-देखकर वसुमती के कलेजे पर सांप-सा लोट रहा था। वह इस रंग में भंग मिलाना चाहती थी। सोचते -सोचते उसे एक बहाना मिल गया। महरी को भेजा, जाकर रोहिणी से कह आ-घर के बरतन जल्दी खाली कर दे। दो थालियां, दो बटलोइयां, कटोरे, कटोरियां मांग लो। उनका उत्सव रात भर होगा, तो कोई कब तक बैठा भूखों मरे। महरी गयी, तो रोहिणी ने तन्नाकर कहा-आज इतनी भूख लग गयी। रोज तो आधी रात तक बैठी रहती थीं, आज 8 बजे ही भूख सताने लगी। अगर ऐसी ही जल्दी है, तो कुम्हार के यहां से हांडियां मंगवा लें। पत्तल मैं दे दूंगी।

वसुमती ने यह सुना, तो आग हो गई। हांडिया चढ़ाये मेरे दुश्मन-जिनकी छाती फटती हो, मैं क्यों हांडी चढ़ाऊं? उत्सव मनाने की बड़ी साध है, तो नये बासन क्यों नहीं मंगवा लेतीं? अपने कृष्ण से कह दें, गाड़ी-भर बरतन भेज दें। क्या जबरदस्ती दूसरों को भूखों मारेंगी?

रोहिणी रसोई से बाहर निकलकर बोली-बहन, जरा मुंह संभालकर बातें करो। देवताओं का अपमान करना अच्छा नहीं।

वसुमती-अपमान तो तुम करती हो, जो व्रत के दिन यों बन-ठन कर इठलाती फिरती हो। देवता रंग-रूप नहीं देखते, भक्ति देखते हैं।

रोहिणी-क्या आज लड़ने ही पर उतारू होकर आई हो क्या? भगवान सब दुःख दें, पर बुरी संगत न दें। लो, यह गहने कपड़े, आंखों में गड़ रहे हैं न! न पहनूंगी। जाकर बाहर कह दे, पकवान-प्रसाद किसी हलवाई से बनवा लें। मुझे क्या, मेरे मन का हाल भगवान आप जानते हैं, पड़ेगी उन पर जिनके कारण यह सब हो रहा है।

यह कहकर रोहिणी अपने कमरे में चली गयी। सारे गहने-कपड़े उतार फेंके और मुंह ढाप कर चारपाई पर पड़ी रही। ठाकुर साहब ने यह समाचार सुना तो माथा कूटकर बोले - इन चाण्डालिनों से आज शुभोत्सव के दिन भी शान्त नहीं बैठा जाता। इस जिन्दगी से तो मौत ही अच्छी। घर में आकर रोहिणी से बोले-तुम मुंह ढापकर सो रही हो, या उठकर पकवान बनाती हो?

रोहिणी ने पड़े-पड़े उत्तर दिया-फट पड़े वह सोना, जिससे टूटे कान! ऐसे उत्सव से बाज आयी; जिसे देखकर घरवालों की छाती फटे।

विशालसिंह-तुमसे तो बार-बार कहा कि उनके मुंह न लगा करो। एक चुप सौ वक्ताओं को हरा देता है। फिर तुमसे बड़ी भी तो ठहरी, यों भी तुमको उनका लिहाज करना ही चाहिए।

रोहिणी क्यों दबने लगी। यह उपदेश सुना तो झुंझलाकर बोली-रहने भी दो, जले पर नमक छिड़कते हो। जब बड़ा देख-देखकर जले, बात-बात पर कोसे, तो कोई कहां तक उसका लिहाज करे। तुम्हीं ने उन्हें सिर चढ़ा लिया है। कोई बात होती है, मुझी को उपदेश करने को

दौड़ते हो, सीधा पा लिया है न! उनसे बोलते हुए तो तुम्हारा भी कलेजा कांपता है। तुम न शह देते, तो मजाल थी कि यों मुझे आंखें दिखाती।

विशालसिंह-तो क्या मैं उन्हें सिखा देता हूं कि तुम्हें गालियां दें?

कुंवर साहब ज्यों-ज्यों रोहिणी का क्रोध शान्त करने की चेष्टा करते थे, वह और भी बफरती जाती थी, यहां तक कि अन्त में वह भी नर्म पड़ गये।

वसुमती सायबान में बैठी हुई दोनों प्राणियों की बातें तन्मय होकर सुन रही थी, मानो कोई सेनापति अपने प्रतिपक्षी की गति का अध्ययन कर रहा हो, कि कब यह चूके और कब मैं दबा बैठूं। अन्त में प्रतिद्वन्द्वी की एक भद्दी चाल ने उसे अपेक्षित अवसर दे ही दिया। विशालसिंह को मुंह लटकाये रोहिणी की कोठरी से निकलते देखकर बोली-क्या मेरी सूरत न देखने की कसम खा ली है, या तुम्हारे हिसाब से मैं घर में हूं ही नहीं। बहुत दिन तो हो गये रूठे, क्या जन्म भर रूठे ही रहोगे? क्या बात है? इतने उदास क्यों हो?

विशालसिंह ने ठिठककर कहा-तुम्हारी ही लगायी हुई आग को तो शान्त कर रहा था, पर उलटे हाथ जल गये। क्या यह रोज-रोज तूफान खड़ा किया करती हो? में तो ऐसा तंग हो गया हूं कि जी चाहता है कि कहीं - भाग जाऊं।

वसुमती-कहां भागकर जाओगे? कहकर वसुमती ने आकर उनका हाथ पकड़ लिया, घसीटती हुई अपने कमरे में ले गयी और चारपाई पर बैठाती हुई बोली-औरतों को सिर चढ़ाने का यही फल है। जब देखो तब अपने भाग्य को रोया करती है, और तुम दौड़ते हो मनाने। बस, उसका मिजाज और आसमान पर चढ़ जाता है। दो दिन, चार दिन, दस दिन, रूठी पड़ी रहने दो, फिर देखो भीगी बिल्ली हो जाती है या नहीं।

विशालसिह-यहां वह खटवांस लेकर पड़ी, अब पकवान कौन बनाये?

वसुमती-तो क्या जहां मुर्गा न होगा, वहां सवेरा ही न होगा? ऐसा कौन-सा बड़ा काम है। मैं बनाये देती हूं।

विशालसिंह ने पुलकित होकर कहा-बस, कुलवन्ती स्त्रियों का यही धर्म है। विजय के गर्व से फूली हुई वसुमती आधी रात तक बैठी भांति-भांति के पकवान बनाती रही। रामप्रिया ने उसे बहुत व्यस्त देखा, तो वह भी आ गयी और दोनों मिलकर काम करने लगीं।

विशालसिह बाहर गये और कुछ देर गाना सुनते रहे; पर वहां जी न लगा। फिर भीतर चले आये और रसोई-घर के द्वार पर मोड़ा डालकर बैठ गये। भय था कि कहीं रोहिणी कुछ कह न बैठे और दोनों फिर लड़ मरे।

वसुमती ने कहा-अभी महारानी नहीं उठीं क्या? इससे छिपकर बातें सुनने की बुरी लत है। मुहब्बत तो इसे छू नहीं गयी। अभी तुम तीन दिन बाहर कराहते रहे, पर कसम ले लो, जो उसका मन जरा भी मैला हुआ हो। ऐसी औरतों पर कभी विश्वास न करे।

विशालसिंह-सब देखता हूं और समझता ,हूं निरा गधा नहीं हूं।

वसुमती-यही तो रोना है कि तुम देखकर भी नहीं देखते, समझ कर भी नहीं समझते। आदमी में सब ऐब हों, किन्तु मेहर-बस न हो।

विशालसिंह-मैं मेहर-बस हूं? मैं उसे ऐसी-ऐसी बातें कहता हूं कि वह भी याद करती होगी।

रामप्रिया-कड़ी बात भी हंसकर कही जाय, तो मीठी हो जाती है।

विशालसिंह-हंसकर नहीं कहता। डांटता हूं, फटकारता हूं।

वसुमती-डांटते होंगे, मगर प्रेम के साथ। ढलती उम्र में सभी मर्द तुम्हारे ही जैसे हो जाते हैं। कभी-कभी तुम्हारी लम्पटता पर मुझे हंसी आती है। आदमी कड़े दम चाहिए। जैसे घोड़ा पैदल और सवार पहचानता है, उसी तरह औरत भी भकुए और मर्द को पहचानती है। जिसने सच्चा आसन जमाया और लगाम कड़ी रखी, उसी की जय है। जिसने रास ढीली कर दी, उसकी कुशल नहीं।

विशालसिंह-मैंने तो अपनी जान में कभी लगाम ढीली नहीं की। आज ही देखो, कैसी फटकार बतायी।

वसुमती-क्या कहना है, जरा मूंछें खड़ी कर लो, लाओ पगिया मैं संवार दूं। यह नहीं कहते कि उसने ऐसी-ऐसी चोटें कीं कि भागते ही बने!

सहसा किसी के पैरों की आहट पाकर वसुमती ने द्वार की ओर देखा! रोहिणी रसोई के द्वार से दबे-पांव चली आ रही थी। मुंह का रंग उड़ गया। दांतों से ओठ -दबाकर बोली-छिपी खड़ी थी। मैंने साफ देखा। अब घर में रहना मुश्किल है। देखो, क्या रंग लाती है।

विशालसिह ने पीछे की ओर सशंक-नेत्रों से देखकर कहा-बड़ा गजब हुआ। चुड़ैल सब सुन गयी होगी। मुझे जरा भी आहट न मिली।

वसुमती-उंह, रानी रूठेगी, अपना सोहाग लेंगी। कोई कहां तक डरे। आदमियों को बुलाओ, यह सब सामान यहां से ले जाये।

भादों की अंधेरी रात थी। हाथ को हाथ न सूझता था। मालूम होता था, पृथ्वी पाताल में चली गयी है, या किसी विराट जन्तु ने उसे निगल लिया है। मोमबत्तियों का प्रकाश उस तिमिर-सागर में पांव रखते कांपता था। विशालसिंह भोग के पदार्थ थालियों में भरवा-भरवाकर बाहर रखवाने में लगे हुए थे। एका-एक रोहिणी एक चादर ओढ़े हुए घर से निकली और बाहर की ओर चली। विशालसिंह देहलीज के द्वार पर खड़े थे। इस भरी सभा में उसे यों निश्शंक भाव से निकलते देखकर उनका रक्त खौलने लगा। जरा भी न पूछा, कहां जाती हो, क्या बात है। मूर्ति की भांति खड़े रहे। और सब लोग अपने-अपने काम में लगे हुए थे। रोहिणी पर किसी की निगाह न पड़ी।

इतने में चक्रधर उनसे कुछ पूछने आये, तो देखा कि महरी उनके सामने खड़ी है और क्रोध से आंखें लाल किये कह रहे हैं-अगर वह मेरी लौंडी नहीं है, तो मैं भी उसका गुलाम नहीं हूं। जहां इच्छा हो जाय। अब इस घर में कदम न रखने दूंगा।

जब चक्रधर को रानियों के आपसी झगड़े और रोहिणी के घर से निकल जाने की बात मालूम हुई तो उन्होंने लपककर एक लालटेन उठा ली और बाहर निकलकर दायें-बायें निगाहें दौड़ाते, तेजी से कदम बढ़ाते हुए चले। कोई दो सौ कदम गये होंगे कि रोहिणी एक वृक्ष के नीचे खड़ी दिखलायी दी। ऐसा मालूम होता था कि वह छिपने के लिए कोई जगह तलाश कर रही है। चक्रधर उसे देखते ही लपककर समीप पहुंचे और उसे घर चलने के लिए समझाने लगे। पहले तो रोहिणी किसी तरह राजी न हुई, लेकिन चक्रधर के बहुत समझाने-बुझाने के बाद वह घर लौट पड़ी।

जब दोनों आदमी घर पहुंचे, तो विशालसिंह अभी तक वहां मूर्तिवत खड़े थे, महरी भी खड़ी थी। भक्तजन अपना-अपना काम छोड़कर लालटेन की ओर ताक रहे थे। सन्नाटा छाया हुआ था।

रोहिणी ने देहलीज में कदम रख; मगर ठाकुर साहब ने उसकी ओर आंख उठाकर भी न दे खा। जब वह अन्दर चली गयी तो उन्होंने चक्रधर का हाथ पकड़ लिया और बोले -मैं तो समझता था, किसी तरह न आयेगी; मगर आप खींच ही लाये। क्या बहुत बिगड़ती थी।

चक्रधर ने कहा-आपको कुछ नहीं कहा। मुझे तो बहुत समझदार मालूम होती हैं। हां, मिजाज नाजुक है, बात बर्दाश्त नहीं कर सकती।

विशालसिंह-मैं यहां से टला तो नहीं, लेकिन सच पूछिए तो ज्यादती मेरी ही थी। मेरा क्रोध बहुत बुरा है। अगर आप न पहुंच जाते, तो बड़ी मुश्किल पड़ती। जान पर खेल जाने वाली स्त्री है। आपका यह एहसान कभी न भूलूंगा। देखिए तो, सामने कुछ रोशनी-सी मालूम हो रही है। बैंड भी बज रहा है। क्या माजरा है ?

सैकड़ों आदमी कतार बांधे मशालों और लालटेनों के साथ चले आ रहे थे, आगे-आगे दो अश्वारोही भी नजर आते थे। बैंड की मनोहर ध्वनि आ रही थी।

7

सभी लोग बड़े कुतूहल से आने वालों को देख रहे थे। कोई दस-बारह मिनट में वह विशालसिंह के घर के सामने आ पहुंचे। आगे-आगे दो घोड़ों पर मुंशी वज्रधर और ठाकुर हरसेवकसिंह थे। पीछे कोई पच्चीस-तीस आदमी साफ-सुथरे कपड़े पहने चले आते थे। मकान के सामने पहुंचते ही दोनों सवार घोड़ों से उतर पड़े और हाथ बांधे हुए कुंवर साहब के सामने आकर खड़े हो गये। मुंशीजी की सज- धज निराली थी। सिर पर एक शमला था, देह पर एक नीचा आबा। ठाकुर साहब भी हिन्दुस्तानी लिबास में थे। मुंशीजी खुशी से मुस्कुराते थे, पर ठाकुर साहब का मुख मलिन था।

ठाकुर साहब बोले -दीनबन्धु, हम सब आपके सेवक आपकी सेवा में यह शुभ सूचना देने के लिए हाजिर हुए हैं कि महारानी ने राज्य से विरक्त होकर तीर्थ-यात्रा को प्रस्थान किया है और अब हमें श्रीमान् की छात्र-छाया के नीचे आश्रय लेने का वह स्वर्णावसर प्राप्त हुआ है, जिसके लिए हम सदैव ईश्वर से प्रार्थना करते रहते थे। यह पत्र है, जो महारानी ने श्रीमान् के नाम लिख

रखा था। कुंवर साहब ने एक ही निगाह में उसे आद्योपांत पढ़ लिया और उनके मुख पर मन्द हास्य की आभा झलकने लगी। पत्र जेब में रखते हुए बोले-यद्यपि महारानी की तीर्थ-यात्रा का समाचार जानकर मुझे अत्यन्त खेद हो रहा है; लेकिन इस बात का सच्चा आनन्द भी है कि उन्होंने निवृत्त-मार्ग पर पग रखा। मेरी ईश्वर से यही विनय है कि उसने मेरी गरदन पर जो कर्तव्य-भार रखा है, उसे संभालने की मुझे शक्ति दे और प्रजा के प्रति मेरा जो धर्म है, उसके पालन करने की भी शक्ति प्रदान करे।

इतने में कृष्ण के जन्म का मुहूर्त आ पहुंचा। सारी महफिल खड़ी हो गयी और सभी उस्तादों ने एक स्वर से मंगलगान शुरू किया। साजों के मेले ने समा बांध दिया। केवल दो ही प्राणी ऐसे थे, जिन्हें इस समय भी चिन्ता घेरे हुए थी। एक तो ठाकुर हरसेवकसिंह, दूसरे कुंवर विशालसिंह। एक को यह चिन्ता लगी हुई थी कि देखें, कल क्या मुसीबत आती है, दूसरे को यह फिक्र थी कि इस दुष्ट से क्योंकर पुरानी कसर निकालूं। चक्रधर अब तक तो लज्जा से मुंह छिपाये बाहर खड़े थे मंगल गान समाप्त होते ही आकर प्रसाद बांटने लगे। किसी ने मोहन-भोग का थाल उठाया, किसी ने फलों का। कोई पंचामृत बांटने लगा। हरबोंग-सा मच गया। कुंवर साहब ने मौका पाया, तो उठे और मुंशी वज्रधर को इशारे से बुला, दालान में ले जाकर पूछने लगे-दीवान साहब ने तो मौका पाकर खूब हाथ साफ किये होंगे।

वज्रधर-मैंने तो ऐसी कोई बात नहीं देखी। बेचारे दिन-भर सामान की जांच-पड़ताल करते रहे। घर तक न गये।

विशालसिंह-यह सब तो आपके कहने से किया। आप न होते न जाने क्या गजब ढाते। आपको पुरानी क्या मालूम नहीं। इसने मुझ पर बड़े-बड़े जुल्म किये हैं। इसी के कारण मुझे जगदीशपुर छोड़ना पड़ा। बस चला होता, तो इसने मुझे कत्ल करा दिया होता।

वज्रधर-गुस्ताखी माफ कीजिएगा। आपका बस चलता तो क्या रानी जी की जान बच जाती, या दीवान साहब जिन्दा रहते? उन पिछली बातों को भूल जाइए। भगवान ने आज आपको ऊंचा रुतबा दिया है। अब आपको उदार होना चाहिए। मैंने ठाकुर साहब के मुंह से एक भी बात ऐसी नहीं सुनी, जिससे यह हो कि वह आपसे कोई अदावत रखते हैं।

विशालसिंह ने कुछ लज्जित होकर कहा-मैंने निश्चय कर लिया था कि सबसे पहला वार इन्हीं पर करूंगा; लेकिन आपकी बातों ने मेरा विचार पलट दिया। आप भी उन्हें समझा दीजिएगा कि मेरी तरफ से कोई शंका न रखें।

यह कहकर कुंवर साहब घर में गये। सबसे पहले रोहिणी के कमरे में कदम रखा। पति की निष्ठुरता ने आज उसकी मदान्ध आंखें खोल दी थीं।

कुंवर साहब ने कमरे में कदम रखते ही कहा-रोहिणी, ईश्वर ने आज हमारी अभिलाषा पूरी की।

रोहिणी-तब तो घर में रहना और भी मुश्किल हो जाएगा। जब कुछ न था, तभी मिजाज न मिलता था। अब तो आकाश पर चढ़ जाएगा। काहे को कोई जीने पायेगा?

विशालसिंह ने दुखित होकर कहा-प्रिये, यह इन बातों का समय नहीं है। ईश्वर को धन्यवाद दो कि उसने हमारी विनती सुन ली।

रोहिणी-जब अपना कोई रहा ही नहीं, तो राजपाट लेकर चाटूंगी?

विशालसिंह को क्रोध तो आया; लेकिन इस भय से कि बात बढ़ जायेगी, कुछ बोले नहीं। वहां से वसुमती के पास पहुंचे। वह मुंह लपेटे पड़ी हुई थी। जगाकर बोले -क्या सोती हो, उठो खुशखबरी सुनायें।

वसुमती-पटरानी को सुना ही आये, मैं सुनकर क्या करूंगी? अब तक जो बात मन में थी, वह आज तुमने खोल दी, तो यहां बचा हुआ सत्तू खाने वाले पाहुने नहीं है।

विशालसिंह दु:खी होकर बोले -यह बात नहीं है, वसुमती! तुम जानबूझकर नादान बनती हो। मैं इधर ही आ रहा था, ईश्वर से कहता हूं। उसका कमरा अंधेरा देखकर चला गया; देखूं क्या बात है।

वसुमती-मुझसे बातें न बनाओ, समझ गये। जो एक औरत को काबू में नहीं रख सकता, वह रियासत का भार क्या संभालेगा?

यह कहकर वह उठी और झल्लायी हुई छत पर चली गयी। विशालसिंह कुछ देर उदास खड़े रहे, तब रामप्रिया के कमरे में प्रवेश किया। वह चिराग के सामने बैठी कुछ लिख रही थी। पति की आहट पाकर सिर उठाया, तो आंख में आंसू भरे हुए थे। विशालसिंह ने चौंककर पूछा-क्या बात है, प्रिये क्यों रो रही हो? मैं तुम्हें एक खुशखबरी सुनाने आया हूं?

रामप्रिया ने आंसू पोछते हुए कहा-सुन चुकी हूं, मगर आप उसे खुशखबरी कैसे कहते है? मेरी प्यारी बहन सदा के लिए संसार से चली गयी, क्या यह खुशखबरी है? दुखिया ने संसार का कुछ सुख न देखा। उसका तो जन्म ही व्यर्थ हुआ। रोते -रोते उम्र बीत गयी।

यह कहते -कहते रामप्रिया सिसक-सिसककर रोने लगी। विशालसिंह को उसका रोना बुरा मालूम हुआ। बाहर आकर महफिल में बैठ गये। मेडूखां सितार बजा रहे थे। सारी महफिल तन्मय हो रही थी। जो लोग फजलू का गाना न सुन सके थे, वे भी इस वक्त सिर घुमाते और झूमते नजर आते थे। किन्तु इस आनन्द और सुधा के अनन्त प्रवाह में एक प्राणी हृदय की ताप से विकल हो रहा था। वह राजा विशालसिंह थे, सारी बारात हंसती थी, दूल्हा रो रहा था।

8

दूसरी वर्षा भी आधी से ज्यादा बीत गयी; लेकिन चक्रधर ने माता-पिता से अहल्या का वृतान्त गुप्त रक्खा। जब मुंशीजी पूछे वहां क्या बात कर आये? आखिर यशोदानन्दन को विवाह करना है या नहीं? न करना हो तो साफ-साफ कह दें। करना हो, तो उसकी तैयारी करें। तो चक्रधर कुछ इधर-उधर की बातें करके टाल जाते। उधर यशोदानन्दन बार-बार लिखते तुमने मुंशीजी से सलाह की या नहीं। अगर तुम्हें उनसे कहते शर्म आती हो, तो मैं ही आकर कहूं?

आखिर इस तरह कब तक समय टालोगे? अहल्या तुम्हारे सिवा और किसी से विवाह न करेगी। चक्रधर इन पत्रों के जवाब में भी यही लिखते कि मैं खुद फिक्र में हूं। ज्यों ही मौका मिला, जिक्र करूंगा। मुझे विश्वास है कि पिताजी राजी हो जायेंगे।

जन्माष्टमी के उत्सव के बाद मुंशीजी घर आये तो उनके हौसले बड़े हुए थे। राजा साहब के साथ-ही-साथ उनके सौभाग्य का सूर्य उदय होता हुआ ही मालूम होता था। अब वह अपने ही शहर के किसी रईस के घर चक्रधर की शादी कर सकते थे। लेकिन मुंशी यशोदानन्दन को वचन दे चुके थे, इसलिए उनसे एक बार पूछ लेना उचित था। अगर उनकी तरफ से जरा भी विलम्ब हो तो साफ कह देना चाहते थे कि मुझे आपके यहां विवाह करना मंजूर नहीं। यों दिल में निश्चय करके एक दिन भोजन करते समय उन्होंने चक्रधर से कहा-मुंशी यशोदानन्दन भी कुछ ऊल-जलूल आदमी हैं। अभी तक कानों में तेल डाले हुए बैठे हैं।

चक्रधर-उनकी तरफ से तो देर नहीं है। वह तो मेरे खत का इन्तजार कर रहे हैं।

वज्रधर-मैं तो तैयार हूं लेकिन अगर उन्हें कुछ पेशोपेश हो, तो मैं उन्हें मजबूर नहीं करना चाहता। यहां सैकड़ों आदमी मुंह खोले हुए हैं। आज उन्हें लिख दो कि या तो इसी जाड़े में शादी कर दें, या कहीं और बातचीत करें।

चक्रधर ने देखा कि अवसर आ गया है। आज निश्चय ही कर लेना चाहिए। बोले-पेशोपेश जो कुछ होगा, आप ही की तरफ से होगा। बात यह है वह कन्या मुंशी यशोदानन्दन की पुत्री नहीं है।

वज्रधर-पुत्री नहीं है। वह तो लड़की ही बताते थे। खैर, पुत्री न होगी भतीजी होगी, भांजी होगी, नातिन होगी, बहन होगी। मुझे आम खाने से मतलब है या पेड़ गिनने से?

चक्रधर-वह लड़की उन्हें किसी मेले में मिली थी। तब उसकी उम्र तीन-चार बरस की थी। उन्हें उस पर दया आ गयी, घर लाकर पाला, पढ़ाया-लिखाया।

वज्रधर-(स्त्री से) कितना दगाबाज आदमी है। क्या अभी तक लड़की के मां-बाप का पता नहीं चला?

चक्रधर-जी नहीं, मुंशीजी ने उनका पता लगाने की बड़ी चेष्टा की पर कोई फल न निकला।

वज्रधर-अच्छा तो यह किस्सा है। बड़ा झूठा आदमी है, बना हुआ मक्कार।

निर्मला-तुम साफ-साफ लिख दो, मुझे नहीं करना है। बस!

वज्रधर-मैं तुमसे तो सलाह नहीं पूछता हूं। मैं खुद जानता हूं ऐसे धोखेबाजों के साथ कैसे पेश आना चाहिए।

खाना खाकर दोनों आदमी उठे, तो मुंशीजी ने कहा-कलम-दवात लाओ, मैं इसी वक्त यशोदानन्दन को खत लिख दूं। बिरादरी का वास्ता न होता, तो हरजाने का दावा कर देता।

चक्रधर आरक्त मुख और संकोच-रुद्ध कण्ठ से बोले -मैं तो वचन दे आया था।

वज्रधर-तो यह क्यों नहीं कहते कि तुमने सब कुछ आप-ही-आप तय कर लिया है। तुमने लड़की सुन्दर देखी, रीझ गये; मगर याद रखो स्त्री में सुन्दरता ही सबसे बड़ा गुण नहीं है। मैं तुम्हें हरगिज यह शादी न करने दूंगा।

चक्रधर-मेरा खयाल है कि स्त्री हो या पुरुष, गुण और स्वभाव ही उसमें मुख्य वस्तु हैं। इसके सिवा और सभी बातें गौण हैं।

वज्रधर-तुम्हारे सिर नयी रोशनी का भूत तो नहीं सवार हुआ था। एकाएक यह क्या काया पलट हो गयी ?

चक्रधर-मेरी सबसे बड़ी अभिलाषा तो यही है कि आप लोगों की सेवा करता जाऊं, आपकी मरजी के खिलाफ कोई काम न करूं लेकिन सिद्धांत के विषय में मजबूर हूं।

वज्रधर-सेवा करना तो नहीं चाहते मुंह में कालिख लगाना चाहते हो; मगर याद रखो, तुमने यह विवाह किया तो अच्छा न होगा। ईश्वर वह दिन न लाये कि मैं अपने कुल में कलंक लगते देखूं।

चक्रधर-तो मेरा भी यही निश्चय है कि मैं और कहीं विवाह न करूंगा।

यह कहते हुए चक्रधर बाहर चले आये और बाबू यशोदानन्दन को एक पत्र लिखकर सारा किस्सा बयान किया। उसके अन्तिम शब्द ये थे- 'पिताजी राजी नहीं होते और यद्यपि मैं सिद्धान्त के विषय में उनसे दबना नहीं चाहता; लेकिन उनसे अलग रहने और बुढ़ापे में उन्हें इतना बड़ा सदमा पहुंचाने की मैं कल्पना भी नहीं कर सकता। मैं बहुत लज्जित होकर आपसे क्षमा चाहता हूं। अगर ईश्वर की यही इच्छा है, तो मैं जीवन पर्यन्त अविवाहित ही रहूंगा, लेकिन यह असम्भव है कि कहीं और विवाह कर लूं।'

इसके बाद उन्होंने दूसरा पत्र अहल्या के नाम लिखा। उसके अन्तिम शब्द ये थे- 'मैं अपने माता-पिता का वैसा ही भक्त हूं जैसा कोई और बेटा हो सकता है। किन्तु यदि इन भक्ति और आत्मा की स्वाधीनता में विरोध आ पड़े तो मुझे आत्मा की रक्षा करने में जरा भी संकोच न होगा। अगर मुझे यह भय न होता कि माताजी अवज्ञा से रो-रोकर प्राण दे देंगी और पिताजी देश-विदेश मारे-मारे फिरेंगे, तो मैं यह असह्य यातना न सहता। लेकिन मैं सब-कुछ तुम्हारे ही फैसले पर छोड़ता हूं केवल इतनी ही याचना करता हूं कि मुझ पर दया करो।'

9

मुद्दत के बाद जगदीशपुर के भाग जगे, कार्तिक लगते ही एक ओर राजभवन की मरम्मत होने लगी, दूसरी ओर गद्दी के उत्सव की तैयारियां शुरू हुईं।

राजा साहब ताकीद करते रहते थे कि प्रजा पर जरा भी सख्ती न होने पाये। दीवान साहब से उन्होंने जोर देकर कह दिया था कि बिना पूरी मजदूरी दिये किसी से काम न लीजिए; लेकिन, यह उनकी शक्ति से बाहर था कि आठों पहर बैठे रहें। उनके पास अगर कोई शिकायत पहुंचती,

तो कदाचित् वह राज-कर्मचारियों को फाड़ खाते, लेकिन प्रजा सहनशील होती है, जब तक प्याला भर न जाय, वह जबान नहीं खोलती। फिर गद्दी के उत्सव में थोड़ा-बहुत कष्ट होना स्वाभाविक समझकर और भी कोई न बोलता था।

तीन महीने तक सारी रियासत के बढ़ई, मिस्त्री, दरजी, चमार, कहार सब दिल तोड़कर काम करते रहे। चक्रधर को रोज खबरें मिलती रहती थीं कि प्रजा पर बड़े-बड़े अत्याचार हो रहे हैं; लेकिन वह राजा साहब से शिकायत करके उन्हें असमंजस में न डालना चाहते थे। अकसर खुद जाकर मजूरों और कारीगरों को समझाते थे। इस तरह तीन महीने गुजर गये। राजभवन का कलेवर नया हो गया। सारे कस्बे में रोशनी के फाटक बन गये, तिलकोत्सव का विशाल पण्डाल तैयार हो गया।

लेकिन अब तक बहुत-कुछ काम बेगार से चल गया था। मजूरों को भोजन मात्र मिल जाता था। अब नकद रुपये की जरूरत सामने आ रही थी। राजाओं का आदर-सत्कार और अंगरेज हुक्काम की दावत-तवाजा तो बेगार में न हो सकती थी। खर्च का तखमीना पांच लाख से ऊपर था। खजाने में झंझी कौड़ी न थी। असामियों से छमाही लगान पहले ही वसूल किया जा चुका था। मुहूर्त आता जाता था और कुछ निश्चय न होता था। यहां तक कि केवल 15 दिन और रह गये।

सन्ध्या का समय था। राजा साहब उस्ताद मेडूखां के साथ बैठे सितार का अभ्यास कर रहे थे कि दीवान साहब और मुंशीजी आकर खड़े हो गये।

विशालसिंह ने पूछा-कोई जरूरी काम है?

ठाकुर-हुजूर, उत्सव को अब केवल एक सप्ताह रह गया है और अभी तक रुपये की कोई सबील नहीं हो सकी। अगर आज्ञा हो, तो किसी बैंक से 5 लाख कर्ज ले लिया जाय।

राजा-हरगिज नहीं।

दीवान-तो असामियों पर हल पीछे 10 रु. चन्दा लगा दिया जाय।

राजा-मैं अपने तिलकोत्सव के लिए असामियों पर जुल्म न करूंगा। इससे तो कहीं अच्छा है कि उत्सव ही न हो।

दीवान-महाराज, रियासतों में प्रथा है। सब असामी खुशी से देंगे, किसी को आपत्ति न होगी?

मुंशी-गाते-बजाते आएंगे और दे जायेंगे।

राजा-अगर आप लोगों का विचार है कि किसी को कष्ट न होगा और लोग खुशी से मदद देंगे तो आप अपनी जिम्मेदारी पर वह काम, कर सकते हैं। मेरे कानों तक शिकायत न आये।

दीवान-हुजूर, शिकायत तो थोड़ी-बहुत हर हालत में होती ही है। इससे बचना असम्भव है। राजा और प्रजा का सम्बन्ध ही ऐसा है। प्रजाहित के लिए भी कोई काम कीजिए, तो उसमें भी लोगों को शंका होती है। हल पीछे 10 रु. बैठा देने से कोई 5 लाख रुपये हाथ आ जायेंगे। रही रसद, वह तो बेगार में मिलती ही है। आपकी अनुमति की देर है।

मुंशी-जब सरकार ने कह दिया कि आप अपनी जिम्मेदारी पर वसूल कर सकते हैं, तो अनुमति का क्या प्रश्न? चलिए, अब हुजूर को तकलीफ न दीजिए।

राजा-बस, इतना खयाल रखिए कि किसी को कष्ट न होने पाये। आपको ऐसी व्यवस्था करनी चाहिए कि असामी लोग सहर्ष आकर शरीक हों।

हुक्म मिलने की देर थी। कर्मचारियों के हाथ तो खुजला रहे थे। वसूली का हुक्म पाते ही बाग-बाग हो गये। फिर तो वह अंधेर मचा कि सारे इलाके में कुहराम पड़ गया। चारों तरफ लूट-खसोट हो रही थी। गालियां और ठोक-पीट तो साधारण बात थी, किसी के बैल खोल लिए जाते थे, किसी की गाय छीन ली जाती थी, कितनों ही के खेत कटवा लिये गये। बेदखली और इजाफे की धमकियां दी जाती थीं। जिसने खुशी से दिये, उसका तो 10 रु. ही में गला छूटा। जिसने हीले -हवाले किये, कानून बघारा, उसे 10 रु. के बदले 20 रु., 30 रु. 30 रु., 40 रु. देने पड़े। आखिर विवश होकर एक दिन चक्रधर ने राजा साहब से शिकायत कर ही दी।

राजा साहब ने त्योरी बदलकर कहा-मेरे पास तो आज तक कोई असामी शिकायत करने नहीं आया। आप उनकी तरफ से क्यों वकालत कर रहे हैं?

चक्रधर-उन्हें आपसे शिकायत करने को क्योंकर साहस हो सकता है।

राजा-यह मैं नहीं मानता। जिसको किसी बात की अखर होती है वह, चुप नहीं बैठा रहता।

चक्रधर-तो आपसे कोई आशा न रखूं?

राजा-मैं अपने कर्मचारियों से अलग कुछ नहीं हूं।

चक्रधर ने इसका और कुछ जवाब न दिया। मुंशीजी राजभवन में इन्हें देखकर बोले-तुम यहां क्या करने आये थे? अपने लिए कुछ नहीं कहा?

चक्रधर-अपने लिए क्या कहता? सुनता हूं रियासत में बड़ा अंधेर मचा हुआ है।

वज्रधर-यह सब तुम्हारे आदमियों की शरारत है। तुम्हारी समिति के आदमी जा-जाकर असामियों को भड़काते रहते हैं।

चक्रधर-हम लोग तो इतना ही चाहते हैं कि असामियों पर सख्ती न की जाय और आप लोगों ने इसका वादा भी किया था; फिर यह मार- धाड़ क्यों हो रही ?

वज्रधर-इसीलिए कि असामियों से कह दिया गया है कि राजा साहब किसी पर जब्र नहीं करना चाहते। जिसकी खुशी हो दे, जिसकी खुशी हो ना दे। तुम अपने आदमियों को बुला लो, फिर देखो कितनी आसानी से काम हो जाता है। तुम आज ही अपने आदमियों को बुला लो। रियासत के सिपाही उनसे बेतरह बिगड़े हुए हैं। ऐसा न हो कि मारपीट हो जाय।

चक्रधर यहां से अपने आदमियों को बुला लेने का वादा करके तो चले लेकिन दिल में आगा-पीछा हो रहा था। कुछ समझ में न आता था कि क्या करना चाहिए। इसी सोच में पड़े हुए मनोरम के यहां चले गये।

मनोरमा उन्हें उदास देखकर बोली-आप बहुत चिन्तित-से मालूम होते हैं? घर में तो सब कुशल हैं?

चक्रधर-क्या करूं मनोरमा, अपनी दशा देखकर कभी-कभी रोना आ जाता है। सारा देश गुलामी की बेड़ियों में जकड़ा हुआ है, फिर भी हम अपने भाइयों की गर्दन पर छुरी फेरने से बाज नहीं आते। राजा साहब की जात से लोगों को कैसी-कैसी आशाएं थीं, लेकिन अभी गद्दी पर बैठे छः महीने भी नहीं हुए और इन्होंने भी वही पुराना राग अख्तियार कर लिया। प्रजा से डण्डों के जोर से रुपये वसूल किये जा रहे हैं और कोई फरियाद नहीं सुनता। सबसे ज्यादा रोना तो इस बात का है कि दीवान साहब और मेरे पिताजी ही राजा साहब के मन्त्री और इस अत्याचार के मुख्य कारण हैं।

सरल हृदय प्राणी अन्याय की बात सुनकर उत्तेजित हो जाते हैं। मनोरमा ने उद्दण्ड होकर कहा-आप असामियों से क्यों नहीं कहते कि किसी को एक कौड़ी भी न दें कोई देगा ही नहीं तो ये लोग कैसे ले लेंगे?

चक्रधर को हंसी आ गयी बोले-तुम मेरी जगह होती, तो असामियों को मना कर देतीं?

मनोरमा-अवश्य। खुल्लम-खुल्ला कहती, खबरदार! राजा के आदमियों को कोई एक पैसा भी न दे। मैं राजा के आदमियों को इतना चिटवाती कि फिर इलाके में जाने का नाम ही न लेते।

चक्रधर ये बातें सुनकर पुलकित हो उठे। मुस्कुराकर बोले -अगर दीवान साहब खफा हो जाते?

मनोरमा-तो खफा हो जाते! किसी के खफा हो जाने के डर से सच्ची बात पर परदा थोड़े ही डाला जाता है।

इस विषय पर फिर कुछ बातचीत न हुई, लेकिन चक्रधर यहां से पढ़ाकर चले, तो उनके मन में प्रश्न हो रहा था-क्या अब यहां मेरा आना उचित है? आज उन्होंने विवेक के प्रकाश में अपने अन्तस्तल को देखा, तो उसमें कितने ही ऐसे भाव छिपे हुए थे, जिन्हें यहां न रहना चाहिए था।

10

गद्दी के कई दिन पहले ही से मेहमानों का आना शुरू हो गया और तीन दिन बाकी ही थे कि सारा कैम्प भर गया। दीवान साहब ने कैम्प में ही बाजार लगवा दिया था, वहीं रसद-पानी का भी इन्तजाम था। राजा साहब स्वयं मेहमानों की खातिरदारी करते रहते थे; किन्तु जमघट बहुत बड़ा था। आठों पहर हरबोंग-सा मचा रहता था।

मेहमानों के आदर-सत्कार की तो धूम थी और वे मजदूर, जो छाती फाड़-फाड़कर काम कर रहे थे, भूखों मरते थे। काम लेने को सब थे, पर भोजन को पूछने वाला कोई न था। चमार पहर रात रहे घास छीलने जाते, मेहतर पहर रात से सफाई करने लगते, कहार पहर रात से पानी खींचना शुरू करते, मगर कोई उनका पुरसाहाल न था। चपरासी बात-बात पर उन्हें गालियां

सुनाते; क्योंकि उन्हें खुद बात-बात पर डांट पड़ती थी। चपरासी सहते थे; क्योंकि उन्हें दूसरे पर अपना गुस्सा उतारने का मौका मिल जाता था। बेगारों से न सहा जाता था, इसलिए कि उनकी आते जलती थीं। दिन-भर धूप में जलते, रात-भर क्षुधा की आग में। असन्तोष बढ़ता जाता था। न जाने कब सब-के-सब जान पर खेल जायें, हड़ताल कर दे।

सन्ध्या का समय था। तिलक का मुहूर्त निकट आ गया था। हवन की तैयारी हो रही थी। सिपाहियों की वर्दी पहनकर खड़े हो जाने की आज्ञा दे दी गयी थी कि सहसा मजदूरों के बाड़े से रोने-चिल्लाने की आवाजें आने लगीं। किसी कैम्प में घास न थी और ठाकुर हरसेवक हंटर लिए चमारों को पीट रहे थे। मुंशी वज्रधर की आंखें मारे क्रोध के लाल हो रही थीं।

चौधरी ने हाथ बांधकर कहा-हुजूर, घास तो रात ही को पहुंचा दी गयी थी। हां, इस बेला अभी नहीं पहुंची। आधे आदमी तो मांदे पड़े हुए हैं।

मुंशी-बदमाश! झूठ बोलता है, अभी पोलो खेल होगा, घोड़े बिना खाये कैसे दौड़ेंगे?

एक युवक ने कहा- हम लोग तो बिना खाये आठ दिन से घास दे रहे हैं, घोड़े क्या बिना खाये एक दिन भी न दौड़ेंगे?

चौधरी डण्डा लेकर युवक को मारने दौड़ा, पर उसके पहले ही ठाकुर साहब ने झटपट उसे चार-पांच हंटर सड़ाप-सड़ाप लगा दिये। नंगी देह, चमड़ी फट गयी, खून निकल गया।

चौधरी ने ठाकुर साहब और युवक के बीच में खड़े होकर कहा-हुजूर! क्या मार ही डालेंगे? लड़का है कुछ अनुचित मुंह से निकल जाय तो क्षमा करनी चाहिए। राजा को दयावान होना चाहिए।

ठाकुर साहब आपे से बाहर हो रहे थे। एक चमार का यह हौसला कि उनके सामने मुंह खोल सके। वहीं हंटर तान कर चौधरी को जमाया। बूढ़ा आदमी, उस पर कई दिन का भूखा, खड़ा भी मुश्किल से हो सकता था, हंटर पड़ते ही जमीन पर गिर पड़ा। बाड़े में हलचल पड़ गयी। हजारों आदमी जमा हो गये। कितने ही चमारों ने मारे डर के खुरपी और रस्सी उठा ली थी और घास छीलने जा रहे थे। चौधरी पर हंटर पड़ते देखा, तो रस्सी-खुरपी फेंक दी और आकर चौधरी को उठाने लगे।

ठाकुर साहब ने तड़पकर कहा-तुम सब अभी एक घंटे में घास लाओ, नहीं तो एक-एक की हड्डी तोड़ दी जायेगी।

एक चमार बोला-हम यहां काम करने आये हैं, जान देने नहीं आये हैं। एक तो भूखों मरें, दूसरे लात खायें। हमारा जन्म इसीलिए थोड़े ही हुआ है? जिससे चाहें काम कराइए, हम घर जाते हैं।

मुंशी-जिसने बाड़े के बाहर कदम रखा, उसकी शामत आई। तोप पर उड़ा दूंगा।

लेकिन चमारों के सिर पर भूत सवार था। बूढ़े चौधरी को उठाकर सब-के-सब एक गोल में बाड़े के द्वार की ओर चले। सिपाहियों की कवायद हो रही थी। ठाकुर साहब ने खबर भेजी और

बात-की-बात में उन सबों ने आकर बाड़े का द्वार रोक लिया। सभी कैम्पों में खलबली पड़ गयी। तरह-तरह की अफवाहें उड़ने लगीं। राजा साहब अपने खेमे में तिलक के भड़कीले-सजीले वस्त्र धारण कर रहे थे। यह खबर सुनी, तो तिलमिला गये। क्रोध से बावले होकर वह अपनी बन्दूक लिए खेमे से निकल आये और कई आदमियों के साथ बाड़े के द्वार पर जा पहुंचे।

चौधरी इतनी देर में झाड़-पोंछकर उठ बैठा था। राजा साहब को देखते ही रोकर बोला-दुहाई है महाराज की। सरकार, बड़ा अन्धेर हो रहा है। गरीब लोग मारे जाते हैं।

राजा-तुम सब पहले बाड़े के द्वार से हट जाओ, फिर जो कुछ कहना है, मुझसे कहो। अगर किसी ने बाड़े के बाहर पांव रखा, तो जान से मारा जाएगा।

चौधरी-सरकार ने हमको काम करने के लिए बुलाया है कि जान लेने के लिए?

राजा-काम न करोगे, तो जान ली जाएगी।

चौधरी-काम तो आपका करें, खाने किसके घर जायें?

राजा-क्या बेहूदा बातें करता है, चुप रहो! तुम सब-के-सब मुझे बदनाम करना चाहते हो। तुम नीच हो और नीच लातों के बगैर सीधा नहीं होता।

चौधरी-क्या अब हमारी पीठ पर कोई नहीं कि मार खाते रहें और मुंह न खोलें? अब तो सेवा-समिति हमारी पीठ पर है। क्या वह कुछ भी न्याय न करेगी।

राजा-अच्छा! तो तुझे सेवा-समिति वालों का घमण्ड है?

चौधरी- है, वह हमारी रक्षा करती है, तो क्यों न उनका घमण्ड करें?

राजा साहब ओठ चबाने लगे -तो यह समिति वालों की कारस्तानी है। चक्रधर मेरे हाथ कपट-चाल चल रहे हैं, लाला चक्रधर! जिसका बाद मेरी खुशामद की रोटियां खाता है। देखता हूं वह मेरा क्या कर लेता है। इन मूर्खों के सिर से यह घमण्ड निकाल ही देना चाहिए। यह जहरीले कीड़े फैल गये, तो आफत मचा देंगे।

चौधरी तो ये बातें कर रहा था, उधर बाड़े में घोर कोलाहल मचा हुआ था। सरकारी आदमियों की सूरत देखकर जिनके प्राण-पखेरू उड़ जाते थे, वे इस समय नि:शंक और निर्भय बन्दूकों के सामने मरने को तैयार खड़े थे। द्वार से निकलने का रास्ता न पाकर कुछ आदमियों ने बाड़े की लकड़ियां और रस्सियां काट डालीं और हजारों आदमी उधर से भड़भड़ाकर निकल पड़े, मानो कोई उमड़ी हुई नदी बांध तोड़कर निकल पड़े। उसी वक्त एक ओर से सशस्त्र पुलिस के जवान और दूसरी ओर से चक्रधर, समिति के कई युवकों के साथ आते हुए दिखाई दिये।

उन्हें देखते ही हड़तालियों में जान-सी पड़ गयी, जैसे अबोध बालक अपनी माता को देखकर शेर हो जाय। हजारों आदमियों ने घेर लिया- ' भैया आ गये! भैया आ गये! ' की ध्वनि से आकाश गूंज उठा।

चक्रधर ने ऊंची आवाज से कहा-क्यों भाइयों, तुम मुझे अपना मित्र समझते हो या शत्रु?

चौधरी-भैया, यह भी खोई पूछने की बात है। तुम हमारे मालिक हो, सामी हो, सहाय हो।

चक्रधर इस भीड़ से निकलकर सीधे राजा साहब के पास आये और बोले-महाराज, मैं आप से कुछ विनय, करना चाहता हूं।

राजा साहब ने त्योरियां बदल कर कहा-मैं इस वक्त कुछ नहीं सुनना चाहता।

चक्रधर- आप कुछ न सुनेंगे, तो पछताएंगे।

राजा-मैं इन सबों को गोली मार दूंगा।

चक्रधर-दीन प्रजा के रक्त से राज-तिलक लगाना किसी राजा के लिए मंगलकारी नहीं हो सकता। प्रजा का आशीर्वाद ही राज्य की सबसे बड़ी शक्ति है, मैं आपका शुभचिन्तक हूं। इसीलिए आपकी सेवा में आया हूं। यह सारा तूफान अयोग्य कर्मचारियों का खड़ा किया हुआ है। ये सभी आदमी इस वक्त झल्लाये हुए हैं। गोली चलाकर आप उनके प्राण ले सकते हैं; लेकिन उनका रक्त केवल इसी बाड़े में न सूखेगा, यह सारा विस्तृत कैम्प उस रक्त से सिंच जायेगा; उसकी लहरों के झोंके से यह विशाल मण्डप उखड़ जायेगा और यह आकाश में फहराती हुई ध्वजा भूमि पर गिर पड़ेगी। सारी रियासत में हाहाकार मच जायेगा।

राजा साहब अपनी टेक पर अड़ना जानते थे; किन्तु इस समय उनका दिल कांप उठा। बोले - इन लोगों को अगर कोई शिकायत थी, तो इन्हें आकर मुझसे कहना चाहिए था। मुझसे न कहकर इन लोगों ने हेकड़ी करनी शुरू की, रात घोड़ों को घास नहीं दी और इस वक्त भागे जाते हैं। मैं यह घोर अपमान नहीं सह सकता।

चक्रधर-आपने इन लोगों को अपने पास आने का अवसर कब दिया? आपको मालूम है कि इन गरीबों को एक सप्ताह से कुछ भोजन नहीं मिला?

राजा-यह आप क्या कहते हैं? मैंने सख्त ताकीद कर दी थी कि हर एक मजदूर को इच्छा-पूर्ण भोजन दिया जाय। क्यों दीवान साहब, क्या बात है?

हरसेवक-धर्मावतार, आप इन महाशय की बातों में न आइए। यह सारी आग इन्हीं की लगायी हुई है।

मुंशी-दीनबन्धु, यह लड़का बिलकुल नासमझ है। दूसरों ने जो कुछ कह दिया, उसे सच समझ लेता है।

राजा-मैं इसकी पूछ-ताछ करूंगा।

हरसेवक-हुजूर, इन्हीं लोगों ने आदमियों को उभारकर सरकश बना दिया है। यह लोग सबसे कहते फिरते हैं कि किसी को तुम्हारे ऊपर राज्य करने का अधिकार नहीं है, किसी को तुमसे बेगार लेने का अधिकार नहीं। जमीन के मालिक तुम हो। जो जमीन से बीज उगाये, वही उसका मालिक है। राजा तो तुम्हारा गुलाम है।

राजा-बहुत ठीक कहते हैं। वास्तव में मैं प्रजा का गुलाम हूं बल्कि उसके गुलाम का गुलाम हूं।

हरसेवक-हुजूर, मैं इन लोगों की बातें कहां तक कहूं। कहते हैं, राजा को इतने बड़े महल में रहने का कोई हक नहीं। उसका संसार में कोई काम ही नहीं।

राजा-बहुत ही ठीक कहते हैं। आखिर मैं पड़े-पड़े खाने के सिवा और क्या करता हूं।

चक्रधर ने झुंझला कर कहा-मैंने प्रजा को उनके अधिकार अवश्य समझाए हैं; लेकिन यह कभी नहीं कहा कि राजा को संसार में रहने का कोई हक नहीं; क्योंकि मैं जानता हूं जिस दिन राजाओं की जरूरत न रहेगी, उस दिन उनका अन्त हो जाएगा।

राजा-मैं तो बुरा नहीं मानता, आपने कोई ऐसी बात नहीं कही, जो और लोग न कहते हों।

चक्रधर को मालूम हुआ कि राजा साहब मुझे बना रहे हैं। गरम होकर बोले -अगर आपके ये भाव सच्चे होते, तो प्रजा पर यह विपत्ति ही न आती। राजाओं की यह पुरानी नीति है कि प्रजा का मन मीठी-मीठी बातों, से भरें और अपने कर्मचारियों को मनमाने अत्याचार करने दें। वह राजा, जिसके कानों तक प्रजा की पुकार न पहुंचने पाये, आदर्श नहीं कहा जा सकता।

राजा-किसी तरह नहीं। उसे गोली मार देनी चाहिए। जीता चुनवा देना चाहिए। प्रजा का गुलाम है कि दिल्लगी।

चक्रधर यह व्यंग्य न सह सके। उनकी स्वाभाविक शक्ति ने उनका साथ छोड़ दिया। चेहरा तमतमा उठा। बोले -जिस आदर्श के सामने आपको सिर झुकाना चाहिए, उसका मजाक उड़ाना आपको शोभा नहीं देता। मैंने कभी यह अनुमान न किया था कि आपके वचन और कर्म में इतनी जल्द इतना बड़ा भेद हो जाएगा।

क्रोध ने अब अपना यथार्थ रूप धारण किया। ' राजा साहब अभी तक तो व्यंग्यों से चक्रधर को परास्त करना चाहते थे; लेकिन जब चक्रधर के वार मर्मस्थल पर पड़ने लगे, तो उन्हें भी अपने शस्त्र निकालने पड़े। डपटकर बोले-अच्छा, बाबूजी, अब अपनी जबान बन्द करो। मैं प्रजा का गुलाम नहीं हूं। प्रजा मेरे पैरों की धूल है। मुझे अधिकार है कि उसके साथ जैसा उचित समझूं वैसा सलूक करूं। किसी को हमारे और हमारी प्रजा के बीच में बोलने का हक नहीं है। आप अब कृपा करके यहां से चले जाइए और फिर कभी मेरी रियासत में कदम न रखिएगा; वरना शायद आपको पछताना पड़े। जाइए।

मुंशी वज्रधर की छाती धक- धक करने लगी। चक्रधर को हाथों से पीछे हटाकर बोले-हुजूर की कृपा-दृष्टि ने इसे शोख कर दिया है। अभी तक बड़े आदमियों की सोहबत में बैठने का मौका तो मिला नहीं, बात करने की तमीज कहां से आये।

लेकिन चक्रधर भी जवान आदमी थे, उस पर सिद्धान्तों के पक्के, आदर्श पर मिटने वाले, अधिकार और प्रभुत्व के जानी दुश्मन, वह राजा साहब के उद्दण्ड शब्दों से जरा भी भयभीत न हुए। तने हुए सामने आये और बोले-आपको अपने मुख से ये शब्द निकालते हुए शर्म आनी

चाहिए थी। आप प्रजा पर अपने को अर्पण कर देना चाहते थे। आप कहते थे, मैं प्रजा को अपने पास बेरोक-टोक आने दूंगा, उनके लिए मेरे द्वार हरदम खुले रहेंगे। आप कहते थे, ' मेरे कर्मचारी उनकी ओर टेढ़ी निगाह से भी देखेंगे, तो उनकी शामत आ जाएगी। वे सारी बातें क्या आपको भूल गयीं? और इतनी जल्द? अभी तो बहुत दिन नहीं गुजरे। अब आप कहते हैं, प्रजा मेरे पैरों की धूल है।

राजा साहब कहां तो क्रोध से उन्मत्त हो रहे थे, कहां यह लगती हुई बात सुनकर रो पड़े। क्रोध निरुत्तर होकर पानी हो जाता है। मगर एक ही क्षण में राजा साहब सचेत हो गये। प्रभुता ने आंसुओं को दबा दिया। अकड़कर बोले-मैं कहता हूं, यहां से चले जाओ।

चक्रधर-जब तक आप इन आदमियों को जाने न देंगे, मैं नहीं जा सकता।

राजा-मेरे आदमियों से तुम्हें कोई सरोकार नहीं है। उनमें से अगर एक भी हिला, तो उसकी लाश जमीन पर होगी।

चक्रधर-तो मेरे लिए इसके सिवा और कोई उपाय नहीं है कि उन्हें यहां से हटा ले जाऊं?

यह कहकर चक्रधर मजदूरों की ओर चले। राजा साहब जानते थे कि इनका इशारा पाते ही सारे मजदूर हवा हो जायेंगे, फिर सशस्त्र सेना भी उन्हें न रोक सकेगी। तिलमिलाकर बन्दूक लिए हुए चक्रधर के पीछे दौड़े और ऐसे जोर से उन पर कुन्दा चलाया कि सिर पर लगता तो शायद वहीं ठण्डे हो जाते। मगर कुशल हुई। कुन्दा पीछे में लगा और उसके झोंके से चक्रधर कई हाथ पर जा गिरे। उनका जमीन पर गिरना था कि पांच हजार आदमी बाड़े को तोड़कर, सशस्त्र सिपाहियों को चीरते, बाहर निकल आये और नरेशों के कैम्प की ओर चले। रास्ते में जो कर्मचारी मिला, उसे पीटा। मालूम होता था, कैम्प में लूट मच गयी है। दुकानदार अपनी दुकानें समेटने लगे, दर्शकगण अपनी धोतियां संभालकर भागने लगे। चारों तरफ भगदड़ पड़ गयी। जितने बेफिक्रे, शोहदे, लुच्चे तमाशा देखने आए थे, वे सब उपद्रवकारियों में मिल गये। यहां तक कि नरेशों के कैम्प तक पहुंचते-पहुंचते उनकी संख्या दूनी हो गयी।

राजा-रईस अपनी वासनाओं के सिवा किसी के गुलाम नहीं होते। वक्त की गुलामी भी उन्हें पसन्द नहीं। वे किसी नियम को अपनी स्वेच्छा में बाधा नहीं डालने देते। फिर उनको इसकी क्या परवाह कि सुबह है या शाम। कोई मीठी नींद के मजे लेता था, कोई गाना सुनता था, कोई स्नान-ध्यान में मग्न था और लोग तिलक-मंडप जाने की तैयारियां कर रहे थे। कहीं भंग घुटती थी, कहीं कवित्त-चर्चा हो रही थी और कहीं नाच हो रहा था। कोई नाश्ता कर रहा था और कोई लेटा नौकरों से चम्पी करा रहा था। उत्तरदायित्वहीन स्वतन्त्रता अपनी विविध लीलाएं दिखा रही थी। अगर उपद्रवी इस कैम्प में पहुंच जाते, तो महा-अनर्थ हो जाता। न जाने कितने राजवंशों का अंत हो जाता, किन्तु राजाओं की रक्षा उनका इकबाल करता है। अंग्रेजी कैम्प में 10-12 आदमी अभी शिकार खेलकर लौटे थे। उन्होंने जो यह हंगामा सुना, तो बाहर निकल आये और जनता पर अन्धाधुन्ध बंदूकें छोड़ने लगे। पहले तो उत्तेजित जनता ने बन्दूकों की परवाह न की, उसे अपनी संख्या का बल था।

जनता उत्तेजित होकर आदर्शवादी हो जाती है।

गोलियों की पहली बाढ़ आई। कई आदमी गिर गये।

चौधरी-देखो भाई, घबराना नहीं। जो गिरता है उसे गिरने दो, आज ही तो दिल के हौसले निकले हैं। जय हनुमानजी की।

एक मजदूर-बढ़े आओ, बढ़े आओ, अब मार लिया है। आज ही तो....

उसके मुंह से पूरी बात भी न निकलने पाई थी कि गोलियों की दूसरी बाढ़ आयी और कई आदमियों के साथ दोनों नेताओं का काम तमाम कर गयी। एक क्षण के लिए सबके पैर रुक गये। जो जहां था, वहीं खड़ा रह गया। समस्या थी कि आगे जायें या पीछे? सहसा एक युवक ने कहा-मारो, रुक क्यों गये? सामने पहुंचकर हिम्मत छोड़े देते हो। बढ़े चलो। जय दुर्गामाई की।

अंग्रेजी कैम्प से फिर गोलियों की बाढ़ आयी और कई आदमियों के साथ यह आदमी भी गिर गया, और उसके गिरते ही सारे समूह में खलबली पड़ गयी। अभी तक इन लोगों को न मालूम था कि गोलियां किधर से आ रही हैं। समझ रहे थे कि इसी कैम्प से आती होंगी। अब शिकारी लोग बढ़ आये थे और साफ नजर आ रहे थे।

एक चमार बोला-साहब लोग गोली चला रहे हैं। चलो, उन्हीं सबों को पथें? मुर्गी के अंडे खा-खाकर खूब मोटाये हुए हैं।

वे अंग्रेजी कैम्प की तरफ मुड़े और एक ही हल्ले में अंग्रेजी कैम्प के फाटक तक आ पहुंचे। अंग्रेज योद्धा अभी तक तो मोरचे पर खड़े बन्दूकें छोड़ रहे थे: लेकिन इस भयंकर दल को सामने देखकर उनके औसान जाते रहे। दो-चार तो भागे, दो-तीन मूर्छा खाकर गिर पड़े। केवल पांच फौजी अफसर अपनी जगह पर डटे रहे। उन्हें बचने की कोई आशा न थी इसी निराशा ने उन्हें अदम्य साहस प्रदान कर दिया था। सामने पहुंचकर लोगों ने आगे बढ़कर पत्थर चलाने शुरू किये। यहां तक कि अंग्रेज चोट खाकर गिर पड़े। एक का सिर फट गया था, दूसरे की बांह टूट गयी थी। केवल तीन आदमी रह गये थे और वही इन आदमियों को रोक रखने के लिए काफी थे। लेकिन उनके पास भी कारतूस न रह गये थे। इधर हड़तालियों के हौसले बढ़ते जाते थे। शिकार अब बेदम होकर गिरना चाहता था। हिंसा के मुंह से लार टपक रही थी।

सहसा एक आदमी पीछे से भीड़ को चीरता, बेतहाशा दौड़ता हुआ आकर बोला-बस, बस, क्या करते हो। ईश्वर के लिए हाथ रोको। क्या गजब करते हो। लोगों ने चकित होकर देखा, तो चक्रधर थे। सैकड़ों आदमी उन्मत्त होकर उनकी ओर दौड़े और उन्हें घेर लिया। जय-जयकार की ध्वनि से आकाश गूंजने लगा।

एक मजदूर ने कहा-हमें अपने एक सौ भाइयों के खून का बदला लेना है।

चक्रधर ने दोनों हाथ ऊपर उठाकर कहा-कोई एक कदम आगे न बढ़े। खबरदार।

मजदूर-यारों, बस, एक हल्ला और।

चक्रधर-हम फिर कहते हैं, अब एक कदम भी आगे न उठे।

जिले के मजिस्ट्रेट मिस्टर जिम ने कहा-बाबू साहब, खुदा के लिए हमें बचाइए।

फौज के कप्तान मिस्टर सिम बोले-हम हमेशा आपको दुआ देगा। हम सरकार से आपका सिफारिश करेगा।

एक मजदूर-हमारे एक सौ जवान भून डाले, तब आप कहां थे? यारों, क्या खड़े हो, बाबूजी का क्या बिगड़ा है। मारे तो हम गये हैं न? मारो बढ़ के।

चक्रधर ने उपद्रवियों के सामने खड़े होकर कहा-अगर तुम्हें खून की ऐसी प्यास है, तो मैं हाजिर हूं। मेरी लाश को पैरों से कुचलकर तभी तुम आगे बढ़ सकते हो।

मजदूर-भैया, हट जाओ, हमने बहुत मार खाई है, बहुत सताये गए हैं, इस वक्त दिल की आग बुझा लेने दो!

चक्रधर-मेरा लहू इस ज्वाला को शान्त करने के लिए काफी नहीं है?

मजदूर-भैया, तुम सान्त-सान्त बका करते हो; लेकिन उसका फल क्या होता है। हमें जो चाहता है, मारता है; जो चाहता है, पीसता है; तो क्या हमी सान्त बैठे रहें? सान्त रहने से तो और भी हमारी दुर्गत होती है। हमें सान्त रहना मत सिखाओ। हमें मरना सिखाओ, तभी हमारा उद्धार कर सकोगे।

चक्रधर-अगर अपनी आत्मा की हत्या करके हमारा उद्धार भी होता हो तो हम आत्मा की हत्या न करेंगे। संसार को मनुष्य ने नहीं बनाया है, ईश्वर ने बनाया है। भगवान ने उद्धार के जो उपाय बताये हैं, उनसे काम लो और ईश्वर पर भरोसा रखो।

मजदूर-हमारी फांसी तो हो ही जाएगी। तुम माफी तो न दिला सकोगे।

मिस्टर जिम-हम किसी को सजा न देंगे।

चक्रधर-इनाम मिले या फाँसी, इसकी क्या परवाह। अभी तक तुम्हारा दामन खून के छींटों से पाक है, उसे पाक रखो। ईश्वर की निगाह में तुम निर्दोष हो। अब अपने को कलंकित मत करो, जाओ।

मजदूर-अपने भाइयों का खून कभी हमारे सिर से न उतरेगा; लेकिन तुम्हारी यही मरजी है, लौट जाते हैं। आखिर फाँसी पर तो चढ़ना ही है।

एक क्षण में सारा कैम्प साफ हो गया। एक भी मजदूर न रह गया।

इन आदमियों के जाते ही वे लोग भी इनके साथ हो लिये, जो पहले लूट के लालच से चले आये थे। जिस तरह पानी आ जाने से कोई मेला उठ जाता है ग्राहक, दुकानदार और दुकानें सब न जाने कहां लुप्त हो जाती हैं, उसी भांति एक क्षण में सारे कैम्प में सन्नाटा छा गया। केवल तिलक-मण्डप से अभी तक आग की ज्वाला निकल रही थी। राजा साहब और उनके साथ के कुछ गिने-गिनाये आदमी उसके सामने चुपचाप खड़े मानो किसी मृतक की दाह-क्रिया कर रहे हों।

अंधेरा छा गया था। घायलों के कराहने की आवाजें आ रही थीं। चक्रधर और उसके साथ के युवक उन्हें सावधानी से उठा-उठाकर एक वृक्ष के नीचे जमा कर रहे थे। कई आदमी तो उठाते-उठाते सुरलोक सिधारे। कुछ सेवक उन्हें ले जाने की फिक्र करने लगे।

एकाएक कई सिपाहियों ने आकर चक्रधर को पकड़ लिया और अंग्रेजी कैम्प की तरफ ले चले। पूछा, तो मालूम हुआ कि जिम साहब का यह हुक्म है।

वहां कचहरी लगी हुई थी। सशस्त्र पुलिस के सिपाही, जिन्हें अब लूट से फुरसत मिल चुकी थी, द्वार पर संगीनें चढ़ाये खड़े थे। अन्दर मिस्टर जिम और मिस्टर सिम रौद्र रूप धारण किये सिगार पी रहे थे, मानो क्रोधाग्नि मुंह से निकल रही हो। राजा साहब मिस्टर जिम के बगल में बैठे थे। दीवान साहब क्रोध से आंखें लाल किये मेज पर हाथ रखे हुए कुछ कह रहे थे और मुंशी वज्रधर हाथ बांधे एक कोने में खड़े थे।

चक्रधर को देखते ही मिस्टर जिम ने कहा-राजा साहब कहता है कि यह सब तुम्हारी शरारत है।

चक्रधर आवेश में आकर बोले-अगर राजा साहब, आपका ऐसा विचार है, तो इसका मुझे दु:ख है। हम लोग जनता में जागृति अवश्य फैलाते हैं, उनमें शिक्षा का प्रचार करते हैं, उन्हें स्वार्थान्ध अमलों के फन्दों से बचाने का उपाय करते है और उन्हें अपने आत्मसम्मान की रक्षा करने का उपदेश दे देते हैं। हम चाहते है कि मनुष्य बने और मनुष्यों की भांति संसार में रहें। वे स्वार्थ के दास बनकर कर्मचारियों की खुशामद न करें, भयवश अपमान और अत्याचार न सहे। अगर इसे कोई भड़काना समझता है, तो समझे। हम तो इसे अपना कर्तव्य समझते हैं।

जिम-तुम्हारे उपदेश का यह नतीजा देखकर कौन कह सकता है कि तुम उन्हें नहीं भड़काता ?

चक्रधर-यहां उन आदमियों पर अत्याचार हो रहा था और उन्हें यहां से चले जाने का या काम न करने का अधिकार था। अगर उन्हें शांति के साथ चले जाने दिया जाता, तो यह नौबत कभी न आती।

राजा-हमें परम्परा से बेगार लेने का अधिकार है और उसे हम नहीं छोड़ सकते। आप असामियों को बेगार देने से मना करते है, और आज के हत्याकाण्ड का सारा भार आपके ऊपर है।

चक्रधर-कोई अन्याय केवल इसलिए मान्य नहीं हो सकता कि लोग उसे परम्परा से सहते आए हैं।

जिम-हम तुम्हारे ऊपर बगावत का मुकद्दमा चलायेगा। तुम डेंजरस (खतरनाक) आदमी है।

राजा-हुजूर, मैं इनके साथ कोई सख्ती नहीं करना चाहता, केवल यह प्रतिज्ञा लिखाना चाहता हूं कि यह अथवा इनके सहकारी लोग मेरी रियासत में न जायें।

चक्रधर-मैं ऐसी प्रतिज्ञा नहीं कर सकता। दीनों पर अत्याचार होते देखकर दूर खड़े रहना वह दशा है, जो हम किसी तरह नहीं सह सकते।

मिस्टर जिम ने सब-इन्स्पेक्टर से कहा-इनको हवालात में रखो, कल इजलास पर पेश करो।

वज्रधर ने आगे बढ़कर जिम के पैरों पर पगड़ी रख दी और बोले-हुजूर, यह गुलाम का लड़का है। हुजूर, इसकी जांबख्शी करें।

मिस्टर जिम-ओ! तहसीलदार साहब यह तुम्हारा लड़का है? तुमने उसको घर से निकाल क्यों नहीं दिया? सरकार तुमको इसलिए पेंशन नहीं देता कि तुम बागियों को पाले। हम तुम्हारा पेंशन बन्द कर देगा।

राजा-बाबू चक्रधर, अभी कुछ नहीं बिगड़ा है। आप प्रतिज्ञा लिखकर शौक से घर जा सकते हैं। मैं आपको तंग नहीं करना चाहता। हां, इतना ही चाहता हूं कि फिर हंगामे न खड़े हों।

चक्रधर-राजा साहब, क्षमा कीजिएगा, जब तक असन्तोष के कारण दूर न होंगे, ऐसी दुर्घटनाएं होंगी और फिर होंगी। मुझे आप पकड़ सकते हैं, कैद कर सकते हैं। इससे चाहे आपको शान्ति हो; पर वह असन्तोष अणुमात्र भी कम न होगा, जिससे प्रजा का जीवन असह्य हो गया है। असन्तोष को भड़काकर आप प्रजा को शांत नहीं कर सकते। हां, कायर बना सकते हैं। अगर आप उन्हें कर्महीन, बुद्धिहीन, पुरुषार्थहीन, मनुष्य का तन धारण करने वाले सियार और सुअर बनाना चाहते हैं, तो बनाइए; पर इससे न आपकी कीर्ति होगी, न ईश्वर प्रसन्न होंगे और न स्वयं आपकी आत्मा ही तुष्ट होगी।

11

संध्या हो गयी है। ऐसी उमस है कि सांस लेना कठिन है, और जेल की कोठरियों में यह उमस और भी असह्य हो गई है। एक भी खिड़की नहीं, एक भी जंगला नहीं। उस पर मच्छरों का निरन्तर गान कानों के परदे फाड़े डालता है।

यहीं एक कोठरी में चक्रधर को भी स्थान दिया गया है। स्वाधीनता की देवी अपने सच्चे सेवकों को यही पद प्रदान करती है।

वह सोच रहे हैं-यह भीषण उत्पात क्यों हुआ? हमने कभी भूलकर भी किसी से यह प्रेरणा नहीं की। फिर लोगों के मन में यह बात कैसे समायी? इस प्रश्न का उन्हें यही उत्तर मिल रहा है कि यह हमारी नीयत का नतीजा है। हमारी शांति-शिक्षा की तह में द्वेष छिपा हुआ था। हम भूल गए थे कि संगठित शक्ति आग्रहमय होती है; अत्याचार से उत्तेजित हो जाती है। अगर हमारी नीयत साफ होती, तो जनता के मन में कभी राजाओं का चढ़ दौड़ने का आवेश न होता; लेकिन क्या जनता राजाओं के कैम्प की तरफ न जाती, तो पुलिस उन्हें बिना रोक-टोक अपने घर जाने देती कभी नहीं, सवार के लिए घोड़े का अड़ जाना या बिगड़ जाना एक बात है। जो छेड़-छेड़कर लड़ना चाहे, उससे कोई क्योंकर बचे? फिर, अगर प्रजा अत्याचार का विरोध न करे, उसके

संगठन से फायदा ही क्या? इसलिए तो उसे सारे उपदेश दिए जाते हैं। कठिन समस्या है। या तो प्रजा को उनके हाल पर छोड़ दूं उन पर कितने ही जुल्म हों, उनके निकट न जाऊं या ऐसे उपद्रवों के लिए तैयार रहूं। राज्य पशु-बल का प्रत्यक्ष रूप है। वह साधु नहीं है, जिसका बल धर्म है; वह विद्वान नहीं है, जिसका बल तर्क है। वह सिपाही है जो डण्डे के जोर से अपना स्वार्थ सिद्ध कराता है। इसके सिवा उनके पास कोई दूसरा साधन ही नहीं।

यह सोचते-सोचते उन्हें अपना खयाल आया। मैं तो कोई आन्दोलन नहीं कर रहा था। किसी को भड़का नहीं रहा था। जिन लोगों की प्राणरक्षा के लिए अपनी जान जोखिम में डाली, वही मेरे साथ यह सलूक कर रहे हैं। इतना भी नहीं देख सकते कि जनता पर किसी का असर हो। उनकी इच्छा इसके सिवा और क्या है कि सभी आदमी अपनी-अपनी आंखें बन्द कर रखें उन्हें अपने आगे-पीछे, दायें-बायें देखने का हक नहीं। अगर सेवा करना पाप है, तो यह पाप तो मैं उस वक्त तक करता रहूंगा, जब तक प्राण रहेंगे। जेल की क्या चिन्ता? सेवा करने के लिए सभी जगह मौके हैं। जेल में तो और भी ज्यादा। लालाजी को दुःख होगा, अम्माजी रोयेगी; लेकिन मजबूरी है। जब बाहर भी जबान और हाथ-पांव बांधे जाएंगे, तो जैसे जेल वैसे बाहर। वह भी जेल ही है। हां, जरा उसका विस्तार अधिक है। मैं किसी तरह प्रतिज्ञा नहीं कर सकता।

वह इसी सोच-विचार में पड़े हुए थे कि एकाएक मुंशी वज्रधर कमरे में दाखिल हुए। उनकी देह पर एक पुरानी अचकन थी, जिसका मैल उसके असली रंग को छिपाये हुए था। नीचे एक पतलून था, जो कमरबन्द न होने के कारण खिसकर इतना नीचा हो गया था कि घुटनों के नीचे एक झोला-सा पड़ गया था। संसार में कपड़े से ज्यादा बेवफा और कोई वस्तु नहीं होती। तहसीलदार साहब चक्रधर के पास जाकर बोले-क्या करते हो, बेटा? यहां तो बड़ा अंधेरा है। चलो, बाहर इक्का खड़ा है; बैठ लो। इधर ही से साहब के बंगले पर होते चलेंगे। जो कुछ वह कहें लिख देना। बात ही कौन-सी है। हमें कौन किसी से लड़ाई करनी है। कल ही से दौड़ लगा रहा हूं। बारे आज दोपहर को जा के सीधा हुआ। पहले बहुत यों-त्यों करता रहा, लेकिन मैंने पिंड न छोड़ा। या वहां न चलना चाहो, तो यहीं एक हलफनामा लिख दो। देर करने से क्या फायदा। तुम्हारी अम्मा रो-रोकर जान दे रही हैं।

चक्रधर ने सिर नीचा करके कहा-अभी तो मैंने कुछ निश्चय नहीं किया सोचकर जवाब दूंगा। आप नाहक इतने हैरान हुए।

वज्रधर-कैसी बातें करते हो, बेटा? यहां नाक कटी जा रही है, घर से निकलना मुश्किल हो गया है और तुम कहते हो सोचकर जवाब दूंगा। इसमें सोचने की बात ही क्या है? चलो; हलफनामा लिख दो। घर में कल से आग नहीं जली।

चक्रधर-मेरी आत्मा किसी तरह अपने पांव में बेड़िया डालने पर राजी नहीं होती।

चक्रधर जब प्रतिज्ञा-पत्र पर हस्ताक्षर करने को राजी न हुए, तो मुंशीजी निराश होकर बोले-अच्छा बेटा, लो, अब कुछ न कहेंगे। मैं तो जानता था कि तुम जन्म के जिद्दी हो, मेरी एक न

सुनोगे, इसीलिए आता ही न था; लेकिन तुम्हारी माता ने मुझे कुरेद-कुरेद कर भेजा। कह दूंगा, नहीं आता। जितना रोना हो, रो लो।

कठोर-से-कठोर हृदय में भी मातृ -स्नेह की कोमल स्मृतियां संचित होती है। चक्रधर कातर होकर बोले - आप माताजी को समझाते रहियेगा। कह दीजिएगा, मुझे जरा भी तकलीफ नहीं है।

वज्रधर ने इतने दिनों तक यों तहसीलदारी न की थी। ताड़ गये कि अबकी निशाना ठीक पड़ा। बेपरवाई से बोले -मुझे क्या गरज पड़ी है कि किसी के लिए झूठ बोलूं। जो आंखों से देख रहा हूं वही कहूंगा। रोएंगी, रोये; रोना तो उसकी तकदीर ही में लिखा है। जब से तुम आये हो, एक घूंट पानी तक मुंह में नहीं डाला। इसी तरह दो-चार दिन और रही, तो प्राण निकल जायेंगे।

चक्रधर करुणा से विह्वल हो गये। बिना कुछ कहे हुए मुंशीजी के साथ दफ्तर की ओर चले। मुंशीजी के चेहरे की झुर्रियां एक क्षण के लिए मिट गयीं। चक्रधर को गले लगाकर बोले-जीते रहो बेटा, तुमने मेरी बात मान ली। इससे बढ़कर और क्या खुशी की बात होगी।

दोनों आदमी दफ्तर में आये, तो जेलर ने कहा-क्या आप इकरार-नामा लिख रहे है? निकल गयी सारी शेखी! इसी पर इतनी दूने की लेते थे।

चक्रधर पर घड़ों पानी पड़ गया। मन की अस्थिरता पर लज्जित हो गये। जाति-सेवकों से सभी दृढ़ता की आशा रखते हैं, सभी उसे आदर्श पर बलिदान होते देखना चाहते हैं। जातीयता के क्षेत्र में आते ही उसके गुणों की परीक्षा अत्यन्त कठोर नियमों से होने लगती है और दोषों की सूक्ष्म नियमों से। परले सिरे का कुचरित्र मनुष्य भी साधुवेश रखने वालों से ऊंचे आदर्श पर चलने की आशा रखता है; और उन्हें आदर्श से गिरते देखकर उनका तिरस्कार करने में आशा रखता है, और उन्हें आदर्श से गिरते देखकर जेलर द्वारा कही हुई बातें चक्रधर आंखें खोल दीं। तुरन्त उत्तर दिया-मैं जरा वह प्रतिज्ञा-पत्र देखना चाहता हूं।

चक्रधर ने कागज को सरसरी तौर से देखकर कहा-इसमें तो मेरे लिए कोई जगह ही नहीं रही। घर पर कैदी ही बना रहूंगा। जब कैद ही होना है, तो कैदखाना क्या बुरा है? अब या तो अदालत से बरी होकर आऊंगा, या सजा के दिन काटकर।

यह कहकर चक्रधर अपनी कोठरी में चले आये।

एक सप्ताह के बाद मिस्टर जिम के इजलास में मुकदमा चलने लगा।

अदालत में रोज खासी भीड़ हो जाती। वे सब मजदूर, जिन्होंने हड़ताल की थी, एकबार चक्रधर के दर्शनों को आ जाते। शहर में हजारों आदमी आ पहुंचते थे। कभी-कभी राजा विशालसिंह भी आकर दर्शकों की गैलरी में बैठ जाते। लेकिन और कोई आये न आये, किन्तु मनोरमा रोज ठीक दस बजे कचहरी में आ जाती और अदालत के उठने तक अपनी जगह पर मूर्ति की भांति बैठी रहती। उसके मुख पर दृढ़ संकल्प, विशाल करुणा, अलौकिक धैर्य और गहरी चिन्ता का फीका रंग छाया हुआ था।

सन्ध्या का समय था। आज पूरे 15 दिनों की कार्रवाई के बाद मिस्टर जिम ने दो साल की कैद का फैसला सुनाया था। यह कम-से-कम सजा थी, जो उस धारा के अनुसार दी जा सकती थी।

चक्रधर हंस-हंसकर मित्रों से विदा हो रहे थे। सबकी आंखों में जल भरा हुआ था। मजूदरों का दल इजलास के द्वार पर खड़ा जय-जय का शोर मचा रहा था। कुछ स्त्रियां खड़ी रो रही थीं। सहसा मनोरमा आकर चक्रधर के सम्मुख खड़ी हो गयी। उसके हाथ में फूलों का एक हार था। वह उसने उनके गले में डाल दिया और बोली-अदालत ने तो आपको सजा दे दी, पर इतने आदमियों में एक भी ऐसा न होगा, जिसके दिल में आपसे सौगुना प्रेम न हो गया हो। आपने हमें सच्चे साहस, सच्चे आत्म-बल और सच्चे कर्त्तव्य का रास्ता दिखा दिया। जाइए, जिस काम का बीड़ा उठाया है, उसे पूरा कीजिए, हमारी शुभकामनाएं आपके साथ हैं।

चक्रधर ने केवल दबी आंखों से मनोरमा को देखा, कुछ बोल न सके। उन्हें शर्म आ रही थी कि लोग दिल में क्या खयाल कर रहे होंगे। सामने राजा विशालसिंह, दीवान साहब, ठाकुर गुरु हरसेवक और मुंशी वज्रधर खड़े थे। बरामदे में हजारों आदमियों की भीड़ थी। धन्यवाद के शब्द उनकी जबान पर आकर रुक गये। वह दिखाना चाहते थे कि मनोरमा की यह वीर-भक्ति उसकी बालक्रीड़ा मात्र है।

एक क्षण में सिपाहियों ने चक्रधर को बन्द गाड़ी में बिठा दिया और जेल की ओर ले चले।

12

चक्रधर की गिरफ्तारी के दूसरे दिन मनोरमा, राजा विशालसिंह को फटकार सुनाने गई थी। उसकी दोनों आंखें बीर बहूटी हो रही थी, भवें चढ़ी हुई उस समय राजा साहब कोप-भवन में मारे क्रोध से अपनी मूंछें ऐंठ रहे थे। सारे राजमहल में सन्नाटा था। मनोरमा उनके सामने चली गई और उन्हें सरोष नेत्रों से ताकती हुई बोली-उसका कण्ठ आवेश से कांप रहा था-महाराज! मैं आपसे यह पूछने आई हूं कि क्या प्रभुता और पशुता एक ही वस्तु है, या उनमें कुछ अन्तर है? मुझे आश्चर्य होता है कि जिन्हें मैं देवता समझती हूं उन पर आपके हाथ क्योंकर उठे?

मनोरमा के मान-प्रदीप्त सौन्दर्य ने राजा साहब को परास्त कर दिया। सौन्दर्य के सामने प्रभुत्व भीगी बिल्ली बन गया। विशालसिंह ने अपने कृत्य पर पश्चात्ताप करते हुए कहा-मनोरमा, बाबू चक्रधर वीरात्मा हैं और उनके साथ मैंने जो अन्याय किया है, उसका मुझे जीवन पर्यन्त दु:ख रहेगा।

मनोरमा के सौन्दर्य ने राजा साहब पर जो जादू का-सा असर डाला था वही असर उनकी विनय और शालीनता ने मनोरमा पर किया। जब वह कमरे से चली गयी तो विशालसिंह द्वार पर खड़े उसकी ओर ऐसे तृषित नेत्रों से देखते रहे, मानों उसे पी जायेंगे। उनके हृदय में एक विचित्र आकांक्षा अंकुरित हुई।

दीवान साहब से पहले वह खिंचे रहते थे। उनका विशेष आदर-सत्कार करने लगे। दो-तीन बार उनके मकान पर भी गए और ठाकुर साहब की भी कई बार दावत की। आपस में घनिष्ठता बढ़ने लगी। हर्ष की बात यह थी कि मनोरमा के विवाह की बातचीत और कहीं नहीं हो रही थी। मैदान खाली था। इन अवसरों पर मनोरमा उनके साथ कुछ इस तरह दिल खोलकर मिली कि राजा साहब की आशाएं और भी चमक उठीं। हां, अगर शंका थी, तो लौंगी की ओर से थी। वह राजा साहब का आना-जाना पसन्द न करती थी। वह उनके इरादों को भांप गयी थी और उन्हें दूर ही रखना चाहती थी। यही एक कंटक था और उसे हटाये बिना वह अपने लक्ष्य पर न पहुंच सकते थे। बेचारे इसी उधेड़-बुन में पड़े रहते थे। आखिर उन्होंने मुंशीजी को अपना भेदिया बनाना निश्चय किया।

दूसरे दिन प्रात:काल मुंशीजी दीवान साहब के मकान पर पहुंचे। दीवान साहब मनोरमा के साथ गंगा-स्नान को गये हुए थे। लौंगी अकेली बैठी हुई थी। मुंशीजी फूले न समाये। ऐसा ही मौका चाहते थे। जाते-ही-जाते विवाह की बात छेड़ दी। लौंगी को यह सम्बन्ध किसी भी तरह स्वीकार नहीं था। अभी बातचीत हो ही रही थी कि दीवान साहब स्नान करके लौट आये।

लौंगी ने इशारे से उन्हें एकान्त में ले जाकर सलाह की। थोड़ी देर बाद दीवान साहब ने आकर मुंशीजी से कहा-आप राजा साहब से जाकर कह दीजिए कि हमें विवाह करना मंजूर नहीं।

मुंशीजी ने सोचा, अगर राजा साहब से कहे देता हूं कि दीवान साहब ने साफ इनकार कर दिया, तो मेरी किरकिरी होती है। इसलिए आपने जाकर दून हांकनी शुरू की-हुजूर, बुढ़िया बला कि चुड़ैल है; हत्थे पर तो आती ही नहीं, इधर भी झुकती है, उधर भी; और दीवान साहब तो निरे मिट्टी के ढेले हैं।

राजा साहब ने अधीर होकर पूछा-आखिर आप तय क्या कर आये?

मुंशी- हुजूर के एकबाल से फतह हुई, मगर दीवान साहब खुद आप से शादी की बातचीत करते झेंपते हैं। आपकी तरफ से बातचीत शुरू हो, तो शायद उन्हें इनकार न हो।

राजा-तो मैं बातचीत शुरू कर देता हूं। आज ही ठाकुर साहब की दावत करूंगा और मनोरमा को भी बुलाऊंगा। आप भी जरा तकलीफ कीजिएगा।

दावत में राजा साहब ने मौका पाकर मनोरमा पर अपनी अभिलाषा प्रकट की। पहले तो वह सहमी-सी खड़ी रही, फिर बोली-पिताजी से तो अभी आपकी बातें नहीं हुईं।

राजा-अभी तो नहीं, मनोरमा! अवसर पाते ही करूंगा, पर कहीं उन्होंने इनकार कर दिया तो?

मनोरमा-मेरे भाग्य का निर्णय वही कर सकते हैं। मैं उनका अधिकार नहीं छीनूंगी।

दोनों आदमी बरामदे में पहुंचे, तो मुंशीजी और दीवान साहब खड़े थे मुंशीजी ने राजा साहब से कहा-हुजूर को मुबारकबाद देता हूं।

दीवान-मुंशीजी

मुंशी-हुजूर, आज जलसा होना चाहिए। (मनोरमा से) महारानी आपका सोहाग सदा सलामत रहे।

दीवान-जरा मुझे सोच...

मुंशी-जनाब, शुभ काम में सोच-विचार कैसा। भगवान जोड़ी सलामत रखें!

सहसा बाग में बैंड बजने लगा और राजा के कर्मचारियों का समूह इधर-उधर से आ-आकर राजा साहब को मुबारकबाद देने लगा। दीवान साहब सिर झुकाये खड़े थे। न कुछ कहते बनता था, न सुनते। दिल में मुंशीजी को हजारों गालियां दे रहे थे कि इसने मेरे साथ कैसी चाल चली! आखिर यह सोचकर दिल को समझाया कि लौंगी से सब हाल कह दूंगा। भाग्य में यही बदा था, तो मैं करता क्या? मनोरमा भी तो खुश है।

ज्यों ही ठाकुर साहब घर पहुंचे, लौंगी ने पूछा-वहां, क्या बातचीत हुई?

दीवान-शादी ठीक हो गई और क्या?

सुनकर लौंगी ने अपना कपार पीट लिया। उसे दीवान साहब पर बड़ा क्रोध आया। उन्हें खूब खरी-खरी सुनाई। मुंशीजी की भी सात पुश्तों की खबर ले डाली। लेकिन शादी तो ठीक हो ही गई थी। अब बात फेरी नहीं जा सकती थी इसलिए लौंगी मन मारकर उसी दिन से विवाह की तैयारियां करने लगी।

यों तीन महीने तैयारियों में गुजर गए। विवाह का मुहूर्त निकट आ गया सहसा एक दिन शाम को खबर मिली कि जेल में दंगा हो गया और चक्रधर के कन्धे में गहरा घाव लगा है। बचना मुश्किल है।

मनोरमा के विवाह की तैयारियां तो हो ही रही थी और यों भी देखने में वह बहुत खुश नजर आती थी; पर उसका हृदय सदैव रोता रहता था। कोई अज्ञात भय, कोई अलक्षित वेदना, कोई अतृप्त कामना, कोई गुप्त चिन्ता, हृदय को मथा करती थी। अंधों की भांति इधर-उधर टटोलती थी; पर न चलने का मार्ग मिलता था, न विश्राम का आधार। उसने मन में एक बात निश्चय की थी और उसी में सन्तुष्ट रहना चाहती थी, लेकिन कमी-कभी वह जीवन इतना शून्य, इतना अंधेरा, इतना नीरस मालूम होता कि घण्टों यह मूर्छित-सी बैठी रहती, मानो कहीं कुछ नहीं है, अनन्त आकाश में केवल वही अकेली है।

यह भयानक समाचार सुनते ही मनोरमा को हौलदिल-सा हो गया। आकर लौंगी से बोली-लौंगी अम्मा, मैं क्या करूं? बाबूजी को देखे बिना अब नहीं रहा जाता। क्यों अम्मा, घाव अच्छा हो जायगा न?

लौंगी ने करुण नेत्रों से देखकर कहा-अच्छा क्यों न होगा, बेटी! भगवान् चाहेंगे तो जल्द अच्छा हो जाएगा।

लौंगी मनोरमा के मनोभाव को जानती थी। उसने सोचा, इस अबला को कितना दु:ख है। मन-ही-मन तिलमिला कर रह गयी। हाय! चारे पर गिरने वाली चिड़िया को मोती चुगाने की

चेष्टा की जा रही है। तड़प-तड़पकर पिंजड़े में प्राण देने के सिवा वह और क्या करेगी! मोती में जो चमक है, वह अनमोल है; लेकिन उसे कोई खा तो नहीं सकता। उसे गले में बांध लेने से क्षुधा तो न मिटेगी।

13

चक्रधर को जेल में पहुंचकर ऐसा मालूम हुआ कि वह नयी दुनिया में आ गये। उन्हें ईश्वर के दिये हुए वायु और प्रकाश के मुश्किल से दर्शन होते थे। भोजन ऐसा मिलता था, जिसे शायद कुत्ते भी सूंघकर छोड़ देते। वस्त्र ऐसे, जिन्हें कोई भिखारी पैरों से ठुकरा देता, और परिश्रम इतना करना पड़ता था जितना बैल भी न कर सके। जेल शासन का विभाग नहीं, पाशविक व्यवसाय है। आदि से अन्त सारा व्यापार घृणित, जघन्य पैशाचिक और निन्द्य है। अनीति की भी अक्ल यहां दंग है, दुष्टता भी यहां दांतों तले उंगली दबाती है।

मगर कुछ ऐसे भी भाग्यवान हैं, जिनके लिए ये जेल कल्प-वृक्ष से कम नहीं। बैल अनाज पैदा करता है, तो अनाज का भूसा खाता है। कैदी बैल से भी गया-गुजरा है। वह नाना प्रकार के शाक-भाजी और फल-फूल पैदा करता है; पर सब्जी, फल और फूलों से भरी हुई डालियां हुक्काम के बंगलों पर पहुंच जाती हैं। कैदी देखता है और किस्मत ठोंक कर रह जाता है।

चक्रधर को चक्की पीसने का काम दिया गया। प्रात:काल गेहूं तौलकर दे दिया जाता और संध्या तक उसे पीसना जरूरी था। कोई उज्र या बहाना न सुना जाता था। बीच में केवल एक बार खाने की छुट्टी मिलती थी। इसके बाद फिर चक्की में जुत जाना पड़ता था। वह बराबर सावधान रहते थे कि किसी कर्मचारी को कुछ कहने का मौका न मिले, लेकिन गालियों में बातें करना जिनकी आदत हो गयी हो, उन्हें कोई क्योंकर रोकता।

किन्तु विपत्ति का अन्त यहीं तक न था। कैदी लोग उन पर ऐसे अश्लील, ऐसी अपमानजनक आवाजें कसते थे कि क्रोध और घृणा से उनका रक्त खौल उठता, पर लहू का घूंट पीकर रह जाते थे। उनके कमरे में पांच कैदी रहते थे। उनमें धन्नासिंह नाम का एक ठाकुर भी था, बहुत ही बलिष्ठ और गजब का शैतान। वह उनका नेता था। वे सब इतना शोर मचाते, इतनी गंदी, घृणोत्पादक बातें करते कि चक्रधर को कानों में उंगलियां डालनी पड़ती थी। हुक्म तो यह था कि कोई कैदी तम्बाकू भी न पीने पाये, पर यहां गांजा, भंग, शराब, अफीम-यहां तक कि कोकेन भी न जाने किस तिकड़म से पहुंच जाते थे। नशे में वे इतने उद्दण्ड हो जाते, मानो नर-तनधारी राक्षस हो।

धीरे - धीरे चक्रधर को इन आदमियों से सहानुभूति होने लगी। सोचा इन परिस्थितियों में पड़कर ऐसा कौन प्राणी है, जिसका पतन न हो जायेगा। उन्हें सभी श्रेणी के मनुष्यों से साबिका पड़ चुका था, पर ऐसे निर्लज्ज, गालियां खाकर हंसने वाले, दुर्व्यसनों में डूबे हुए, मुंहफट, बेहया आदमी उन्होंने अब तक न देखे थे। उन्हें न गालियों की लाज थी, न मार का भय। कभी-कभी उन्हें ऐसी-ऐसी अस्वाभाविक ताड़नाए मिलती थीं कि चक्रधर के रोएं खड़े हो जाते थे, मगर क्या

मजाल कि किसी कैदी की आंखों में आंसू आयें। यह व्यवहार देखकर चक्रधर अपने कष्टों को भूल जाते थे। कोई कैदी उन्हें गाली देता, तो चुप हो जाते और इस ताक में रहते थे कि कब इसके साथ सज्जनता दिखाने का अवसर मिले।

चक्रधर का जीवन कभी इतना आदर्श न था। कैदियों को मौका मिलने पर धर्म कथाएं सुनाते। इस कथाओं को कैदी लोग इतने चाव से सुनते, मानो एक-एक शब्द उनके हृदय पर अंकित हो जाता था; किन्तु इनका असर बहुत जल्दी मिट जाता था, इतनी जल्दी कि आश्चर्य होता था। उधर कथा हो रही है और इधर लात-मुक्के चल रहे हैं। कभी कभी वे इन कथाओं पर अविश्वास-पूर्ण टीकाएं करते और बात हंसी में उड़ा देते। पर अभिव्यक्तिपूर्ण आलोचनाएं सुनकर भी चक्रधर हताश न होते। शनैः-शनैः उनकी भक्ति-चेतना स्वयं अदृश्य होती जाती थी।

इस भांति कई महीने गुजर गये। एक दिन संध्या समय चक्रधर दिनभर के कठिन श्रम के बाद बैठे संध्या कर रहे थे कि कई कैदी आपस में बातें करते हुए निकले -आज इस दारोगा की खबर लेनी चाहिए। जब देखो, गालियां दिया करता है। ऐसा मारो कि जन्म भर को दाग हो जाय! यही न होगा कि साल-दो साल की मियाद और बढ़ जाएगी। बच्चा की आदत तो छूट जाएगी। चक्रधर इस तरह की बातें अकसर सुनते रहते थे, इसलिए उन्होंने इस पर कुछ विशेष ध्यान न दिया, मगर भोजन करने के समय ज्यों ही दारोगा साहब आकर खड़े हुए और एक कैदी को देर में आने के लिए मारने दौड़े कि कई कैदी चारों तरफ से दौड़ पड़े और मारो-मारो का शोर मच गया। दारोगाजी की सिट्टी-पिट्टी भूल गयी। सहसा धन्नासिंह ने आगे बढ़कर दारोगाजी की गरदन पकड़ी और इतनी जोर से दबायी कि उनकी आंखें निकल आयीं। चक्रधर ने देखा, अब अनर्थ हुआ चाहता है, तो तीर की तरह झपटे, कैदियों के बीच में घुसकर धन्नासिंह का हाथ पकड़ लिया और बोले-क्या करते हो?

धन्नासिंह-हट जाओ सामने से, नहीं तो सारा बाबूपन निकाल दूंगा। पहले इससे पूछो, अब तो किसी को गलियां न देगा, मारने तो न दौड़ेगा?

दारोगा-कसम कुरान की, जो कभी मेरे मुंह से गाली का एक हरफ भी निकले।

धन्नासिह-कान पकड़ो।

दारोगा-कान पकड़ता हूं।

धन्नासिंह-जाओ बच्चा, भले का मुंह देखकर उठे थे, नहीं तो आज जान न बचती, यहां कौन कोई रोने वाला बैठा हुआ है।

चक्रधर-दारोगाजी, कहीं ऐसा न कीजिएगा कि जाकर वहां से सिपाहियों को चढ़ा लाइए और इन गरीबों को भुनवा डालिए।

दारोगा-लाहौल विलाकूवत! इतना कमीना नहीं हूं।

दारोगाजी तो यहां से जान बचाकर भागे, लेकिन दफ्तर में जाते ही गारद के सिपाहियों को ललकारा, हाकिम जिला को टेलीफोन किया और खुद बन्दूक लेकर समर के लिए तैयार हुए। दम-के-दम में सिपाहियों का दल संगीनें चढ़ाए आ पहुंचा और लपककर भीतर घुस पड़ा।

चक्रधर पर चारों ओर से बौछार पड़ने लगी। उन्होंने आगे बढ़कर कहा-दारोगाजी, आखिर आप क्या चाहते हैं? इन गरीबों को क्यों घेर रखा है।

दारोगा ने सिपाहियों की आड़ से कहा--यही उन सब बदमाशों का सरगना है। इसे गिरफ्तार कर लो। बाकी जितने हैं उन्हें खूब मारो, मारते-मारते हलवा निकाल लो सुअर के बच्चों का।

चक्रधर-आपको कैदियों को मारने का कोई मजाज नहीं है।

सिपाही कैदियों पर टूट पड़े और उन्हें बन्दूकों के कुन्दों से मारना शुरू किया। कैदियों में खलबली पड़ गयी। कुछ इधर-उधर से फावड़े, कुदालें और पत्थर ला-ला कर लड़ने पर तैयार हो गये। मौका नाजुक था। चक्रधर ने बड़ी दीनता से कहा-मैं आपको फिर समझाता हूं।

दारोगा-चुप रह सुअर का बच्चा!

इतना सुनना था कि चक्रधर बाज की तरह लपककर दारोगाजी पर झपटे। कैदियों पर कुंदों की मार पड़नी शुरू हो गई थी। चक्रधर को बढ़ते देखकर उन सबों ने पत्थरों की वर्षा शुरू की। भीषण संग्राम होने लगा।

एकाएक चक्रधर ठिठक गये। ध्यान आ गया, स्थिति और भयंकर हो जाएगी, अभी सिपाही बन्दूकें चलानी शुरू कर देंगे, लाशों के ढेर लग जायेंगे। अगर हिंसक भावों को दबाने का कोई मौका हो सकता है, तो वह यही मौका है। ललकार कर बोले-पत्थर न फेंको, पत्थर न फेंकों! सिपाहियों के हाथों से बन्दूक छीन लो।

सिपाहियों ने संगीनें चढ़ानी चाही; लेकिन उन्हें इसका मौका न मिल सका। एक-एक सिपाही पर दस-दस कैदी टूट पड़े और दम-के-दम में उनकी बन्दूकें छीन लीं। यह सब कुछ पांच मिनट में हो गया। ऐसा दांव पड़ा कि वही लोग जो जरा देर पहले हेकड़ी जताते थे, खड़े दया-प्रार्थना कर रहे थे, घिघियाते थे, मत्थे टेकते थे और रोते थे, दारोगाजी की सूरत तस्वीर खींचने योग्य थी। चेहरा फक, हवाइयां उड़ी हुई, थर-थर कांप रहे थे कि देखें, जान बचती है या नहीं।

कैदियों ने देखा इस वक्त हमारा राज्य है, तो पुराने बदले चुकाने पर तैयार हो गये। धन्नासिंह लपका हुआ दारोगा के पास आया और जोर से एक धक्का देकर बोला-क्यों साहब, उखाड़ लूं डाढ़ी का एक-एक बाल?

चक्रधर-धन्नासिंह, हट जाओ।

धन्नासिंह-मरना तो है ही, अब इन्हें क्यों छोड़े?

चक्रधर-मेरे देखते तो यह अनर्थ न होने पायेगा। हां, मर जाऊं तो जो चाहे करना।

धन्नासिंह-अगर ऐसे बड़े धर्मात्मा हो, तो इनको क्यों नहीं समझाया? देखते नहीं हो, कितनी सांसत होती है।

इतने में सदर फाटक पर शोर मचा। जिला-मजिस्ट्रेट मिस्टर जिम सशस्त्र पुलिस के सिपाहियों और अफसरों के साथ आ पहुंचे थे। दारोगाजी ने अन्दर आते वक्त किवाड़ बन्द कर लिये थे जिससे कोई कैदी भागने न पाये। यह शोर सुनते ही चक्रधर समझ गये कि पुलिस आ गई। बोले-अरे भाई, क्यों अपनी जान के दुश्मन हुए हो? बन्दूकें रख दो और फौरन जाकर किवाड़ खोल दो। पुलिस आ गयी।

धन्नासिंह-कोई चिन्ता नहीं। हम भी इन लोगों का वारा-न्यारा किये डालते हैं। मरते ही हैं तो दो-चार को मार के मरें।

कैदियों ने फौरन संगीनें चढ़ायी और सबसे पहले धन्नासिंह दारोगाजी पर झपटा। करीब था कि संगीन की नोक उनके सीने में चुभे कि चक्रधर यह कहते हुए धन्नासिंह ईश्वर के लिए....' दारोगाजी के सामने आकर खड़े हो गये। धन्नासिंह बार कर चुका था। चक्रधर के कन्धे पर संगीन का भरपूर हाथ पड़ा। आधी संगीन धंस गयी। दाहिने हाथ से कंधे को पकड़कर बैठ गये। कैदियों ने उन्हें गिरते देखा, तो होश उड़ गये। आ-आकर उनके चारों तरफ खड़े हो गये। घोर अनर्थ की आशंका ने उन्हें स्तंभित कर दिया। भगत को चोट आ गयी-ये शब्द उनकी पशु-वृत्तियों को दबा बैठे। धन्नासिंह ने बन्दूक फेंक दी और फूट-फूटकर रोने लगा। ग्लानि के आवेश में बार-बार चाहता है कि वही संगीन अपनी छाती में चुभा ले; लेकिन कैदियों ने इतने जोर से उसे जकड़ रखा है कि उसका कुछ बस नहीं चलता।

दारोगा ने मौका पाया तो सदर फाटक की तरफ दौड़े कि उसे खोल दूं। धन्नासिंह ने देखा तो एक ही झटके में वह कैदियों के हाथों से मुक्त हो गया और बन्दूक उठाकर उनके पीछे दौड़ा। करीब था कि दारोगाजी पर फिर वार पडे कि चक्रधर फिर संभलकर उठे और एक हाथ से अपना कंधा पकड़े, लड़खड़ाते हुए चले। धन्नासिंह ने उन्हें आते देखा, तो उसके पांव रुक गये। भगत अभी जीते हैं इसकी उसे इतनी खुशी हुई कि वह बन्दूक फेंककर पीछे की ओर चला और उनके चरणों पर सिर रखकर रोने लगा।

चक्रधर ने कहा-सिपाहियों को छोड़ दो।

धन्नासिंह-बहुत अच्छा, भैया! तुम्हारा जी कैसा है?

सहसा मिस्टर जिम सशस्त्र पुलिस के साथ जेल में दाखिल हुए। उन्हें देखते ही सारे कैदी भय से भागे। केवल दो आदमी चक्रधर के पास खड़े रहे। धन्नासिंह उनमें एक था। सिपाहियों ने भी छूटते ही अपनी-अपनी बन्दूकें संभाली और एक कतार में खड़े हो गये।

जिम-वेल दारोगा, क्या हाल है?

दारोगा-हुजूर के अकबाल से फतह हो गयी। कैदी भाग गये।

जिम-यह कौन आदमी पड़ा है?

दारोगा-इसी ने हम लोगों की मदद की है, हुजूर,। चक्रधर नाम है।

जिम-इसी ने कैदियों को भड़काया होगा?

दारोगा-नहीं हुजूर, इसने तो कैदियों को समझा-बुझाकर शांत किया।

जिम-तुम कुछ नहीं समझता। यह लोग पहले कैदियों को भड़काता है, फिर उनकी तरफ से हाकिम लोगों से लड़ता है।

दारोगा-देखने में तो हुजूर, बहुत सीधा मालूम होता है, दिल का हाल खुदा जाने।

जिम-खुदा के जानने से कुछ नहीं होगा; तुमको जानना चाहिए। यह आदमी कैदियों से मजहब की बातचीत तो नहीं करता?

दारोगा-मजहब की बातें तो बहुत करता है हुजूर!

जिम-ओह! तब तो यह बहुत ही खतरनाक आदमी है। जब कोई पढ़ा-लिखा आदमी मजहब की बातचीत करे, तो फौरन समझ लो कि वह कोई साजिश करना चाहता है।

रिलीजन (धर्म) के साथ पॉलिटिक्स (राजनीति) बहुत खतरनाक हो जाता है। यह आदमी कैदियों से बड़ी हमदर्दी करता होगा? सरकारी हुक्म को खूब मानता होगा? कड़े-से-कड़ा काम खुशी से करता होगा?

दारोगा-जी हां।

जिम-ऐसा आदमी निहायत खौफनाक होता है, उस पर कभी एतबार नहीं करना चाहिए। हम इस पर मुकदमा चलायेगा। इसको बहुत कड़ी सजा देगा। सिपाहियों को दफ्तर में बुलाओ। हम सबका बयान लिखेगा।

दारोगा-हुजूर, पहले उसे डॉक्टर साहब को दिखा लूं। ऐसा न हो कि मर जाय, गुलाम को दाग लगे।

जिम-वह मरेगा नहीं। ऐसा खौफनाक आदमी कभी नहीं मरता; और मर भी जाएगा, तो हमारा कोई नुकसान नहीं।

यह कहकर साहब दफ्तर की ओर चले। धन्नासिंह अब तक इस इन्तजार में खड़ा था कि डॉक्टर साहब आते होंगे। जब देखा कि जिम साहब इधर मुखातिब भी न हुए, तो उसने चक्रधर को गोद में उठाया और अस्पताल की ओर चला।

चक्रधर दो महीने अस्पताल में पड़े रहे। दवा-दर्पन तो जैसी हुई वही जानते होंगे; लेकिन जनता की दुआओं में जरूर असर था। हजारों आदमी नित्य उनके लिए ईश्वर से प्रार्थना करते थे और मनोरमा को तो दान, व्रत और तप के सिवा और कोई काम न था। जिन बातों को वह पहले ढकोसला समझती थी, उन्हीं बातों में अब उसकी आत्मा को शान्ति मिलती थी। कमजोरी ही में हम लकड़ी का सहारा लेते हैं।

चक्रधर तो अस्पताल में पड़े थे, इधर उन पर नया अभियोग चलाने की तैयारियां हो रही थीं। ज्यों ही वह चलने-फिरने लगे, उन पर मुकदमा चलने लगा। जेल के भीतर ही इजलास होने लगा। ठाकुर गुरु हरसेवकसिंह आजकल डिप्टी मजिस्ट्रेट थे। उन्हीं को यह मुकदमा सुपुर्द किया गया।

ठाकुर साहब सरकारी काम में जरा भी रू-रिआयत न करते थे, लेकिन यह मुकदमा पाकर वह धर्म-संकट में पड़ गये। अगर चक्रधर को सजा देते हैं, तो जनता में मुंह दिखाने लायक नहीं रहते। मनोरमा तो शायद उनका मुंह भी न देखे। छोड़ते हैं तो अपने समाज में तिरस्कार होता है, क्योंकि वहां सभी चक्रधर से खार खाये बैठे थे।

मुकदमें को पेश हुए आज तीसरा दिन था। गुरु हरसेवक बरामदे में बैठे सावन की रिम-झिम वर्षा का आनन्द उठा रहे थे। सहसा मनोरमा मोटर से उतरकर उनके समीप ही कुरसी पर बैठ गयी।

गुरुसेवक ने पूछा-कहां से आ रही हो?

मनोरमा-घर ही से आ रही हूं। जेलवाले मुकदमे में क्या हो रहा है?

गुरुसेवक-अभी तो कुछ नहीं हुआ। गवाहों के बयान हो रहे हैं।

मनोरमा-बाबूजी पर जुर्म साबित हो गया?

गुरुसेवक-जुर्म का साबित होना या न होना दोनों बराबर है, और मुझे मुलजिमों को सजा करनी पड़ेगी। अगर बरी कर दूं तो सरकार अपील करके उन्हें फिर सजा दिला देगी। हां, मैं बदनाम हो जाऊंगा। मेरे लिए यह आत्म-बलिदान का प्रश्न है। सारी देवता-मण्डली मुझ पर कुपित हो जाएगी।

मनोरमा-बाबूजी के लिए सजा का दो-एक साल बढ़ जाना कोई बात नहीं, वह निरपराध हैं और यह विश्वास उन्हें तस्कीन देने को काफी है, लेकिन तुम कहीं के न रहोगे। तुम्हारे देवता तुमसे भले ही सन्तुष्ट हो जाये; पर तुम्हारी आत्मा का सर्वनाश हो जाएगा।

गुरुसेवक-चक्रधर बिलकुल बेकसूर तो नहीं है। पहले-पहल जेल के दारोगा पर वही गर्म पड़े थे। वह उस वक्त जब्त कर जाते, तो यह फिसाद न खड़ा होता।

मनोरमा-उन्होंने जो कुछ किया, वही उनका धर्म था। आपको अपने फैसले में साफ-साफ लिखना चाहिए कि बाबूजी बेकसूर हैं। आपको सिफारिश करनी चाहिए कि-महान संकट में अपने प्राणों को हथेली पर लेकर, जेल के कर्मचारियों की जान बचाने के बदले में उसकी मीआद घटा दी जाय।

गुरुरनेवक ने अपनी नीचता को मुस्कराहट से छिपाकर कहा-आग में कूद पड़ूं?

मनोरमा- धर्म की रक्षा के लिए आग में कूद पड़ना कोई नयी बात नहीं है। आखिर आपको किस बात का डर है? यही न, कि आपसे आपके अफसर नाराज हो जायेंगे। आप शायद डरते हों कि कहीं आप अलग न कर दिये जायें। इसकी जरा भी चिन्ता न कीजिए।

गुरुसेवक अपनी स्वार्थपरता पर झेंपते हुए बोले-नौकरी की मुझे परवा नहीं है, मनोरमा! मैं इन लोगों के कमीनेपन से डरता हूं। इनका धर्म, इनकी राजनीति, इनका न्याय, इनकी सभ्यता केवल एक शब्द में आ जाती है, और वह शब्द है-स्वार्थ। जानता हूं यह मेरी कमजोरी है, पर क्या करूं? मुझमें तो इतना साहस नहीं।

मनोरमा-भैयाजी, आपकी यह सारी शंकाएं निर्मूल हैं। गवाहों के बयान हो गये कि नहीं?

गुरुसेवक-हां, हो गये। अब तो केवल फैसला सुनाना है।

मनोरमा-तो लिखिए, मैं बिना लिखवाये यहां से जाऊंगी ही नहीं। यही इरादा करके आज आयी हूं।

सहसा दूसरी मोटर आ पहुंची। इस पर राजा साहब बैठे हुए थे। गुरुसेवक बड़े तपाक से उन्हें लेने दौड़े। राजा ने उनकी ओर विशेष ध्यान न दिया। मनोरमा के पास आ कर बोले -तुम्हारे घर से चला आ रहा हूं। वहां पूछा तो मालूम हुआ-कही गयी हो; पर यह किसी को मालूम न था कि कहां। वहां से पार्क गया, पार्क से चौक पहुंचा, सारे जमाने की खाक छानता हुआ यहां पहुंचा हूं। मैं कितनी बार कह चुका हूं कि घर से चला करो, तो जरा बतला दिया करो।

यह कहकर राजा साहब ने मनोरमा का हाथ आहिस्ता से पकड़ लिया और उसे मोटर की तरफ खींचा। मनोरमा ने एक झटके से अपना हाथ छुड़ा लिया और बोली-मैं न जाऊंगी।

राजा-आखिर क्यों?

मनोरमा-अपनी इच्छा।

गुरुसेवक-हुजूर, यह मुझसे जबरदस्ती जेलवाले मुकदमे का फैसला लिखाने बैठी हुई हे। कहती है-बिना लिखवाए न जाऊंगी।

गुरुसेवक ने तो यह बात दिल्लगी से कही थी, पर समयोचित बात उनके मुंह से कम निकली थी। मनोरमा का मुंह लाल हो गया। समझी कि यह मुझे राजा साहब में सम्मुख गिराना चाहते हैं। तनकर बोली-हां, इसीलिए बैठी हूं तो फिर? आपको यह कहते हुए शर्म आनी चाहिए थी। अगर मैं समझती कि आप निष्पक्ष होकर फैसला करेंगे, तो मेरे बैठने की क्यों जरूरत होती। आप मेरे भाई हैं इसीलिए मैं आपसे सत्याग्रह कर रही हूं। आपकी जगह कोई दूसरा आदमी बाबूजी पर जान-बूझकर ऐसा घोर अन्याय करता, तो शायद मेरा वश चलता तो उसके हाथ कटवा लेती। चक्रधर की मेरे दिल में जितनी इज्जत है, उसका आप लोग अनुमान नहीं कर सकते।

एक क्षण के लिए सन्नाटा छा गया। गुरुसेवक का मुंह नन्हा-सा हो गया, और राजा साहब तो मानो रो दिये। आखिर चुपचाप अपनी मोटर की ओर चले।

14

हुक्काम के इशारों पर नाचने वाले गुरुसेवकसिंह ने जब चक्रधर को जेल के दंगे के इल्जाम से बरी कर दिया, तो अधिकारी मण्डल में सनसनी फैल गयी। गुरुसेवक से ऐसे फैसले की किसी को आशा न थी। फैसला क्या था, मान-पत्र था, जिसका एक-एक शब्द वात्सल्य के रस में सराबोर था। जनता में धूम मच गयी। ऐसे न्याय-वीर और सत्यवादी प्राणी बिरले ही होते हैं, सबके मुंह से यही बात निकलती थी। शहर के कितने ही आदती तो गुरुसेवक के दर्शनों को आये और यह कहते हुए लौटे कि यह हाकिम नहीं, साक्षात् देवता हैं। अधिकारियों ने सोचा था, चक्रधर को 4-5 साल जेल में सड़ाएंगे, लेकिन अब तो खूंटा ही उखड़ गया, उछलें किस बिरते पर? चक्रधर इस इल्जाम से बरी ही न हुए, बल्कि उनकी पहली सजा भी एक साल घटा दी गयी। मिस्टर जिम तो ऐसा जामे से बाहर हुए कि बस चलता, तो गुरुसेवक को गोली मार देते। और कुछ न कर सके, तो चक्रधर को तीसरे ही दिन आगरे भेज दिया। कर्मचारियों को सख्त ताकीद कर दी गयी थी कि कोई कैदी उनसे बोलने तक न पाये, कोई उनके कमरे के द्वार तक भी न जाने पाये, यहां तक कि कर्मचारी भी उनसे न बोले। साल-भर में दस साल की कैद का मजा चखाने की हिम्मत सोच निकाली गयी। मजा यह कि इस धुन में चक्रधर को कोई काम भी न दिया। बस आठों पहर उसी चार हाथ लम्बी और तीन हाथ चौड़ी कोठरी में पड़े रहो।

चक्रधर के विचार और भाव इतनी जल्दी बदलते रहते थे कि कभी-कभी उन्हें भ्रम होने लगता था कि मैं पागल तो नहीं हुआ जा रहा हूं। अंत को इस अन्तर्द्वन्द्व में उनकी आत्मा ने विजय पायी। मन पर आत्मा का राज्य हो गया। मन अन्तर्जगत् की सैर करने लगा। वह किसी समाधिस्थ योगी की भाँति घण्टों इस अन्तर्लोक में विचरते रहते। शारीरिक कष्टों से अब उन्हें विराग-सा होने लगा। उनकी ओर ध्यान देना वह तुच्छ समझते थे। कभी-कभी वह गाते। मनोरंजन के लिए कई खेल निकाले। अंधेरे में अपनी लुटिया लुढ़का देते और उसे एक ही खोज में उठा लाने की चेष्टा करते। अगर उन्हें किसी चीज की जरूरत मालूम होती, तो वह प्रकाश था, इसलिए नहीं कि वह अंधकार से ऊब गये थे; बल्कि इसलिए कि वह अपने मन में उमड़ने वाले भावों को लिखना चाहते थे। लिखने की सामग्रियों के लिए उनका मन तड़पकर रह जाता। धीरे-धीरे उन्हें प्रकाश की भी जरूरत न रही। उन्हें ऐसा विश्वास होने लगा कि मैं अंधेरे में भी लिख सकता हूं। लेकिन लिखने का सामान कहीं; बस, यही एक ऐसी चीज थी, जिसके लिए वह कभी-कभी विकल हो जाते थे।

चक्रधर के पास कभी-कभी एक बूढ़ा वार्डर भोजन लाया करता था। वह बहुत ही हंसमुख आदमी था। चक्रधर को प्रसन्नमुख देखकर दो-चार बातें कर लेता था। उससे उन्हें बन्धुत्व-सा हो गया था। वह कई बार पूछ चुका था कि बाबूजी चरस-तम्बाकू की इच्छा हो, हमसे कहना। चक्रधर को खयाल आया, क्यों न उससे एक पेंसिल और थोड़े से कागज के लिए कहूं। कई दिनों तक तो वह इसी संकोच में पड़े रहे कि उससे कहूं या नहीं। आखिर एक दिन उनसे न रहा गया, पूछ ही बैठे-क्यों जमादार, यहां कहीं कागज-पेंसिल न मिलेगी?

बूढ़े वार्डर ने सतर्क भाव से कहा-मिलने को तो मिल जाएगा; पर किसी ने देख लिया तो क्या होगा?

इस वाक्य ने चक्रधर को संभाल लिया। उनकी विवेक-बुद्धि, जो क्षण-भर के लिए मोह में फंस गयी थी, जाग उठी। बोले-नहीं, मैं यों ही पूछता था।

इसके बाद उस बार्डर ने फिर कई बार पूछा-कहो तो पेंसिल-कागज ला दूं? मगर चक्रधर ने हर दफा यही कहा-मुझे जरूरत नहीं।

बाबू यशोदानन्दन को ज्यों ही मालूम हुआ कि चक्रधर आगरा जेल में आ गए हैं, वह उनसे मिलने की कई बार चेष्टा कर चुके थे; पर आज्ञा न मिलती थी। साधारणत: कैदियों को छठे महीने अपने घर के किसी प्राणी से मिलने की आज्ञा मिल जाती थी। चक्रधर के साथ इतनी रियायत भी न की गई थी, पर यशोदानन्दन अवसर पड़ने पर खुशामद भी कर सकते थे। अपना सारा जोर लगाकर अन्त में उन्होंने आज्ञा प्राप्त कर ही ली-अपने लिए नहीं, अहल्या के लिए। उस विरहिणी की दशा दिनों-दिन खराब होती जाती थी। जब से चक्रधर ने जेल में कदम रखा, उसी दिन से वह कैदियों की-सी जिन्दगी बसर करने लगी। ईश्वर में पहले भी उसकी भक्ति कम न थी, अब तो उसकी धर्मनिष्ठा और बढ़ गयी। जब वह हाथ जोड़कर आंखें बन्द करके ईश्वर से प्रार्थना करती, तो उसे ऐसा मालूम होता कि चक्रधर स्वयं मेरे सामने खड़े हैं। उसे अनुभव होता था कि मेरी प्रार्थनाएं उस मातृ-स्नेह पूर्ण आंचल की भांति, जो बालक को ढक लेता है, चक्रधर की रक्षा करती रहती हैं।

जिस दिन अहल्या को मालूम हुआ की चक्रधर से मिलने की आज्ञा मिल गयी है, उसे आनन्द के बदले भय होने लगा। यह भी शंका होती थी कि कहीं मुझे उनके सामने जाते ही मूर्छा न आ जाय, कहीं मैं चिल्ला-चिल्लाकर रोने न लगूं।

प्रात:काल उसने उठकर स्नान किया और बड़ी देर तक बैठी वन्दना करती रही। फिर यशोदानन्दन जी के साथ गाड़ी में बैठकर जेल चली।

जेल में पहुंचते ही एक औरत ने उसकी तलाशी ली और उसे पास के एक कमरे में ले गयी। अहल्या का कलेजा धड़क रहा था, उस स्त्री को अपने समीप बैठे देखकर उसे कुछ ढाढस हो रहा था, नहीं तो शायद वह चक्रधर को देखते ही उनके पैरों से लिपट जाती। सिर झुकाये बैठी थी कि चक्रधर दो चौकीदारों के साथ कमरे में आये। उनके सिर पर कनटोप था और देह पर एक आधी आस्तीन का कुरता; पर मुख पर आत्मबल की ज्योति झलक रही थी। उनका रंग पीला पड़ गया था; दाढ़ी के बाल बढ़े हुए थे और आंखें भीतर को घुसी हुई थीं; पर मुख पर एक हलकी-सी मुस्कुराहट खेल रही थी। अहल्या उन्हें देखकर चौंक पड़ी, उसी आंखों से बे-अख्तियार आंसू निकल आये। शायद कहीं और देखती तो पहचान भी न सकती। घबरायी-सी उठकर खड़ी हो गयी। अब दो-के-दोनों खड़े हैं, दोनों के मन में हजारों बातें हैं, उद्‌गार-पर-उद्‌गार उठते हैं, दोनों एक दूसरे को कनखियों में देखते हैं पर किसी के मुंह से शब्द नहीं निकलता। अहल्या सोचती है, क्या पूछूं इनका एक-एक अंग अपनी दशा आप सुना रहा है।

चक्रधर भी यही सोचते हैं, क्या पूछूं इसका एक-एक अंग इसकी तपस्या और वेदना की कथा सुना रहा है।

इसी असमंजस और कण्ठावरोध की दशा में खड़े-खड़े दोनों को 10 मिनट हो गये। यहां तक की उस लेडी को उनकी दशा पर दया आयी, घड़ी देखकर बोली-तुम लोग यों ही कब तक खड़े रहोगे? दस मिनट गुजर गये, केवल दस मिनट और बाकी हैं।

चक्रधर मानों समाधि से जाग उठे। बोले-अहल्या, तुम इतनी दुबली हो? बीमार हो क्या?

अहल्या ने सिसकियों को दबाकर कहा-नहीं तो मैं बिलकुल अच्छी हूं, आप अलबत्ता इतने दुबले हो गये हैं कि पहचाने नहीं जाते।

चक्रधर-खैर, दुबले होने के तो कारण हैं; लेकिन तुम क्यों ऐसी घुली जा रही हो? कम-से-कम अपने को इतना तो बनाए रखो कि जब मैं छूटकर आऊं तो मेरी कुछ मदद कर सको। अपने लिए नहीं तो मेरे लिए तुम्हें अपनी रक्षा करनी चाहिए। बाबूजी तो कुशल से हैं?

अहल्या-हां, आपको बराबर याद किया करते हैं, मेरे साथ वह भी आये हैं। पर यहां न आये। आजकल स्वास्थ्य भी बिगड़ गया है; पर आराम करने की उन्होंने कसम खा ली है। बूढ़े ख्वाजा महमूद से न जाने किस बात पर अनबन हो गयी है। आपके चले जाने के बाद कई महीने तक खूब मेल रहा; लेकिन अब फिर वही हाल है।

अहल्या ने ये बातें महत्त्व की समझकर न कहीं; बल्कि इसलिए कि वह चक्रधर का ध्यान अपनी तरफ से हटा देना चाहती थी। चक्रधर विरक्त होकर बोले-दोनों आदमी फिर धर्मान्धिता के चक्कर में पड़ गये होंगे। जब तक हम सच्चे धर्म का अर्थ न समझेंगे, हमारी यही दशा रहेगी। घर का तो कोई समाचार न मिला होगा?

अहल्या-मिला क्यों नहीं, बाबूजी हाल ही में काशी गये थे। जगदीशपुर के राजा साहब ने आपके पिताजी को 50 रु. मासिक बांध दिया है, आपकी माता जी रोया करती हैं। छोटी रानी साहबा की आपके घर वालों पर विशेष कृपा दृष्टि है।

चक्रधर ने विस्मित होकर पूछा छोटी रानी साहिबा कौन?

अहल्या-रानी मनोरमा, अभी थोड़े ही दिन हुए, राजा साहब का विवाह हुआ है।

चक्रधर-यह तो बड़ी दिल्लगी हुई, मनोरमा का विवाह विशालसिंह के साथ? मुझे तो अब भी विश्वास नहीं आता। बाबूजी ने नाम बताने में गलती की होगी।

अहल्या-बाबूजी को स्वयं आश्चर्य हो रहा था। काशी में भी लोगों को बड़ा आश्चर्य है। मनोरमा ने अपनी खुशी से विवाह किया है, कोई दबाव न था। सुनती हूं, राजा साहब बिल्कुल उनकी मुट्ठी में हैं। जो कुछ वह कहती हैं, वही होता है। बाबूजी चन्दा मांगने गये थे, तो रानीजी ने ही पांच हजार दिये। बहुत प्रसन्न मालूम होती थीं।

सहसा लेडी ने कहा-वक्त पूरा हो गया। वार्डर, इन्हें अन्दर ले जाओ।

चक्रधर क्षण-भर भी और न ठहरे। अहल्या को तृष्णापूर्ण नेत्रों से देखते हुए चले गये। अहल्या ने सजल-नेत्रों से उन्हें प्रणाम किया और उनके जाते ही फूट फूटकर रोने लगी।

15

फागुन का महीना आया, ढोल-मजीरे की आवाजें कानों में आने लगी। मुंशी वज्रधर की संगीत-सभा भी सजग हुई। यों तो कभी-कभी बारहों मास बैठक होती; पर फागुन आते ही बिला नागा मृदंग पर थाप पड़ने लगी। उदार आदमी थे फिक्र को कभी पास न आने देते। अपने शरीर को वह कभी कष्ट न देते थे। लड़का जेल में है, घर में स्त्री रोती-रोती अन्धी हुई जाती है, सयानी लड़की घर में बैठी हुई है, लेकिन मुंशीजी को कोई गम नहीं। पहले 25 रु. में गुजर करते थे, अब 75 रु. भी पूरे नहीं पड़ते। जिससे मिलते हैं, हंसकर सबकी मदद करने को तैयार। वादे सबके करते हैं, किसी ने झुककर सलाम किया और प्रसन्न हो गये। दोनों हाथों से वरदान बांटते फिरते हैं, चाहे पूरा एक भी न कर सकें। अपने मुहल्ले के कई बेफिक्रों को जिन्हें कोई टके को भी न पूछता, रियासत में नौकर करा दिया-किसी को चौकीदार, किसी को मुहर्रिर किसी को कारिन्दा। मगर नेकी करके दरिया में डालने की उनकी आदत नहीं। जिससे मिलते हैं, अपना ही यश गाना शुरू करते हैं और उसमें मनमानी अतिशयोक्ति भी करते हैं। मुंशीजी किसी को निराश नहीं करते, और न कुछ कर सकें, तो बातों से ही पेट भर देते हैं। जो काम पहुंच से बाहर होता है, उसके लिए भी ' हां-हां' कर देना, आंखें मारना, उड़न घाइयां बताना, इन चालों में वह सिद्ध है। मनोरमा का राजा साहब से विवाह होना था कि मुंशीजी का भाग्य चमक उठा। एक ठीकेदार को रियासत के कई मकानों का ठीका दिलाकर अपना मकान पक्का करा लिया, बनिया बोरों अनाज मुफ्त में भेज देता, धोबी कपड़े की धुलाई नहीं लेता। सारांश यह कि तहसीलदार साहब के 'पौ बारह' है। तहसीलदारी में जो मजे न उड़ाये थे, वह अब उड़ा रहे हैं।

रात के 8 बजे थे। झिनकू अपने समाजियों के साथ आ बैठा। मुंशीजी मसनद पर बैठे पेचवान पी रहे थे। गाना होने लगा। इतने में रानी मनोरमा की मोटर आकर द्वार पर खड़ी हो गयी। मुंशीजी नंगे सिर, नंगे पांव दौड़े जरा भी ठोकर खा जाते तो उठने का नाम न लेते। मनोरमा ने हाथ उठाकर कहा-दौड़िए नहीं, दौड़िए नहीं। मैं आप ही के पास इस वक्त एक बड़ी खुश खबरी सुनाने आयी हूं। बाबूजी कल यहां आ जायेंगे।

मुंशी-क्या लल्लू?

मनोरमा-जी हां, सरकार ने उनकी मियाद घटा दी है।

इतना सुनना था कि मुंशीजी बेतहाशा दौड़े और घर में जाकर हाँफते हुए निर्मला से बोले-सुनती हो, लल्लू कल आयेंगे। मनोरमा रानी दरवाजे पर खड़ी हैं।

यह कहकर उलटे पांव फिर आ पहुंचे।

मनोरमा-अम्माजी क्या कर रही हैं, उनसे मिलती चलूं।

मनोरमा घर में दाखिल हुई। निर्मला आंखों में प्रेम की नदी भरे, सिर झुकाए खड़ी थी। जी चाहता था, इसके पैरों के नीचे आंखें बिछा दूं। मेरे धन्य भाग!

एकाएक मनोरमा ने झुककर निर्मला के पैरों पर शीश झुका दिया और पुलकित कण्ठ से बोली-माताजी, धन्य भाग कि आपके दर्शन हुए! जीवन सफल हो गया।

निर्मला सारा शिष्टाचार भूल गयी। बस, खड़ी रोती रही। मनोरमा के शील और विनय ने शिष्टाचार को तृण की भांति मातृ-स्नेह की रंगत में बहा दिया।

जब मोटर चली गयी, तो निर्मला ने कहा-साक्षात देवी है।

दस बज रहे थे। मुंशीजी भोजन करने बैठे। मारे खुशी के फूले न समाते थे। मारे खुशी के खाया भी न गया। जल्दी से दो-चार कौर खाकर बाहर भागे और अपने इष्ट मित्रों से चक्रधर के स्वागत के विषय में आधी रात तक बातें करते रहे। निश्चय किया गया कि प्रात:काल शहर में नोटिस बांटी जाय और सेवा-समिति के सेवक स्टेशन पर बैंड बजाते हुए उनका स्वागत करें।

प्रभात के समय मनोरमा कमरे में आयी और मेज पर बैठकर बड़ी उतावली में कुछ लिखने लगी कि दीवान साहब के आने की इत्तला हुई और एक क्षण में आकर वह एक कुरसी पर बैठ गये। मनोरमा ने पूछा-रियासत का बैंड तैयार है न?

हरसेवक-हां, उसे पहले ही हुक्म दिया जा चुका है।

मनोरमा-जुलूस का प्रबन्ध ठीक है न? मैं डरती हूं कहीं भद्द न हो जाय।

हरसेवक-श्रीमान राजा साहब की राय है कि शहर वालों को जुलूस निकालने दिया जाय, हमारे सम्मिलित होने की जरूरत नहीं।

मनोरमा ने रुष्ट होकर कहा-राजा साहब से मैंने पूछ लिया है। उनकी राय वही है, जो मेरी है। अगर सन्मार्ग पर चलने में रियासत जब्त भी हो जाय, जब भी मैं उस मार्ग से विचलित न हूंगी।

दीवान साहब ने सजल नेत्रों से मनोरमा को देखकर कहा-बेटी, मैं तुम्हारे ही भले को कहता हूं। तुम नहीं जानतीं, जमाना कितना नाजुक है।

मनोरमा उत्तेजित होकर बोली-पिताजी, इस सदुपदेश के लिए मैं आपकी बहुत अनुगृहीत हूं, लेकिन मेरी आत्मा उसे ग्रहण नहीं करती। अभी 7 बजे हैं। 8 बजते-बजते आपको स्टेशन पहुंच जाना चाहिए। मैं ठीक वक्त पर पहुंच जाऊंगी। जाइए।

दीवान साहब के जाने के बाद मनोरमा फिर मेज पर बैठकर लिखने लगी। यह वह भाषण था, जो बह चक्रधर के स्वागत के अवसर पर देना चाहती थी वह लिखने में इतनी तल्लीन हो गयी थी कि उसे राजा साहब के आकर बैठ जाने की उस वक्त तक खबर न हुई, जब तक उन्हें उनके फेफड़ों ने खांसने पर मजबूर न कर दिया।

मनोरमा ने चौंक कर आंखें उठायी, तो देखा कि राजा साहब बैठे हुए उसकी ओर प्रेम-विह्वल नेत्रों से ताक रहे हैं। बोली-क्षमा कीजिएगा, मुझे आपकी आहट ही न मिली। क्या आप देर से बैठे हैं?

राजा-नहीं तो, अभी-अभी आया हूं। तुम लिख रही थी, मैंने छेड़ना उचित न समझा। मैं चाहता हूं जुलूस इतनी धूमधाम से निकले कि कम-से-कम इस शहर के इतिहास में अमर हो जाय।

मनोरमा-यही तो मैं भी चाहती हूं।

राजा-मैं सैनिकों के आगे फौजी वर्दी में रहना चाहता हूं।

मनोरमा ने चिन्तित होकर कहा-आपका जाना उचित नहीं जान पड़ता। आप यहीं उनका स्वागत कीजिएगा। अपनी मर्यादा का निर्वाह तो करना ही पड़ेगा। सरकार यों भी हम लोगों पर सन्देह करती है, तब तो वह सत्तू बांधकर हमारे पीछे पड़ जाएगी।

मनोरमा फिर लिखने लगी, और यह राजा साहब को वहां से चले जाने का संकेत था; पर राजा साहब ज्यों के त्यों बैठे रहे। उनकी दृष्टि मकरन्द के प्यासे भ्रमर की भांति मनोरमा के मुख-कमल का माधुर्य रसपान कर रही थी।

सहसा घड़ी में 9 बजे। मनोरमा कुरसी से उठ खड़ी हुई। राजा साहब भी वृक्ष की छाया में विश्राम करने वाले पथिक की भांति उठे और धीरे- धीरे द्वार की ओर चले। द्वार पर पहुंचकर वह फिर मुड़कर मनोरमा से बोले -मैं भी चलूं, तो क्या हरज?

मनोरमा ने करुण कोमल नेत्रों से देखकर कहा-अच्छी बात है, चलिए। रेलवे स्टेशन पर कहीं तिल रखने को जगह न थी। अन्दर का चबूतरा और बाहर का सहन का आदमियों से खचाखच भरे थे। चबूतरे परे विद्यालयों के छात्र थे, रंग-बिरंग की वर्दियां पहने हुए; और सेवा-समितियों के सेवक, रंग बिरंग की झण्डियां लिये हुए। मनोरमा नगर की कई महिलाओं के साथ सेवकों के बीच में खड़ी थी। बरामदे में राजा विशालसिह, उनके मुख्य कर्मचारी और शहर के रईस और नेता जमा थे। मुंशी वज्रधर इधर-इधर पैंतरे बदलते और लोगों को सावधान रहने की ताकीद करते फिरते थे।

ठीक दस बजे गाड़ी दूर से धुआं उड़ाती हुई दिखाई दी। अब तक लोग अपनी जगह पर कायदे के साथ खड़े थे; लेकिन गाड़ी के आते ही सारी व्यवस्था हवा हो गयी। गाड़ी आकर रुकी और चक्रधर उतर पड़े। मनोरमा भी अनुराग से उन्मत्त होकर चली; लेकिन तीन-चार पग चली थी कि ठिठक गयी और एक स्त्री की आड़ से चक्रधर को देखा। सेवा-समिति का मंगल-गान समाप्त हुआ, तो राजा साहब ने आगे बढ़कर नगर के नेताओं की ओर से उनका स्वागत किया। सब लोग उनसे गले मिले और यह जुलूस सजाया जाने लगा। चक्रधर स्टेशन के बाहर आये और तैयारियां देखीं, तो बोले -आप लोग मेरा इतना सम्मान करके मुझे लज्जित कर रहे हैं। मुझे तमाशा न बनाइये।

संयोग से मुंशीजी वहीं खड़े थे। ये बातें सुनी, तो बिगड़कर बोले -तमाशा नहीं बनना था, तो दूसरों के लिए प्राण देने को क्यों तैयार हुए थे। तुम्हीं अपनी इज्जत न करोगे, तो दूसरे क्यों करने लगे। आदमी कोई काम करता है, तो रुपये के लिए या नाम के लिए। अगर दो में एक भी हाथ न आये, तो वह काम करना ही व्यर्थ है।

यह कहकर उन्होंने चक्रधर को छाती से लगा लिया। चक्रधर का रक्तहीन मुख लज्जा से आरक्त हो गया था और कुछ आपत्ति करने का साहस न हुआ। चुपके से राजा साहब की टुकड़ी पर बैठे।

जुलूस नदेसर, चेतगंज, दशाश्वमेध और चौक होता हुआ दोपहर होते-होते कबीर चौरे पर पहुंचा। यहां मुंशीजी के मकान के सामने एक बहुत बड़ा शामियाना तना हुआ था। निश्चय हुआ कि यहीं सभा हो और चक्रधर का अभिनन्दन पत्र दिया जाय। मनोरमा स्वयं पत्र पढ़कर सुनाने वाली थी, लेकिन जब पढ़ने को खड़ी हुई, तो उसके मुंह से एक शब्द न निकला।

मनोरमा को असमंजस में देखकर राजा साहब खड़े हुए और उसे धीरे से कुरसी पर बिठाकर बोले -सज्जनो, रानीजी के भाषण में आपको जो रस मिलता, वह मेरी बातों में कहां! कोयल के स्थान पर कौआ खड़ा हो गया है, शहनाई की जगह नृसिंहे ने ले ली है। आप लोगों को ज्ञान न होगा कि पूज्यवर बाबू चक्रधर रानी साहबा के गुरु रह चुके हैं; और वह उन्हें अब भी उसी भाव से देखती हैं। अपने गुरु का सम्मान करना शिष्य का धर्म है; किन्तु रानी साहबा का कोमल हृदय इस समय नाना प्रकार के आवेगों से इतना भरा हुआ है कि वाणी के लिए जगह ही नहीं रही। इसके लिए वह क्षम्य हैं। बाबू साहब ने जिस धैर्य और साहस से दीनों की रक्षा की, वह आप लोग जानते ही हैं। जेल में भी आपने निर्भीकता से अपने कर्तव्य का पालन किया। आपका मन दया और प्रेम का सागर है। जिस अवस्था में और युवक धन की उपासना करते हैं, आपने धर्म और जाति-प्रेम की उपासना की है। मैं भी आपका पुराना भक्त हूं।

एक सज्जन ने टोका-आप ही ने तो उन्हें सजा दिलायी थी?

राजा-हां, मैं इसे स्वीकार करता हूं। राज्य के मद में कुछ दिनों के लिए मैं अपने को भूल गया था। कौन है, जो प्रभुता पाकर फूल न उठा हो। यह मानवीय स्वभाव है और आशा है आप लोग मुझे क्षमा करेंगे।

16

आगरे के हिन्दुओं और मुसलमानों में आये दिन जूतियां चलती रहती थी। जरा-जरा-सी बात पर दोनों दलों के सिर फिर जमा हो जाते और दो-चार के अंग-भंग हो जाते। कहीं बनिये की डण्डी मार दी और मुसलमानों ने उसकी दुकान पर धावा कर दिया, कहीं किसी जुलाहे ने किसी हिन्दू का घड़ा छू लिया और मुहल्ले में फौजदारी हो गयी। निज के रगड़े-झगड़े साम्प्रदायिक संग्राम के क्षेत्र में खींच लाये जाते थे। दोनों ही दल मजहब के नशे में चूर थे।

होली के दिन थे। गलियों में गुलाल के छींटे उड़ रहे थे। इतने जोश से कभी होली न मनायी गई थी। संयोग से एक मियां साहब मुर्गी हाथ में लटकाये कही से चले जा रहे थे। उनके कपड़े पर दो-चार छींटे पड़ गये। बस, गजब ही तो हो गया। सीधे जामे मस्जिद पहुंचे और मीनार पर चढ़कर बांग दी-ये उम्मते रसूल! आज एक काफिर के हाथों से मेरे दीन का खून हुआ है। उसके छींटे मेरे कपड़ों पर पड़े हुए। या तो काफिरों से इस खून का बदला लो, या मैं मीनार से गिरकर नवी की खिदमत में फरियाद सुनाने जाऊं। बोलो मंजूर है?

मुसलमानों ने यह ललकार सुनी और उनकी त्योरियां बदल गयीं। शाम होते दस हजार आदमी, तलवारें लिए जामे मस्जिद के सामने आकर जमा हो गये।

सारे शहर में तहलका मच गया। हिन्दुओं के होश उड़ गये। होली का नशा हिरन हो गया। पिचकारियां छोड़-छोड़ लोगों ने लाठियां संभालीं; लेकिन यहां कोई जामे मस्जिद न थी, न वह ललकार, न वह दीन का जोश। सबको अपनी-अपनी पड़ी हुई थी।

बाबू यशोदानन्दन कभी इस अफसर के पास जाते, कभी उस अफसर के। लखनऊ तार भेजे, दिल्ली तार भेजे, मुस्लिम नेताओं के नाम तार भेजे, लेकिन कोई फल न निकला। और अन्त में जब यह निराश होकर उठे तो मुस्लिम वीर धावा बोल चुके थे। वे ' अली'! ' अली! ' का शोर मचाते चले जाते थे कि बाबू साहब नजर आ गये। फिर क्या था। सैकड़ों आदमी, ' मारो! ' कहते हुए लपके। बाबू साहब ने पिस्तौल निकाली और शत्रुओं के सामने खड़े हो गये सवाल-जबाब कौन करता। उन पर चारों तरफ से बार होने लगे।

पिस्तौल चलाने की नौबत भी न आयी, यही सोचते खड़े रह गये कि समझाने से ये लोग शांत हो जाये, तो क्यों किसी की जान लूं। अहिंसा के आदर्श ने हिंसा का हथियार हाथ में होने पर भी उनका दामन न छोड़ा।

बाबू यशोदानन्दन के मरने की खबर पाते ही सेवा-दल के युवकों का खून खौल उठा। दो-तीन युवक तलवारें लेकर निकल पड़े और मुसलमान मुहल्ले में घुसे। हिन्दू मुहल्लों में जो कुछ मुसलमान कर रहे थे, मुसलमान मुहल्लों में वही हिन्दू करने लगे। अहिंसा ने हिंसा के आगे सिर झुका दिया।

सहसा खबर उड़ी कि यशोदानन्दन के घर में आग लगा दी गयी है और दूसरे घरों में भी आग लगायी जा रही है। सेवा-दल वालों के कान खड़े हुए। दो-ढाई हजार आदमियों का दल डबल मार्च करता हुआ उस स्थान को चला, जहां यह बड़वानल दहक रहा था। यहां किसी मुसलमान का पता नहीं था, आग लगी थी; लेकिन बाहर की ओर। अन्दर जाकर देखा तो घर खाली पड़ा हुआ था वागीश्वरी एक कोठरी में द्वार बन्द किये बैठी थी। इन्हें देखते ही वह रोती बाहर निकल आयी और बोली-हाय! मेरी अहल्या! अरे दौड़ो, उसे ढूंढ़ो, पापियों ने न-जाने उसकी क्या दुर्गति की! हाय! मेरी बच्ची!

एक युवक ने पूछा-क्या अहल्या को उठा ले गये?

बागीश्वरी-हां भैया! उठा ले गये। मना कर रही थी कि एरी बाहर मत निकल; अगर मरेंगे तो साथ ही मरेंगे, लेकिन न मानी। जाकर ख्वाजा महमूद से कहो, उसका पता लगायें। कहना, तुम्हें लाज नहीं आती? जिस लड़की को बेटी बनाकर मेरी गोद में सौंपा था, जिसके विवाह में पांच हजार खर्च करने वाले थे, उसकी उन्हीं के पिछलगुओं के हाथों वह दुर्गति! हाय भगवान!

लोग ख्वाजा साहब के पास पहुंचे, तो देखते हैं कि मुंर्श यशोदानन्दन की लाश रखी हुई और ख्वाजा साहब बैठे रो रहे हैं। इन लोगों को देखते ही बोले -तुम लोग समझते होगे, यह मेरा दुश्मन था। खुदा जानता है, मुझे अपना भाई और बेटा भी इससे ज्यादा अजीज नहीं। फिर भी हम दोनों की जिंदगी के आखिरी साल मैदानबाजी में गुजरे। आज उसका यह अंजाम हुआ। हम दोनों दिल से मेल करना चाहते थे; पर हमारी मरजी के खिलाफ कोई गैबी ताकत हमको लड़ाती थी। आप लोग नहीं जानते हो, मेरी इससे कितनी गहरी दोस्ती थी। कौन जानता था, उस दोस्ती का यह अंजाम होगा।

एक युवक-हम लोग लाश को क्रिया-कर्म के लिए ले जाना चाहते हैं।

ख्वाजा-ले जाओ भाई, मैं भी साथ चलूंगा। मेरे कन्धा देने में कोई हरज है! इतनी रिआयत तो मेरे साथ करनी पड़ेगी। मैं पहले मरता, तो यशोदा सिर पर खाक उड़ाता हुआ मेरी मजार तक जरूर जाता।

युवक-अहल्या को भी उठा ले गये। माताजी ने आपसे...

ख्वाजा-क्या अहल्या! मेरी अहल्या को! कब?

युवक-आज ही। घर में आग लगाने से पहले।।

ख्वाजा-कलामे मजीद की कसम, जब तक अहल्या का पता न लगा लूंगा, मुझे दाना-पानी हराम है। तुम लोग लाश ले जाओ; मैं अभी आता हूं। सारे शहर की खाक छान डालूंगा। भाभी से मेरी तरफ से अर्ज कर देना मुझसे मलाल न रखें। यशोदा नहीं है; लेकिन महमूद है। जब तक उसके दम में दम है, उन्हें कोई तकलीफ न होगी। कह देना, महमूद यों तो अहल्या को खोज निकालेगा या मुंह में कालिख लगाकर डूब मरेगा।

यह कहकर ख्वाजा साहब उठ खड़े हुए, लकड़ी उठायी और बाहर निकल गये।

चक्रधर को आगरे के उपद्रव, बाबू यशोदानन्दन की हत्या और अहल्या के अपहरण का शोक-समाचार मिला, तो उन्होंने व्यग्रता में आकर पिता को वह पत्र सुना दिया और बोले-मेरा वहां जाना बहुत जरूरी है।

वज्रधर-जाकर करोगे ही क्या? जो कुछ होना था, हो चुका; अब जाना व्यर्थ है।

चक्रधर-कम-से-कम अहल्या का पता तो लगाना ही होगा।

वज्रधर-यह भी व्यर्थ है। पहले तो उसका पता लगना ही मुश्किल है, और लग भी गया, तो तुम्हारा अब उससे क्या सम्बन्ध। अब वह मुसलमानों के साथ रह चुकी, तो कौन हिन्दू उसे पूछेगा?

चक्रधर-इसीलिए तो मेरा जाना और भी जरूरी है।

वजधर-ऐसी बहू के लिए हमारे घर में स्थान नहीं है।

चक्रधर ने निश्चयात्मक भाव से कहा-वह आपके घर में न आयेगी।

वज्रधर ने भी उतने ही निर्दय शब्द से उत्तर दिया-अगर तुम्हारा खयाल हो कि पुत्र-स्नेह के वश होकर मैं उसे अंगीकार कर लूगा, तो तुम्हारी भूल है। अहल्या कुल-देवी नहीं हो सकती, चाहे इसके लिए मुझे पुत्र-वियोग ही सहना पड़े।

चक्रधर पीछे घूमे ही थे कि निर्मला ने उसका हाथ पकड़ लिया और स्नेह पूर्ण तिरस्कार करती हुई बोली-बच्चा, तुमसे ऐसी आशा न थी। अब भी हमारा कहना मानो, हमले कुल के मुंह में कालिख न लगाओ।

चक्रधर ने हाथ छुड़ाकर कहा-मैंने आपकी आज्ञा कभी भंग नहीं की लेकिन इस विषय में मजबूर हूं।

वज्रधर-यह तुम्हारा अन्तिम निश्चय है?

चक्रधर-जी हां, अन्तिम!

यह कहते हुए चक्रधर बाहर निकल आये और कुछ कपड़े साथ लेकर स्टेशन की ओर चल दिये।

चक्रधर आगरे पहुंचे तो सवेरा हो गया था। एक क्षण तक वह खड़े सोचते रहे, कहां जाऊं? बाबू यशोदानन्दन के घर जाना व्यर्थ था। अन्त को उन्होंने ख्वाजा महमूद के घर चलना निश्चय किया।

ख्वाजा साहब के द्वार पर पहुंचे, तो देखा कि हजारों आदमी एक लाश को घेरे खड़े हैं और उसे कब्रिस्तान ले चलने की तैयारी हो रही है। चक्रधर तुरंत तांगे से उतर पड़े और लाश के पास जाकर खड़े हो गये। कहीं ख्वाजा साहब तो नहीं कत्ल कर दिये गए। बह किसी से पूछने ही जाते थे कि सहसा ख्वाजा साहब ने आकर उनका हाथ पकड़ लिया और आंखों में आंसू भरकर बोले-खूब आये बेटा, तुम्हें आंखें ढूंढ़ रही थीं, जानते हो वह किसकी लाश है? यह मेरा इकलौता बेटा है, जिस पर जिन्दगी की सारी उम्मीदें कायम थीं। लेकिन खुदा जानता है, उसकी मौत पर मेरी आंखों से एक बूंद आंसू भी न निकला। उसने वह खेल किया, जो इन्सानियत के दरजे से गिरा हुआ था। तुम्हें अहल्या के बारे में तो खबर मिली होगी?

चक्रधर-जी हां, शायद बदमाश लोग पकड़ ले गये।

ख्वाजा-वह यही बदमाश है, जिसकी लाश तुम्हारे सामने पड़ी हुई है। वह इसी की हरकत थी। मैं तो सारे शहर में अहल्या को तलाश करता फिरता था; और वह मेरे ही घर में कैद थी। यह जालिम उस पर जब्र करना चाहता था। आज उसने मौका पाकर इसे जहन्नुम का रास्ता दिखा दिया-छुरी सीने में भोंक दी।

चक्रधर-मुझे यह सुनकर बहुत अफसोस हुआ। मुझे आपके साथ कामिल हमदर्दी है, आपका-सा इंसाफ-परवर, हकपरस्त आदमी इस वक्त दुनिया में न होगा। अहल्या अब कहां है?

ख्वाजा-इसी घर में। सुबह से कई बार कह चुका हूं कि चल तुझे तेरे घर पहुंचा आऊं, पर जाती ही नहीं। बस बैठी रो रही है।

लाश उठायी गयी। शोक समाज पीछे-पीछे चला। चक्रधर भी ख्वाजा साहब के साथ कब्रिस्तान तक गये। जिस वक्त लाश कब्र में उतारी गयी, ख्वाजा साहब रो पड़े। यह क्षमा के आंसू थे। चक्रधर भी आंसुओं को न रोक सके?

दोपहर होते-होते लोग घर लौटे। ख्वाजा साहब जरा दम लेकर बोले-आओ बेटा, तुम्हें अहल्या के पास ले चलूं।

यह कहकर ख्वाजा साहब ने चक्रधर का हाथ पकड़ लिया और अन्दर चले। चक्रधर का हृदय बांसों उछल रहा था। अहल्या के दर्शनों के लिए वह इतने उत्सुक कभी न थे। वह एक खिड़की के सामने खड़ी बगीचे की ओर ताक रही थी। सहसा चक्रधर को देखकर वह चौंक पड़ी और घूंघट में मुंह छिपा लिया। फिर एक ही क्षण के बाद वह उनके पैरों को पकड़कर अश्रुधारों से धोने लगी।

चक्रधर बोले-अहल्या! मुझे तुम्हारे चरणों पर सिर झुकाना चाहिए, तुम बिलकुल उलटी बात कर रही हो।

यह कहकर उन्होंने अहल्या का हाथ पकड़ लिया लेकिन वह हाथ छुड़ा कर हट गयी और कांपते हुए स्वर में बोली-नहीं-नहीं, मेरे अंग को मत स्पर्श कीजिए। सूंघा हुआ फूल देवताओं पर नहीं चढ़ाया जाता आपकी सेवा करना मेरे भाग्य में न था, मैं जन्म ही से अभागिनी हूं, आप जाकर अम्मा को समझा दीजिये। मेरे लिए अब दु:ख न करें। मैं निर्दोष हूं लेकिन इस योग्य नहीं कि आपकी प्रेमपात्री बन सकूं।

चक्रधर से अब न रहा गया। उन्होंने फिर अहल्या का हाथ पकड़ लिया और बोले-अहल्या, जिस देह में पवित्र और निष्कलंक आत्मा रहती है, वह देह भी पवित्र और निष्कलंक रहती है। मेरी आंखों में तुम आज उससे कहीं निर्मल और पवित्र हो, जितनी पहले थीं।

अहल्या कई मिनट तक चक्रधर के कंधे पर सिर रखे रोती रही। फिर बोली-तुम केवल दया-भाव से और मेरा उद्धार करने के लिए यह कालिमा सिर चढ़ा रहे हो; या प्रेम-भाव से?

चक्रधर का दिल बैठ गया। अहल्या की सरलता पर उन्हें दया आ गयी। यह अपने को ऐसी अभागिनी और दीन समझ रही है कि इसे विश्वास ही नहीं आता, मैं इससे शुद्ध प्रेम कर रहा हूं। बोले-तुम्हें क्या जान पड़ता है, अहल्या?

अहल्या-तुम्हारे मन में प्रेम से अधिक दया का भाव है।

चक्रधर-अहल्या, तुम मुझ पर अन्याय कर रही हो।

अहल्या-जिस वस्तु को लेने की सामर्थ्य ही मुझमें नहीं है, उस पर हाथ न बढ़ाऊंगी। मेरे लिए यही बहुत है, जो आप दे रहे हैं; मैं इसे भी अपना धन्य भाग समझती हूं।

फिर सहसा अहल्या ने कहा-मुझे भय है कि मुझे आश्रय देकर आप बदनाम हो जाएंगे। कदाचित आपके माता-पिता आपका तिरस्कार करें। मेरे लिए इससे बड़ी सौभाग्य की बात नहीं हो सकती कि आपकी दासी बनूं लेकिन आपके तिरस्कार और अपमान का खयाल करके जी में यही आता है कि क्यों न इस जीवन का अन्त कर दूं।

चक्रधर की आंखें करुणार्द्र हो गयीं। बोले-अहल्या, ऐसी बातें न करो। अपनी आत्मा की अनुमति के सामने मैं माता-पिता के विरोध की परवाह नहीं करता। मैं तुमसे विनती करता हूं कि ये बातें फिर जवान पर न लाना।

अहल्या ने अबकी स्नेह-सजल नेत्रों से चक्रधर को देखा। शंका की दाह जो उसके मर्मस्थल को जलाये डालती थी, इन शीतल आर्द्र शब्दों से शान्त हो गयी। शंका की ज्वाला शान्त होते ही उसकी दाह-चंचल दृष्टि स्थिर हो गयी और चक्रधर की सौम्य मूर्ति, प्रेम की आभा से प्रकाशमान, आंखों के सामने खड़ी दिखायी दी।

बाबू यशोदानन्दन के क्रिया-कर्म के तीसरे ही दिन चक्रधर का अहल्या से विवाह हो गया। चक्रधर तो अभी कुछ दिन टालना चाहते थे; लेकिन वागीश्वरी ने बड़ा आग्रह किया। विवाह में कुछ धूमधाम नहीं हुई।

जिस दिन चक्रधर अहल्या को विदा कराके काशी चले, हजारों आदमी स्टेशन पर पहुंचाने आये। वागीश्वरी का रोते-रोते बुरा हाल था। जब अहल्या आकर पालकी पर बैठी तो वह दुखिया पछाड़ खाकर गिर पड़ी। अहल्या भी रो रही थी; लेकिन शोक से नहीं वियोग में। वागीश्वरी की गर्दन में उसके करपाश इतने सुदृढ़ हो गये कि दूसरी स्त्रियों ने बड़ी मुश्किल से छुड़ाया।

लेकिन चक्रधर के सामने एक दूसरी ही समस्या उपस्थित हो रही थी। वह घर तो जा रहे थे, पर उस घर के द्वार बन्द थे। पिता का क्रोध, माता का तिरस्कार, सम्बन्धियों की अवहेलना, उन सभी शंकाओं से चित्त उद्विग्न हो रहा था। सबसे विकट समस्या यह थी कि गाड़ी के उतरकर जाऊंगा कहां? इन चिन्ताओं से उनकी मुख-मुद्रा इतनी मलिन हो गयी कि अहल्या ने उनसे कुछ कहने के लिए उनकी ओर देखा तो चौंक पड़े। उसकी वियोग व्यथा अब शान्त हो गयी थी और हृदय में उल्लास का प्रवाह होने लगा था; लेकिन पति की उदास मुद्रा देखकर वह घबरा गयी। बोली-आप इतने उदास क्यों हैं? क्या अभी से मेरी फिक्र सवार हो गयी?

चक्रधर ने झेंपते हुए कहा-नहीं तो, उदास क्यों होने लगा? यह उदास होने का समय है, या आनन्द मनाने का?

मगर जितना ही अपनी चिन्ता को छिपाने का प्रयत्न करते थे, उतना ही वह और भी प्रत्यक्ष होती जाती थी, जैसे दरिद्र अपनी साख रखने की चेष्टा में और भी दरिद्र हो जाता है।

अहल्या ने गंभीर भाव से कहा-तुम्हारी इच्छा है, न बताओ; लेकिन यही इसका आशय है कि तुम्हें मुझ पर विश्वास नहीं।

यह कहते-कहते अहल्या की आंखें सजल हो गयीं! चक्रधर से अब जब्त न हो सका। उन्होंने संक्षेप में सारी बातें कह सुनाई और अन्त में प्रयाग उतर जाने का प्रस्ताव किया। अहल्या ने गर्व से कहा--अपना घर रहते प्रयाग क्यों उतरें? मैं घर चलूंगी। वे कितने ही नाराज हों, हैं तो हमारे सता-पिता! आप इन चिन्ताओं को दिल से निकाल डालिए। उनको प्रसन्न करने का भार मुझ पुर छोड़ दें, मुझे विश्वास है कि उन्हें मना लूंगी।

चक्रधर ने अहल्या को गदगद नेत्रों से देखा और चुप ही रहे।

रात को दस बजते-बजते गाड़ी बनारस पहुंची। अहल्या के आश्वासन देने पर भी चक्रधर बहुत चिन्तित हो रहे थे कि कैसे क्या होगा। लेकिन उन्हें कितना आश्चर्य हुआ, जब उन्होंने मुंशीजी को दो आदमियों के साथ स्टेशन पर उनकी राह देखते पाया। पिता के इस असीम, अपार, अलौकिक वात्सल्य ने उन्हें इतना पुलकित किया कि वह जाकर पिता के पैरों पर गिर पड़े। मुंशीजी ने दौड़कर छाती से लगा लिया और उनके श्रद्धाश्रुओं को रूमाल से पोंछते हुए स्नेह कोमल शब्दों में बोले-कम-से-कम एक तार तो दे देते कि मैं किस गाड़ी से आ रहा हूं। खत तक न लिखा। यहां बराबर दस दिन से दो बार स्टेशन पर दौड़ा आता हूं और एक आदमी हरदम तुम्हारे इन्तजार में बाहर बिठाये रहता हूं कि न-जाने कब, किस गाड़ी से आ जाओ। कहां है बहू? चलो, उतार लायें। बहू के साथ यहीं ठहरो। स्टेशन-मास्टर से कहकर वेटिंग रूम खुलवाये देता हूं। मैं दौड़कर जरा बाजे-गाजे, रोशनी, सवारी की फिक्र करूं। बहू का स्वागत तो करना ही होगा। यहां लोग क्या जानेंगे कि बहू आयी है। वहां की बात और थी, यहां की बात और है। भाई-बन्दों के साथ रस्म-रिवाज मानना ही पड़ता है।

यह कहकर मुंशीजी चक्रधर के साथ अहल्या के डिब्बे के द्वार पर खड़े हो गये। अहल्या ने धीरे से उतरकर उनके चरणों पर सिर रख दिया। उसकी आंखों से श्रद्धा और आनन्द के आंसू बहने लगे। मुंशीजी ने उनके सिर पर हाथ रखकर आशीर्वाद दिया और दोनों प्राणियों को वेटिंग-रूम में बैठाकर बोले-किसी को अन्दर मत आने देना। मैंने साहब से कह दिया है। मैं कोई घण्टे भर में आऊंगा।

चक्रधर ने दबी जबान से कहा-इस वक्त धूम-धाम करने की जरूरत नहीं। सबेरे तो सब मालूम हो ही जायेगा।

मुंशीजी ने लकड़ी संभालते हुआ कहा-सुनती हो बहू इनकी बातें? सबेरे लोग जानकर क्या करेंगे? दुनिया क्या जानेगी कि बहू कब आई?

मुंशीजी चले गये, तो अहल्या ने चक्रधर को आड़े हाथों लिया। बोली-ऐसे देवता-पुरुष के साथ तुम अकारण ही कितना अनर्थ कर रहे थे। मेरा तो जी चाहता था कि घण्टों उनके चरणों पर पड़ी हुई रोया करूं।

चक्रधर लज्जित हो गये। इसका प्रतिवाद तो न किया; पर उनका मन कह रहा था कि इस वक्त दुनिया को दिखाने के लिए पिताजी कितनी ही धूम-धाम क्यों न कर लें घर में कोई-न-कोई गुल खिलेगा जरूर।

मुंशीजी को गये अभी आधा घण्टा भी न हुआ था कि मनोरमा कमरे के द्वार पर आकर खड़ी दिखायी दी।

उसने कहा-वाह बाबूजी, आप चुपके-चुपके बहू को उड़ा लाये और मुझे खबर तक न दी! मुंशीजी न कहते, तो मुझे मालूम ही न होता। आपने तो अपना घर बसाया, मेरे लिये भी कोई सौगात लाये?

यह कहकर वह अहल्या के पास गयी और दोनों गले मिली। मनोरमा ने रूमाल से एक जड़ाऊ कंगन निकालकर अहल्या के हाथ में पहना दिया। अहल्या ने उसे कुर्सी पर बिठा दिया और पान-इलायची देते हुए बोली-आपको मेरे कारण बड़ी तकलीफ हुई। यह आपके आराम करने का समय था।

चक्रधर मौका देखकर बाहर चले गये थे। उनके रहने से दोनों ही में संकोच होता।

मनोरमा ने कहा-नहीं बहन, मुझे जरा भी तकलीफ नहीं हुई। मैं तो यों भी बारह एक के पहले नहीं सोती। तुमसे मिलने की बहुत दिनों से इच्छा थी। तुम बड़ी भाग्यवान हो। तुम्हारा पति मनुष्य में रत्न है, सर्वथा निर्दोष एवं सर्वथा निष्कलंक।

अहल्या पति प्रशंसा से गर्वोन्नत होकर बोली-आपके लिए कोई सौगात तो नहीं लाये!

मनोरमा-मेरे लिए तुमसे बढ़कर और क्या सौगात लाते। मैं संसार में अकेली थी। तुम्हें पाकर दुकेली हो गयी।

अहल्या-मैं इसे अपनी सौभाग्य समझूंगी।

इतने में बाजों की घों-घों पों-पों सुनायी दी। मुंशीजी बारात जमाये चले आ रहे थे।

अहल्या के हृदय में आनन्द की तरंगें उठ रही थीं। कभी उसका स्वागत इस ठाठ से होगा, कभी एक बड़ी रानी उसकी सहेली बनेगी, कभी उसका इतना आदर-सम्मान होगा, उसने कल्पना भी न की थी।

मनोरमा ने उसे धीरे- धीरे ले जाकर सुखपाल में बिठा दिया। बारात चली। चक्रधर एक सुरंग घोड़े पर सवार थे।

17

राजा साहब विशाल पुर आते; तो इस तरह भागते, मानों किसी शत्रु के घर आए हों। रोहिणी को राजा साहब की यह निष्ठुरता असह्य मालूम होती थी। वह उन पर दिल का गुबार निकालने के लिए अवसर ढूंढ़ती रहती थी; पर राजा साहब भूलकर भी अन्दर न आते थे। आखिर एक

दिन वह मनोरमा पर ही पिल पड़ी। बात कोई न थी! मनोरमा ने सरल भाव से कहा-यहां आप लोगों का जीवन बड़ी शान्ति से कटता होगा। शहर में तो रोज एक-न-एक झंझट सिर पर सवार रहता है।

रोहिणी तो भरी बैठी ही थी। ऐंठकर बोली-हां बहन, क्यों न हो! ऐसे प्राणी भी होते हैं, जिन्हें पड़ोसी के उपवास देखकर जलन होती है। तुम्हें पकवान बुरे मालूम होते हैं, हम अभागिनों के लिए सत्तू में भी बाधा।

मनोरमा ने फिर उसी सरल भाव से कहा-अगर तुम्हें वहां सुख-ही-सुख मालूम होता है, तो चली क्यों नहीं आतीं? अकेले मेरा भी जी घबराया करता है। तुम रहोगी, तो मजे से दिन कट जायेंगे।

रोहिणी नाक सिकोड़कर बोली-भला, मुझमें वह हाव-भाव कहां हैं कि इधर राजा साहब को मुट्ठी में किए रहूं उधर हाकिमों को मिलाये रखूं। यह तो कुछ लिखी-पढ़ी, शहरवालियों को ही आता है, हम गंवारिनें यह त्रियाचरित्र क्या जानें।

मनोरमा खड़ी सन्न रह गयी। ऐसा मालूम हुआ कि ज्वाला पैरों से उठी और सिर से निकल गयी। वह दस-बारह मिनट तक इसी भांति स्तम्भित खड़ी रही। राजा साहब मोटर के पास खड़े उसकी राह देख रहे थे। जब उसे देर हुई तो स्वयं अन्दर आये। दूर ही से पुकारा-नोरा, क्या कर रही हो? चलो, देर हो रही है। मनोरमा ने इसका कुछ जवाब न दिया। तब राजा साहब ने मनोरमा के पास आकर हाथ पकड़ लिया और कुछ कहना ही चाहते थे कि उसका चेहरा देखकर चौंक पड़े। वह सर्पदंशित मनुष्य की भांति निर्निमेष नेत्रों से दीवार की ओर टकटकी लगाये ताक रही थी, मानों आंखों की राह प्राण निकल रहे हों।

राजा साहब ने घबरा कर पूछा-नोरा, कैसी तबीयत है?

मनोरमा ने सिसकते हुए कहा-अब मैं यहीं रहूंगी, आप जाइए। मेरी चीजें यहीं भिजवा दीजिएगा।

राजा साहब समझ गये कि रोहिणी ने अवश्य कोई व्यंग्य-तीर चलाया है। उसकी ओर लाल आंखें करके बोले -तुम्हारे कारण यहां से जान लेकर भागा फिर भी तुम पीछे पड़ी हुई हो। यहां भी शान्त नहीं रहने देती। मेरी खुशी है, जिससे जी चाहता है, बोलता हूं जिससे जी नहीं चाहता, नहीं बोलता। तुम्हें इसकी जलन क्यों होती है?

रोहिणी-जलन होगी मेरी बला को। तुम यहां ही थे, तो कौन-सा फूलों की सेज पर सुला दिया था। यहां तो जैसे ' कन्ता घर रहे, वैसे रहे विदेश।' भाग्य में रोना बदा था, रोती हूं।

राजा साहब का क्रोध बढ़ता जाता था, पर मनोरमा के सामने वह अपना पैशाचिक रूप दिखाते हुए शर्माते थे। वह कोई लगती हुई बात कहना चाहते थे, जो रोहिणी की जबान बन्द कर दे, वह अवाक् रह जाय। मनोरमा को कटु वचन सुनाने के दण्ड स्वरूप रोहिणी को कितनी ही

कड़ी बात क्यों न कही जाय, वह क्षम्य थी। बोले-तुम्हें तो जहर खाकर मर जाना चाहिए। कम-से-कम तुम्हारी ये जली-कटी बातें तो न सुनने में आयेंगी।

रोहिणी ने आग्नेय नेत्रों से राजा साहब की ओर देखा, मानों वह उसकी ज्वाला से उन्हें भस्म कर देगी, मानों उसके शरों से उन्हें बेध डालेगी, और लपककर पानदान को ठुकराती, लोटे का पानी गिराती, वहां से चली गयी।

राजा साहब बहुत देर तक समझाया किये, पर मनोरमा ने एक न मानी। उसे शंका हुई कि ये भाव केवल रोहिणी के नहीं हैं, यहां सभी लोगों के मन में यही भाव होंगे। सन्देह और लांछन का निवारण यहां सबके सन्मुख रहने से ही हो सकता था और यही उसके संकल्प का कारण था। अन्त में राजा साहब ने हताश होकर कहा-तो फिर मैं भी काशी छोड़ देता हूं। मुझसे अकेले वहां एक दिन भी न रहा जाएगा।

एकाएक मुंशी वज्रधर लाठी टेकते आते दिखायी दिये। चेहरा उतरा हुआ था, पाजामें का इजारबन्द नीचे लटकता हुआ। आंगन में खड़े होकर बोले-रानीजी, आप कहां हैं? जरा कृपा करके यहां आइएगा, या हुक्म हो, तो मैं ही आऊं।

राजा साहब ने चिढ़कर कहा-क्या है, यहीं चले आइये। आपको इस वक्त आने की क्या जरूरत थी? सब लोग यहाँ चले आये, काई वहां भी तो चाहिए।

मुंशजी कमरे में आकर बड़े दीन भाव से बोले-क्या करूं; हुजूर, घर तबाह हुआ जा रहा है। हुजूर से न रो, तो किससे रोऊं! लल्लू न जाने क्या करने पर तुला है।

मनोरमा ने सशंक होकर पूछा-क्या बात है, मुंशीजी? अभी तो आज बाबूजी वहां मेरे पास आये थे, कोई भी नई बात नहीं कहीं।

मुंशी-वह अपनी बात किसी से कहता है कि आपसे कहेगा। मुझसे भी कभी कुछ नहीं कहा, लेकिन आज प्रयाग जाने को तैयार बैठा हुआ है। बहू को भी साथ लिये जाता है।

मनोरमा-आपने पूछा नहीं कि क्यों जा रहे हो? जरूर उन्हें किसी बात से रंज पहुंचा होगा नहीं तो बहू को लेकर न जाते। घर में किसी ने ताना तो नहीं मारा?

मुंशी-इल्म की कसम खाकर कहता हूं जो किसी ने चूं तक की हो। ताना उसे दिया जाता है, जो टर्राये। वह तो सेवा और शील की देवी है; उसे कौन ताना दे सकता है? हां, इतना जरूर है कि हम दोनों आदमी उसका छुआ नहीं खाते?

मनोरमा ने सिर हिलाकर-अच्छा, यह बात है! भला, बाबूजी यह कब बर्दाश्त करने लगे। मैं अहल्या की जगह होती, तो उस घर में एक क्षण भी न रहती। वह न जाने कैसे इतने दिन तक रह गयी।

मुंशी-आप जरा चलकर उसे समझा दें। मुझ पर इतनी दया करें। सनातन से जिन बातों को मानते आये हैं, वे अब छोड़ी नहीं जातीं।

मनोरमा-तो न छोड़िए, आपको कोई मजबूर नहीं करता। आपको अपना धर्म प्यारा है और होना भी चाहिए। उन्हें भी अपना सम्मान प्यारा है और होना चाहिए। मैं जैसे आपको बहू के हाथ का भोजन ग्रहण करने को मजबूर नहीं कर सकती, उस भांति उन्हें भी यह अपमान सहने के लिए नहीं दबा सकते। आप जानें और वह जानें, मुझे बीच में न डालिए।

मुंशीजी बड़ी आशा बांधकर यहां दौड़े आये थे। यह फैसला सुना तो कमर टूट-सी गयी। फर्श पर बैठ गये और अनाथ-भाव से माथे पर हाथ रखकर सोचने लगे-अब क्या करूं ?

मनोरमा वहां से चली गयी। अभी उसे अपने लिए कोई स्थान ठीक करना था, शहर से अपनी आवश्यक वस्तुएं मंगवानी थीं।

रात आधी से ज्यादा बीत चुकी थी, पर मनोरमा की आंखों में नींद न आयी थी। उसे खयाल आया कि चक्रधर बिलकुल खाली हाथ हैं। पत्नी साथ, खाली हाथ, नयी जगह, न किसी से राह, न रस्म, संकोची प्रकृति, उदारहृदय, उन्हें प्रयाग में कितना कष्ट होगा ? मैंने बड़ी भूल की। मुंशी के साथ मुझे चली जाना चाहिए था। बाबूजी मेरा इन्तजार कर रहे होंगे।

उसने घड़ी की ओर देखा। एक बज गया था। उसके मन में प्रश्न उठा-क्यों न इसी वक्त चलूं ? घण्टे-भर में पहुंच जाऊंगी।

लेकिन फिर खयाल आया, इस वक्त जाऊंगी तो लोग क्या कहेंगे-वह फिर आकर लेट रही और सो जाने की चेष्टा करने लगी। उसे नींद आ गयी लेकिन देर से सोकर भी मनोरमा को उठने में देर नहीं लगी। अभी सब लोग सोते ही थे कि वह उठ बैठी और तुरंत मोटर तैयार करने का हुक्म दिया। फिर अपने हैंडबैग में कुछ चीजें रखकर वह रवाना हो गयी।

चक्रधर भी प्रातःकाल उठे और चलने की तैयारी करने लगे। उन्हें माता-पिता को छोड़कर जाने का दुःख हो रहा था, पर उस घर में अहल्या की जो दशा थी, वह उनके लिए असह्य थी। गाड़ी सात बजे छूटती थी। वह अपना बिस्तर और पुस्तकें बाहर निकाल रहे थे। भीतर अहल्या अपनी सास और ननद के गले मिलकर रो रही थी, कि इतने में मनोरमा की मोटर आती हुई दिखाई दी। चक्रधर मारे शर्म में गढ़ गये।

मनोरमा ने मोटर से उतरते हुए कहा-बाबूजी, अभी जरा ठहर जाइए। यह उतावली क्यों ? जब तक मुझे मालूम न हो जायेगा कि आप किस कारण से और वहां क्या करने के इरादे से जाते हैं मैं आपको न जाने दूंगी।

चक्रधर-आपको सारी स्थिति मालूम होती, तो आप कभी मुझे रोकने की चेष्टा न करतीं।

मनोरमा-तो सुनिये, मुझे आपके घर की दशा थोड़ी-बहुत मालूम है। ये लोग अपने संस्कारों से मजबूर हैं। न तो आप ही उन्हें दबाना पसन्द करेंगे। क्यों न अहल्या को कुछ दिनों के लिए मेरे साथ रहने दें। मैंने जगदीशपुर में ही रहने का निश्चय किया है। आप वहां रह सकते हैं। मेरी बहुत दिनों से इच्छा है कि कुछ दिन आप मेरे मेहमान हों। वह भी तो आप ही का घर है। मैं इसे अपना सौभाग्य समझूंगी।

चक्रधर-नहीं मनोरमा, मुझे जाने दो।

मनोरमा-अच्छी बात है, जाइए; लेकिन एक बात आपको माननी पड़ेगी मेरी यह भेंट स्वीकार कीजिए।

यह कहकर उसने अपना हैंडबैग चक्रधर की तरफ बढ़ाया।

चक्रधर-अगर न लूं तो?

मनोरमा-तो मैं अपने हाथों से आपका बोरिया-बंधना उठाकर घर में रख आऊंगी।

चक्रधर-आपको इतना कष्ट उठाना पड़ेगा। मैं इसे लिये लेता हूं। शायद वहां भी मुझे कोई काम करने की जरूरत न पड़ेगी। इस बैग का वजन ही बतला रहा है।

मनोरमा घर में गयी, तो निर्मला बोली-माना कि नहीं बेटी?

मनोरमा-नहीं मानते। मनाकर हार गयी।

मुंशी-जब आपके कहने से न माना तो फिर किसके कहने से मानेगा?

तांगा आ गया। चक्रधर और अहल्या उस पर जा बैठे, तो मनोरमा भी अपनी मोटर पर बैठकर चली गयी। घर के बाकी तीनों प्राणी द्वार पर खड़े रह गये।

18

सार्वजनिक काम करने के लिए कहीं भी क्षेत्र की कमी नहीं, केवल मन में निस्वार्थ सेवा का भाव होना चाहिए। चक्रधर प्रयाग में अभी अच्छी तरह जमने भी न पाये थे कि चारों ओर से उनके लिए खींचतान होने लगी। थोड़े ही दिनों में वह नेताओं की श्रेणी में आने लगे। उनमें देश का अनुराग था, काम करने का उत्साह था और संगठन करने की योग्यता थी। सारे शहर में एक भी ऐसा प्राणी न था, जो उनकी भांति निस्पृह हो। और लोग अपना फालतू समय ही सेवाकार्य के लिए दे सकते थे। द्रव्योपार्जन उनका मुख्य उद्देश्य था। चक्रधर को इस काम के सिवा और कोई फिक्र न थी। उन्होंने शहर के निकास पर एक छोटा-सा मकान किराये पर ले लिया था और बड़ी किफायत से गुजर करते थे। वहाँ रुपये का नित्य अभाव रहता था। चक्रधर को अब ज्ञात होने लगा कि गृहस्थी में पड़कर कुछ-न-कुछ स्थायी आमदनी होनी ही चाहिए। अपने लिए उन्हें कोई चिन्ता न थी; लेकिन अहल्या को वह दरिद्रता की परीक्षा में डालना न चाहते थे।

अगर चक्रधर को अपना ही खर्च संभालना होता, तो शायद उन्हें बहुत कष्ट न होता; क्योंकि उनके लेख बहुत अच्छे होते थे और दो-तीन समाचारपत्रों में लिखकर यह अपनी जरूरतभर को पैदा कर लेते थे। पर मुंशी वज्रधर के तकाजों के मारे उनकी नाक में दम था। चक्रधर को बार-बार तंग करते, और उन्हें विवश होकर पिता की सहायता करनी पड़ती।

अगहन का महीना था। खासी सरदी पड़ रही थी; मगर अभी तक चक्रधर जाड़े के कपड़े न बनवा पाये थे। अहल्या के पास तो पुराने कपड़े थे; पर चक्रधर के पुराने कपड़े मुंशीजी के मारे बचने ही न पाते। या तो खुद पहन डालते, या किसी को दे देते। वह इसी फिक्र में थे कि कहीं से रुपये आ जायें, तो एक कम्बल ले लूं। आज बड़े इन्तजार के बाद लखनऊ के एक मासिक-पत्र के कार्यालय से 25 रु. का मनीआर्डर आया था और वह अहल्या के पास बैठे कपड़ों का प्रोग्राम बना रहे थे।

इतने में डाकिए ने पुकारा। चक्रधर ने जाकर खत ले लिया और उसे पढ़ते हुए अन्दर आये। अहल्या ने पूछा-लालाजी का खत है न? लोग अच्छी तरह हैं न?

चक्रधर-मेरे आते ही न जाने उन लोगों पर क्या साढ़ेसाती सवार हो गयी कि जब देखो, एक-न-एक विपत्ति सवार ही रहती है। अभी मंगला बीमार थी, जब अम्मा बीमार हैं। बाबूजी को खांसी आ रही है। रानी साहबा के यहां से अब वजीफा नहीं मिलता है, लिखा है कि इस वक्त 50 अवश्य भेजो।

अहल्या-क्या अम्माजी बहुत बीमार हैं?

चक्रधर-हां, लिखा तो है।

अहल्या-तो जाकर देख ही क्यों न आओ?

चक्रधर-मुझे बाबूजी पर बड़ा क्रोध आता है। व्यर्थ मुझे तंग करते हैं। अम्मा की बीमारी तो बहाना है, सरासर बहाना।

अहल्या-यह बहाना हो या सच हो, ये पचीसों रुपए भेज दो। बाकी के लिए लिख दो कोई फिक्र करके जल्दी ही भेज दूंगा। तुम्हारी तकदीर में इस वर्ष जड़ावल नहीं लिखा है।

पूस का महीना लग गया। जोरों की सरदी पड़ने लगी। स्नान करते समय ऐसा मालूम होता था कि पानी काट खाएगा; पर अभी तक चक्रधर जड़ावल न बनवा सके। एक दिन बादल हो आये और ठण्डी हवा चलने लगी। सर्दी के मारे चक्रधर को नींद न आती थी, एक बार उन्होंने अहल्या की ओर देखा। वह हाथ-पांव सिकोड़े, चादर सिर से ओढ़े एक गठरी की तरह पड़ी हुई थी। उनका स्नेह-करुण हृदय रो पड़ा। उनकी अन्तरात्मा सहस्रों जिह्वाओं से उनका तिरस्कार करने लगी। तेरी लोक सेवा केवल भ्रम है; कोरा प्रमाद। जब तू इस रमणी की रक्षा नहीं कर सकता, जो तुझ पर अपने प्राण तक अर्पण कर सकती है, तो तू जनता का उपकार क्या करेगा?

दूसरे दिन वह नाश्ता करते ही कहीं बाहर न गये; बल्कि अपने कमरे में जाकर कुछ लिखते-पढ़ते रहे। शाम को सात बजते-बजते वह फिर लौट आये और दस बजे तक कुछ लिखते रहे। आज से यही उनका नियम हो गया। नौकरी तो वह कर न सकते थे। चित्त को इससे घृणा होती थी; लेकिन अधिकांश समय पुस्तकें और लेख लिखने में बिताते। उनकी विद्या और बुद्धि अब सेवा के अधीन नहीं, स्वार्थ के अधीन हो गयी। पहले ऊपर की खेती करते थे, जहां न धन था, न कीर्ति। अब धन भी मिलता था और कीर्ति भी। पत्रों के सम्पादक उनसे आग्रह करके

उनसे लेख लिखवाते थे। लोग इन लेखों को बड़े चाव से पढ़ते थे। भाषा अलंकृत होती थी, भाव भी सुन्दर, विषय भी उपयुक्त। दर्शन में उन्हें विशेष रुचि थी। उनके लेख भी अधिकांश दार्शनिक होते थे।

पर चक्रधर को अब अपने कृत्यों पर गर्व न था। उन्हें काफी धन मिलता था। योरोप और अमेरिका के पत्रों में भी उनके लेख छपते थे। समाज में उनका आदर भी कम न था; पर सेवा कार्य में जो सन्तोष और शान्ति मिलती थी वह अब मयस्सर न थी। अपने दीन, दुःखी एवं पीड़ित बन्धुओं की सेवा करने में जो गौरव-युक्त आनन्द मिलता था, वह अब सभ्य समाज की दावतों में न प्राप्त होता था। मगर अहल्या सुखी थी। वह अब सरल बालिका नहीं, गौरवशील युवती थी-गृह प्रबन्ध में कुशल, पति सेवा में प्रवीण, उदार, दयालु और नीति चतुर। मजाल न था कि नौकर उसकी आंख बचाकर एक पैसा भी खा जाए। उसकी सभी अभिलाषाएं पूरी होती जाती थीं। ईश्वर ने उसे एक सुन्दर बालक भी दे दिया। रही-सही कसर भी पूरी हो गयी।

इस प्रकार पांच साल गुजर गये।

एक दिन काशी के राजा विशालसिंह का तार आया। लिखा था- ' मनोरमा बहुत बीमार है। तुरन्त आइए। बचने की कम आशा है।'

अहल्या-यह हो क्या गया है? अभी तो लालाजी ने लिखा था कि यहां सब कुशल है।

चक्रधर-क्या कहा जाय? कुछ नहीं, यह सब गृह-कलह का फल है। मनोरमा ने राजा साहब से विवाह करके बड़ी भूल की। सौतों ने तानों से छेद-छेदकर उनकी जान ले ली।

अहल्या-कहो तो मैं भी चलूं? देखने को जी चाहता है। उनका शील और स्नेह कभी न भूलेगा।

चक्रधर-योगेन्द्र बाबू को साथ लेते चलें। इनसे अच्छा तो यहां और कोई डॉक्टर नहीं है।

दस बजते-बजते ये लोग यहां से डाक पर चले। अहल्या खिड़की से पावस का मनोहर दृश्य देखती थी, चक्रधर व्यग्र हो-होकर घड़ी देखते थे कि पहुंचने में कितनी देर है और मुन्नू खिड़की से कूद पड़ने के लिए जोर लगा रहा था।

चक्रधर जगदीशपुर पहुंचे, तो रात के आठ बज गए। राजभवन के द्वार पर हजारों आदमियों की भीड़ थी। अन्न-दान दिया जा रहा था। और कंगले एक पर-एक टूटे पड़ते थे।

सहसा मोटर की आवाज सुनकर मुंशीजी वज्रधर ने बाहर आकर देखा तो, भीड़ को हटाकर दौड़े और चक्रधर को गले लगा लिया।

अहल्या पति के पीछे खड़ी थी। मुन्नू उसकी गोद में बैठा बड़े कुतूहल से दोनों आदमियों का रोना देख रहा था।

अभी दोनों आदमियों में कोई बात न होने पायी थी कि राजा साहब दौड़ते हुए भीतर से आते दिखायी दिये। सूरत से नैराश्य और चिन्ता झलक रही थी। शरीर भी दुर्बल था। आते-ही-आते उन्होंने चक्रधर को गले से लगाकर पूछा-मेरा तार कब मिल गया था।

चक्रधर-कोई आठ बजे मिला होगा। पढ़ते ही मेरे होश उड़ गये। रानी जी की क्या हालत है?

राजा-वह तो अपनी आंखों से देखोगे, मैं क्या कहूं। अब भगवान ही का भरोसा है। अहा! यह शंखधर महाशय हैं।

यह कहकर उन्होंने बालक को गोद में ले लिया और स्नेह पूर्ण नेत्रों ने देखकर बोले -मेरी सुखदा बिलकुल ऐसी ही थी। ऐसा जान पड़ता है, यह उसका छोटा भाई है। उसकी सूरत अभी तक मेरी आंखों में है। मुख से बिलकुल ऐसी ही थी।

अन्दर जाकर चक्रधर ने मनोरमा को देखा। वह मोटे गद्दों में ऐसी समा गयी थी कि मालूम होता था कि पलंग खाली है, केवल चादर पड़ी हुई है। चक्रधर की आहट पाकर उसने मुंह चादर से निकाला। दीपक के क्षीण प्रकाश में किसी दुर्बल की आह! असहाय नेत्रों से आकाश की ओर ताक रही थी!

राजा साहब ने आहिस्ता से कहा-नोरा, तुम्हारे बाबूजी आ गए।

मनोरमा ने तकिये का सहारा लेकर कहा-मेरे धन्य भाग! आइए बाबूजी आपके दर्शन भी हो गए। तार न जाता तो आप क्यों आते?

चक्रधर-मुझे तो बिलकुल खबर ही न थी। तार पहुंचने पर हाल मालूम हुआ।

मनोरमा- (बालक को देखकर) अच्छा! अहल्या देवी भी आई हैं? जरा यहां तो लाना अहल्या! इसे छाती से लगा लूं।

राजा-इसकी सूरत सुखदा से बहुत मिलती है, नीरा! बिलकुल उसका छोटा भाई मालूम होता है।

'सुखदा' का नाम सुनकर अहल्या पहले भी चौंकी थी। अबकी वही शब्द सुनकर फिर चौंकी! बाल-स्मृति किसी भूले हुए स्वप्न की भांति चेतना क्षेत्र में आ गयी। उसने घूंघट की आड़ से राजा साहब की ओर देखा। उसे अपने स्मृति पट पर ऐसा ही आकर खिंचा हुआ मालूम पड़ा।

बालक को स्पर्श करते ही मनोरमा के जर्जर में एक स्फूर्ति-सी दौड़ गयी। मानो किसी ने बुझते हुए दीपक की बत्ती उकसा दी हो। बालक को छाती से लगाये हुए उसे अपूर्व आनन्द मिल रहा था। मानों बरसों से तृषित कण्ठ को शीतल जल मिल गया हो, और उसकी प्यास न बुझती हो। वह बालक को लिए उठ बैठी और बोली-अहल्या, मैं अब यह लाल तुम्हें न दूंगी। यह मेरा है। तुमने इतने दिनों तक मेरी सुध न ली, यह उसी की सजा है।

राजा साहब ने मनोरमा को संभालकर कहा-लेट जाओ। देह में हवा लग रही है। क्या करती हो.. ..

किन्तु मनोरमा बालक को लिए हुए कमरे से बाहर निकल गयी। राजा साहब भी उसके पीछे-पीछे दौड़े कि कहीं वह गिर न पड़े। कमरे में केवल चक्रधर और अहल्या रह गए। अहल्या धीरे से बोली-मुझे अब याद आ रहा है कि मेरा नाम सुखदा था। जब मैं बहुत छोटी थी, तो लोग मुझे सुखदा कहते थे।

चक्रधर ने कहा-चुपचाप बैठो, तुम इतनी भाग्यवान् नहीं हो। राजा साहब की सुखदा कहीं खोयी नहीं, मर गयी होगी।

राजा साहब इसी वक्त बालक को गोद में लिए मनोरमा के साथ कमरे में आये। चक्रधर के अन्तिम शब्द उनके कान में पड़ गए। बोले -नहीं बाबूजी, मेरी सुखदा मरी नहीं, त्रिवेणी के मेले में गयी थी। आज बीस साल हुए, जब मैं पत्नी के साथ त्रिवेणी स्नान करने प्रयाग गया था। वहीं सुखदा खो गयी थी। उसकी उम्र कोई चार साल की रही होगी। बहुत ढूंढ़ा, पर कुछ पता न चला। उसकी माता उसके वियोग में स्वर्ग सिधारी। मैं भी बरसों तक पागल बना रहा। अन्त में सब्र करके बैठ रहा।

अहल्या ने सामने आकर निस्संकोच भाव से कहा-मैं भी तो त्रिवेणी के स्नान में खो गयी थी। आगरा की सेवा-समिति वालों ने मुझे कहीं रोते पाया, और मुझे आगरे ले गये। बाबू यशोदानन्दन ने मेरा पालन-पोषण किया।

राजा-तुम्हारी क्या उम्र होगी, बेटी?

अहल्या-चौबीसवां लगा है।

राजा-तुम्हें अपने घर की कुछ याद है? तुम्हारे द्वार पर किस चीज का पेड़ था?

अहल्या-शायद बरगद का पेड़ था। मुझे याद आता है। कि मैं उसके गोदे चुनकर खाया करती थी।

राजा-अच्छा, तुम्हारी माता कैसी थीं? कुछ याद आता है?

अहल्या-हां, याद क्यों नहीं आता! उनका सांवला रंग था, दुबली-पतली लेकिन बहुत लम्बी थीं। दिन-भर पान खाती रहती थीं।

राजा-घर में कौन-कौन लोग थे?

अहल्या-मेरी एक बुढ़िया दादी थीं, जो मुझे गोद में लेकर कहानी सुनाया करती थीं। एक रहा नौकर था, जिसके कन्धे पर मैं रोज सवार हुआ करती थी। द्वार पर एक बड़ा-सा घोड़ा बंधा रहता था। मेरे द्वार पर एक कुंआ था और पिछवाड़े एक बुढ़िया चमारिन का मकान था।

राजा ने सजल नेत्र होकर कहा-बस-बस, बेटी आ; तुझे छाती से लगा लूं। तू ही मेरी सुखदा है। मैं बालक को देखते ही ताड़ गया था। मेरी सुखदा मिल गयी! मेरी सुखदा मिल गयी!

चक्रधर-अभी शोर न कीजिए। सम्भव है कि आपको भ्रम हो रहा हो।

राजा-जरा भी नहीं, जी-भर भी नहीं, मेरी सुखदा यही है। इसने जितनी बातें बतायीं, सभी ठीक हैं। मुझे लेश-मात्र भी सन्देह नहीं। आह! आज तेरी माता होती, तो उसे कितना आनन्द होता। क्या लीला है भगवान की! मेरी सुखदा घर बैठे मेरी गोद में आ गयी। जरा-सी गयी थी, बड़ी-सी आयी। अरे! मेरा शोक-सन्ताप हरने को एक नन्हा-मुन्ना बालक भी लायी। आओ भैया चक्रधर, तुम्हें छाती से लगा लूं। आज तक तुम मेरे मित्र थे, आज मेरे पुत्र हो। याद है मैंने

तुम्हें जेल भिजवाया था? नोरा, ईश्बर की लीला देखी? सुखदा घर में थी, और मैं उसके नाम को रो बैठा-अब मेरी अभिलाषा पूरी हो गयी। जिस बात की आशा तक मिट गयी थी, वह आज पूरी हो गयी।

यह कहते हुए राजा साहब उसी आवेश में दीवानखाने में जा पहुंचे। द्वार पर अभी तक कंगालों की भीड़ लगी हुई थी। दो-चार अमले अभी तक बैठे दफ्तर में काम कर रहे थे। राजा साहब ने बालक को कन्धे पर बिठाकर उच्च-स्वर से कहा-मित्रों! यह देखो; ईश्वर की असीम कृपा से मेरा निवासा घर-बैठे मेरे पास आ गया। तुम लोग जानते हो कि बीस साल हुए, मेरी पुत्री सुखदा त्रिबेणी के स्नान में खो गयी थी? वही सुखदा आज मुझे मिल गयी है और यह बालक उसी का पुत्र है। आज से तुम लोग इसे अपना युवराज समझो। मेरे बाद यही मेरी रियासत का स्वामी होगा। गारद से कह दो, अपने युवराज को सलामी दे। नौबतखाने में कह दो, नौबत बजे! आज के सातवें दिन राजकुमार का अभिषेक होगा। अभी से उसकी तैयारी शुरू करो।

यह हुक्म देकर राजा साहब बालक को गोद में लिये ठाकुरद्वारे में जा पहुंचे। वहां इस समय ठाकुरजी के भोग की तैयारियां हो रही थीं। साधु, सन्तों की मण्डली जमा थी।

पुजारीजी ने कहा-भगवान राजकुंवर को चिरंजीव करें!

राजा ने अपनी हीरे की अंगूठी उसे दे दी। एक बाबाजी को इसी आशीर्वाद के लिए 100 बीघे जमीन मिल गयी।

ठाकुरद्वारे से जब वह घर में आये, तो देखा कि चक्रधर आसन पर बैठे भोजन कर रहे हैं, और मनोरमा सामने खड़ी खाना परस रही है। उसके मुख-मण्डल पर हार्दिक उल्लास की कान्ति झलक रही थी। कोई यह अनुमान ही न कर सकता था कि यह वही मनोरमा है, जो अभी दस मिनट पहले मृत्यु शय्या पर पड़ी हुई थी।

19

राजा विशालसिंह ने इधर कई साल से राज-काज छोड़-सा रखा था। मुंशी वज्रधर और दीवान साहब की चढ़ बनी थी। प्रजा के सुख दु:ख की चिन्ता अगर किसी को थी तो वह मनोरमा थी। राजा साहब के सत्य और न्याय का उत्साह ठण्डा पड़ गया था। मनोरमा को पाकर उन्हें किसी चीज की सुधि न थी।

लेकिन इस बालक ने आकर राजा साहब के जीवन में एक नवीन उत्साह का संचार कर दिया। अब तक उनके जीवन का कोई लक्ष्य न था। मन में प्रश्न होता था, किसके लिए करूं? अब जीवन का लक्ष्य मिल गया था। फिर वह राज-काज से क्यों विरक्त रहते? मुंशीजी अब तक तो दीवान साहब से मिलकर अपना स्वार्थ साधते रहते थे; पर वह अब हर किसी को गिनने लगे थे! ऐसा मालूम होता था कि अब वही राजा हैं। दीवान साहब अगर मनोरमा के पिता थे, तो मुंशीजी राजकुमार के दादा थे। फिर दोनों में कौन दबता? कर्मचारियों पर कभी ऐसी फटकारें न

पड़ी थीं। मुंशीजी को देखते ही बेचारे थर-थर कांपने लगते थे। अगर कोई अमला उनके हुक्म की तामील करने में देर करता, तो जामे से बाहर हो जाते। बात पीछे करते, निकालने की धमकी पहले देते।

सुनने वालों को ये बातें जरूर बुरी मालूम होती थीं। चक्रधर के कानों में कभी ये बातें पड़ जातीं, तो यह जमीन में गड़-से जाते थे। वह आजकल मुंशीजी से बहुत कम बोलते थे। अपने घर भी केवल एक बार गये थे। वहां माता की बातें सुनकर उनकी फिर आने की इच्छा न होती थी। मित्रों से मिलना-जुलना उन्होंने बहुत कम कर दिया था। वास्तव में यहां का जीवन उनके लिए असह्य हो गया था। वह फिर अपने शान्ति-कुटीर को लौट जाना चाहते थे। यहां आये दिन कोई-न-कोई बात हो ही जाती थी, जो दिन-भर उनके चित्त को व्यग्र रखने को काफी होती के। कहीं कर्मचारियों में जूती पैजार होती थी, कहीं गरीब असामियों पर डांट फटकार, कहीं रनिवास में रगड़-झगड़ होती थी, तो कहीं इलाके में दंगा-फिसाद। उन्हें स्वयं कभी-कभी कर्मचारियों को तम्बीह करनी पड़ती, इस बार उन्हें विवश होकर नौकरों को मारना भी पड़ा था। सबसे कठिन समस्या यही थी कि उनके पुराने सिद्धांत भंग होते चले जाते थे। वह बहुत चेष्टा करते थे कि मुंह से एक भी अशिष्ट शब्द न निकले; पर प्राय: नित्य ही ऐसे अवसर पड़ते कि उन्हें विवश होकर दण्ड-नीति का आश्रय लेना ही पड़ता था।

लेकिन अहल्या इस जीवन का चरम सुख भोग कर रही थी। बहुत दिनों तक दु:ख झेलने के बाद उसे यह सुख मिला था और वह उनमें मग्न थी। अपने पुराने दिन उसे बहुत जल्द भूल गये थे और उनको याद दिलाने से उसे दु:ख होता था। उसका रहन-सहन बिलकुल बदल गया था। वह अच्छी-खासी अमीरजादी बन गयी थी। सारे दिन आमोद-प्रमोद के सिवा उसे दूसरा काम न था।

अब चक्रधर अहल्या से अपने मन की बातें कभी न कहते थे। यह सम्पदा उनका सर्वनाश किये डालती थी। क्या अहल्या यह सुख-विलास छोड़कर मेरे साथ चलने पर राजी होगी? उन्हें शंका होती थी कि कहीं वह इस प्रस्ताव को हंसी में न उड़ा दे, या मुझे रुकने के लिए मजबूर न करे। इसी प्रकार के प्रश्न चक्रधर के मन में उठते रहते थे और वह किसी भांति अपने कर्त्तव्य का निश्चय न कर सकते थे। केवल एक बात निश्चित थी-वह इन बन्धनों में पड़कर अपना जीवन नष्ट न करना चाहते थे, सम्पत्ति पर अपने सिद्धान्तों को भेंट न कर सकते थे।

एक दिन चक्रधर मोटर पर हवा खाने निकले। गरमी के दिन थे। जी बेचैन था? हवा लगी, तो देहात की तरफ जाने का जी चाहा। बढ़ते ही गये, यहां तक कि अंधेरा हो गया। शोफर को साथ न लिया था। ज्यों-ज्यों आगे बढ़ते थे, सड़क खराब आती-जाती थी। सहसा उन्हें रास्ते में एक बड़ा सांड दिखायी दिया। उन्होंने बहुत शोर मचाया, पर सांड न हटा। जब समीप आने पर भी सांड, राह में खड़ा ही रहा, तो उन्होंने कतराकर निकल जाना चाहा; पर सांड सिर झुकायें फों-फों करता फिर सामने आ खड़ा हुआ। चक्रधर छड़ी हाथ में लेकर उतरे कि उसे भगा दे, पर वह भागने के बदले उनके पीछे दौड़ा। कुशल यह हुई कि सड़क के किनारे एक पेड़ मिल गया। जी छोड़कर भागे और छड़ी फेंक, पेड़ की एक शाखा पकड़ कर लटक गये। साँड़ एक मिनट

तक तो पेड़ से टक्कर लेता रहा; पर जब चक्रधर न मिले, तो वह मोटर के पास लौट गया और उसे सींगों से पीछे को ठेलता हुए दौड़ा। कुछ दूर के बाद मोटर सड़क से हटकर एक वृक्ष से टकरा गयी। अब सांड पूछ उठा-उठाकर कितना ही जोर लगाता है, पीछे हट-हटकर उसमें टक्करे मारता है, पर वह जगह से नहीं हिलती। तब उसने बगल में जाकर इतनी जोर से टक्कर लगायी कि मोटर उलट गयी। फिर भी सांड ने उसका पिंड न छोड़ा। कभी उसके पहियों से टक्कर लेता, कभी पीछे की तरफ जोर लगाता। मोटर के पहिये फट गये, कई पुरजे टूट गये; पर सांड बराबर उस पर आघात किये जाता था।

सांड ने जब देखा कि शत्रु की धज्जियां उड़ गयीं और अब वह शायद फिर न उठे, तो डकारता हुआ एक तरफ को चला गया। तक चक्रधर नीचे उतरे और मोटर के समीप जाकर देखा तो वह उलटी पड़ी हुई थी। जब तक सीधी न हो जाय, यह पता कैसे चले कि क्या-क्या चीजें टूट गयी हैं, और अब वह चलने योग्य है या नहीं। अकेले मोटर को सीधी करना एक आदमी का काम न था। पूर्व की ओर थोड़ी ही दूर पर एक गांव था। चक्रधर उसी तरफ चले। वह बहुत छोटा-सा ' पूरवा' था। किसान लोग अभी थोड़ी ही देर पहले ऊख की सिंचाई करके आये थे। कोई बैलों को सानी-पानी दे रहा था, कोई खाने जा रहा था, कोई गाय दुह रहा था। सहसा चक्रधर ने जाकर पूछा-यह कौन गांव है?

एक आदमी ने जवाब दिया-भैसौर।

चक्रधर-किसका गाँव हैं?

किसान-महाराज का। कहीं से आते हो?

चक्रधर-हम महाराज ही के यहाँ से आते है। वह बदमाश साँड़ किसका है, जो इस वक्त सड़क पर घूमा करता है?

किसान-यह तो नहीं जानते साहब; पर उसके मारे नाकोंदम है।

चक्रधर ने सांड के आक्रमण का जिक्र करके कहा-तुम लोग मेरे साथ चलकर मोटर को उठा दो।

इस पर दूसरा किसान अपने द्वार से बोला-सरकार, भला रात को मोटर उठाकर क्या कीजिएगा? वह चलने लायक तो होगी नहीं।

चक्रधर-तो तुम लोगों को उसे ठेलकर ले चलना पड़ेगा।

पहला किसान-सरकार, रात भर यहीं ठहरें, सवेरे चलेंगे। न चलने लायक होगी, तो गाड़ी पर लादकर पहुंचा देंगे।

चक्रधर ने झल्लाकर कहा-कैसी बातें करते हो जी! मैं रात-भर यहां पड़ा रहूंगा! तुम लोगों को इसी वक्त चलना होगा।

चक्रधर को उन आदमियों में कोई न पहचानता था। समझे, राजाओं के यहां सभी तरह के लोग आते-जाते हैं, होंगे कोई। फिर वे सभी जाति के ठाकुर थे, और ठाकुर से सहायता के नाम

से जो काम चाहे ले लो, बेगार के नाम से उनकी त्योरियां बदल जाती हैं। किसान ने कहा-साहब, इस बखत तो हमारा जाना न होगा। अगर बेगार चाहते हो, तो वह उत्तर की ओर दूसरा गांव है, वहां चले जाइए। बहुत चमार मिल जायेंगे।

यह कहकर वह घर में जाने लगा।

चक्रधर को ऐसा क्रोध आया कि उसका हाथ पकड़कर घसीट लूं और ठोकर मारते हुए ले चलूं, मगर उन्होंने जब्त करके कहा-मैं सीधे से कहता हूं तो तुम लोग उड़नघाइयां बताते हो। अभी कोई चपरासी आकर दो घुड़कियां जमा देता, तो सारा गांव भेड़ की भांति उसके पीछे चला जाता।

किसान वहीं खड़ा हो गया और बोला-सिपाही क्यों घुड़कियां जमायेगा, कोई चोर हैं? हमारी खुशी, नहीं जाते। आपको जो करना हो, कर लीजिएगा।

चक्रधर से जब्त न हो सका। छड़ी हाथ में थी ही वह बाज की तरह किसान पर टूट पड़े और एक धक्का देकर कहा-चलता है या जमाऊं दो-चार हाथ? तुम लात के आदमी बात से क्यों मानने लगे!

चक्रधर कसरती आदमी थे। किसान धक्का खाकर गिर पड़ा। यों वह भी करारा आदमी था। उलझ पड़ता, तो चक्रधर आसानी से उसे न गिरा सकते, पर यह रोब में आ गया। सोचा, कोई हाकिम है, नहीं तो उसकी हिम्मत न पड़ती कि हाथ उठाये। सम्हलकर उठने लगा। चक्रधर ने समझा, शायद यह उठकर मुझ पर वार करेगा। लपककर फिर एक धक्का दिया। सहसा सामने वाले घर में से एक आदमी लालटेन लिये बाहर निकल आया और चक्रधर को देखकर बोला-अरे भगतजी! तुमने यह भेष कब से धारण किया? मुझे पहचानते हो, हम भी तुम्हारे साथ जेल में थे।

चक्रधर उसे तुरन्त पहचान गए। यह उनका जेल का साथी धन्नासिंह था। चक्रधर का सारा क्रोध हवा हो गया। लजाते हुए बोले-क्या तुम्हारा घर इसी गांव में है, धन्ना?

धन्नासिंह-हां साहब, यह आदमी, जिसे आप ठोकरें मार रहे हैं, मेरा सगा भाई है। खाना खा रहा था। खाना छोड़कर जब तक उन्हें, तब तक तो गरमा ही गए। तुम्हारा मिजाज इतना कड़ा कब से हो गया? कहां तो दारोगा को बचाने के लिए अपनी छाती पर संगीन रोक ली थी, कहां आज जरा-सी बात पर इतने तेज पड़ गए।

चक्रधर पर घड़ों पानी पड़ गया। वह अपनी सफाई में एक शब्द भी न बोल सके। उनके जीवन की सारी कमाई, जो उन्होंने न जाने कौन-कौन से कष्ट सहकर बटोरी थी, यहीं लुट गयी।

धन्नासिंह ने अपने भाई का हाथ पकड़कर बैठाना चाहा, तो वह जोर से ' हाय! हाय!. करके चिल्ला उठा। दूसरी बार गिरते समय उसका दाहिना हाथ उखड़ गया था। धन्नासिंह ने समझा उसका हाथ टूट गया है। चक्रधर के प्रति उसकी रही-सही भक्ति भी गायब हो गयी। उनकी ओर आरक्त नेत्रों से देखकर बोला-सरकार, आपने तो इसका हाथ ही तोड़ दिया। (ओठ चबाकर)

क्या कहें, अपने द्वार पर आए हो और कुछ पुरानी बातों का खयाल है, नहीं तो इस समय क्रोध तो ऐसा आ रहा है कि इसी तरह तुम्हारे हाथ भी तोड़ दूं। अभी जाकर महाराज के द्वार पर फरियाद करें, तो तुम खड़े-खड़े बंध जाओ। बाबू चक्रधर सिंह का नाम तो तुमने सुना ही होगा? अब किसी सरकारी आदमी की मजाल नहीं कि बेगार ले सके, तुम बेचारे किस गिनती में हो? तुम्हारे ही उपदेश में मेरी पुरानी आदत छूट गयी। गाँजा और चरस तभी छोड़ दिया, जुए के बगीचे नहीं जाता। जिस लाठी से सैकड़ों सिर फोड़ डाले होंगे, अब वह टूटी हुई पड़ी है। मुझे तो तुमने यह उपदेश दिया और आप लगे गरीबों को कुचलने। मन्नासिंह ने इतना ही न कहा था कि रात को यही ठहर जाओ, सवेरे हम चलकर तुम्हारी मोटर पहुंचा देंगे। इसमें क्या बुराई थी?

चक्रधर ने ग्लानि-वेदना से व्यथित स्वर में कहा-धन्नासिंह, मैं बहुत लज्जित हूं, मुझे क्षमा करो। जो दण्ड चाहो, दो; सिर झुकाये हुए है जरा भी सिर न हटाऊंगा, एक शब्द भी मुंह से न निकालूंगा।

यह कहते-कहते उनका गला फंस गया। धन्नासिंह भी गदगद हो गया। बोला-अरे भगतजी, ऐसी बातें न कहो। भैया, भाई का नाता बड़ा गहरा होता है। भाई चाहे अपना शत्रु भी हो, लेकिन कौन आदमी है, जो भाई को मार खाते देखकर क्रोध को रोक सके? मुझे अपना वैसा ही दास समझो, जैसे जेल में समझते थे, तुम्हारी मोटर कहां है? चलो, मैं उसे उठाये देता हूं या हुक्म हो तो गाड़ी जोत लूं?

चक्रधर ने रोककर कहा-जब तक इसका हाथ अच्छा न हो जाएगा, तब तक मैं कहीं न जाऊंगा, धन्नासिंह, धन्नासिंह! हां, कोई आदमी ऐसा मिले, जो यहां से जगदीशपुर जा सके, तो उसे मेरी एक चिट्ठी दे दो।

धन्नासिंह-जगदीशपुर में तुम्हारा कौन है, भैया? क्या रियासत में नौकर हो गये हो?

चक्रधर-नौकर नहीं हूं। मैं मुंशी वज्रधर का लड़का हूं।

धन्नासिंह ने विस्मित होकर कहा-सरकार ही बाबू चक्रधरसिंह हैं। धन्य भाग्य थे कि सरकार के आज दरसन हुए।

यह कहते हुए वह दौड़कर घर में गया और एक चारपाई लाकर द्वार पर डाल दी। फिर लपककर गांव में खबर दे आया। एक क्षण में गांव के सब आदमी आकर चक्रधर को नजरें देने लगे। चारों और हलचल-सी मच गयी। सब-के-सब उनके यश गाने लगे। जब से सरकार आये हैं, हमारे दिन फिर गए हैं, आपका शील-स्वभाव जैसा सुनते थे, वैसा ही पाया। आप साक्षात भगवान हैं।

धन्नासिंह ने कहा-मैंने तो पहचाना ही नहीं। क्रोध में ने जाने क्या-क्या बक गया।

दूसरा ठाकुर बोला-सरकार अपने को खोल देते, तो हम मोटर को कन्धों पर लादकर ले चलते।

चक्रधर को इन ठकुरसुहाती बातों में जरा भी आनन्द न आता था। उन्हें उन पर दया आ रही थी। वही प्राणी, जिसे उन्होंने अपने कोप का लक्ष्य बनाया था, उनके शौर्य और शक्ति की प्रशंसा कर रहा था। अपमान को निगल जाना चरित्र-पतन की अन्तिम सीमा है। और यही खुशामद सुनकर हम लट्टू हो जाते हैं। जिस वस्तु से घृणा होनी चाहिए, उस पर हम फूले नहीं समाते। चक्रधर को अब आश्चर्य हो रहा था कि मुझे इतना क्रोध आया कैसे? आज उन्हें अनुभव हुआ कि रियासत की बू कितनी गुप्त और अलक्षित-रूप से उनमें समाती जाती है कितने गुप्त और अलक्षित-रूप से में उनकी मनुष्यता, चरित्र और सिद्धान्त का ह्रास हो रहा है।

चक्रधर को रात-भर नींद न आयी। उन्हें बार-बार पश्चात्ताप होता था कि मैं क्रोध के आवेग में क्यों आ गया। जीवन में यह पहला ही अवसर था कि उन्होंने एक निर्बल प्राणी पर हाथ उठाया था। जिसका समस्त जीवन दीनजनों की सहायता में गुजरा हो, उसकी यह कायापलट नैतिक पतन से कम न थी।

चक्रधर तो इस विचार में पड़े हुए थे, अहल्या अपने सजे हुए शयनागार में मखमली गद्दों पर लेटी अंगड़ाइयां ले रही थी। जब चक्रधर ने कमरे में कदम रखा तो अहल्या त्योरियां चढ़ाकर बोली-अब तो रात-रात भर आपके दर्शन ही नहीं होते।

चक्रधर-कुछ तुम्हें खबर भी है। आधे घण्टे तक जगाता रहा, जब तुम न जागीं, तो चला गया। यहां आकर तुम सोने में कुशल हो गयीं!

अहल्या-क्या मैं सचमुच बहुत सोती हूं?

चक्रधर-अच्छा, अभी तुम्हें उसमें सन्देह भी है! घड़ी में देखो! आठ बज गये हैं। तुम पाँच बजे उठकर घर का धन्धा करने लगती थीं।

अहल्या-तब की बातें जाने दो। अब उतने सवेरे उठने की जरूरत ही क्या है?

चक्रधर-तो क्या तुम उम्र-भर यहाँ मेहमानी खाओगी?

अहल्या ने विस्मित होकर कहा-इसका क्या मतलब?

चक्रधर-इसका मतलब यही है कि हमें यहां आये हुए बहुत दिन गुजर गये। अब अपने घर चलना चाहिए।

अहल्या-अपना घर कहां है?

चक्रधर-अपना घर वहीं है, जहां अपने हाथों की कमाई है। ससुराल की रोटियां बहुत खा चुका। खाने में तो वह बहुत मीठी मालूम होती हैं, पर उनसे बुद्धि भ्रष्ट हो जाती है। इतने ही दिनों में हम दोनों कुछ-में-कुछ हो गये। यहां कुछ दिन और रहा, तो कम-से-कम मैं तो कहीं का न रहूंगा। कल मैंने एक गरीब किसान को मारते-मारते अधमुआ कर दिया। उसका कसूर केवल यह था कि यह मेरे साथ आने पर राजी न होता था।

अहल्या-यह कोई बात नहीं, गंवारों के उजड्डपन पर कभी-कभी क्रोध आ ही जाता है। मैं ही यहां दिन-भर लौंडियों पर झल्लाती रहती हूं मगर मुझे तो कभी यह खयाल ही नहीं आया कि घर छोड़कर भाग जाऊं।

चक्रधर-तुम्हारा घर है, तुम रह सकती हो, लेकिन मैंने तो जाने का निश्चय कर लिया।

अहल्या ने अभिमान से सिर उठाकर कहा-तुम न रहोगे, तो मुझे यहां रहकर क्या लेना है। मेरे राज-पाट तो तुम हो, जब तुम्हीं न रहोगे, तो अकेली पड़ी-पड़ी मैं क्या करूंगी। जब चाहे, चलो। हां, पिताजी से पूछ लो। उनके बिना पूछे तो जाना उचित नहीं, मगर एक बात अवश्य कहूंगी। हम लोगों के जाते ही यहां का सारा कारोबार चौपट हो जायेगा। रियासत जेरबार हो जाएगी और एक दिन बेचारे लल्लू को ये सब पापड़ बेलने पड़ेंगे।

चक्रधर समझ गए कि अगर मैं आग्रह करूं, तो यह मेरे साथ जाने पर राजी हो जाएगी। जब ऐश्वर्य और पति-प्रेम दो में से एक को लेने और दूसरे को त्याग करने की समस्या पड़ जाएगी, तो अहल्या किस ओर झुकेगी, इसमें लेशमात्र भी सन्देह नहीं था; लेकिन वह उसे कठोर धर्म संकट में डालना उचित न समझते थे। आग्रह से विवश होकर यह उनके साथ चली ही गयी तो क्या? जब उसे कोई कष्ट होगा; मन-ही-मन झुंझलाएगी और बात-बात पर कुढ़ेगी और लल्लू को यहां छोड़ना ही पड़ेगा। मनोरमा उसे एक क्षण के लिए भी नहीं छोड़ सकती। राजा साहब तो शायद उसके वियोग में प्राण त्याग दें। पुत्र को छोड़कर अहल्या कभी जाने पर तैयार न होगी और गयी भी तो बहुत जल्द लौट आएगी।

चक्रधर बड़ी देर तक इन्हीं विचारों में मग्न बैठे रहे। अन्त में उन्होंने बिना किसी से कुछ कहे-सुने चले जाने का संकल्प किया। इसके सिवा गला छुड़ाने का कोई उपाय ही न सूझता था।

चक्रधर ने अपने कमरे में जाकर दो-चार कपड़े और किताबें समेटकर रख दीं। कुछ इतना ही सामान था, जिसे एक आदमी आसानी से हाथ में लटकाए लिये जा सकता था। उन्होंने रात को चुपके से बकुचा उठाकर चले जाने का निश्चय किया।

यात्रा की तैयारी करके और अपने मन को अच्छी तरह समझाकर चक्रधर अपने शयनागार में नींद का बहाना करने लगे। वह चाहते थे कि यह सो जाय, तो मैं चुपके से अपना बकुचा उठाऊं और लम्बा हो जाऊँ, मगर निद्रा विलासिनी अहल्या की आंखों से आज नींद कोसों दूर थी। वह कोई न कोई प्रसंग छेड़कर बातें करती जाती थी। यहां तक की जब आधी रात से अधिक बीत गयी, तो चक्रधर ने कहा-भाई, अब मुझे सोने दो; आज तुम्हारी नींद कहां भाग गयी?

उन्होंने चादर ओढ़ ली और मुंह फेर लिया। गरमी के दिन थे। कमरे में पंखा चल रहा था। फिर भी गरमी मालूम होती थी। रोज किवाड़ खुले रहते थे। जब अहल्या को विश्वास हो गया कि चक्रधर सो गये, तो उसने दरवाजे अन्दर से बन्द कर दिये और बिजली की बत्ती ठण्डी करके सोयी। आज वह न जाने क्यों इतनी सावधान हो गयी थी। पगली। जाने वालों को किसने रोका है।

रात बीत ही चुकी थी। अहल्या को नींद आते देर न लगी। चक्रधर का प्रेमकातर हृदय अहल्या के यों सावधान होने पर एक बार विचलित हो उठा। वह अपने आंसुओं के वेग को न रोक सके। यह सोचकर उनका कलेजा फटा जाता था कि जब प्रात:काल वह मुझे न पायेगी, तो क्या दशा होगी।

चारों ओर सन्नाटा छाया हुआ था। सारा राज-भवन शांति में विलीन हो रहा था। चक्रधर ने उठकर द्वारों को टटोलना शुरू किया; पर ऐसा दिशा भ्रम हो गया था कि द्वार का ज्ञान न हुआ। आखिर उन्होंने दीवालों को टटोल-टटोलकर बिजली का बटन खोज निकाला और बत्ती जला दी। चुपके से बाहर के कमरे में आये, अपना हैंडबैग उठाया और बाहर निकले।

बाहर आकर चक्रधर ने राज-भवन की ओर देखा। असंख्य खिड़कियों और दरीचों से बिजली का दिव्य प्रकाश दिखाई दे रहा था। उन्हें वह दिव्य भवन सहस्र नेत्रों वाले पिशाच की भांति जान पड़ा, जिसने उनका सर्वनाश कर दिया था। वह कदम बढ़ाते हुए आगे चले। वह दिन निकलने से पहले इतनी दूर निकल जाना चाहते थे कि फिर उन्हें कोई पा न सके। दिन निकलने में अब बहुत देर भी न थी। तारों की ज्योति मन्द पड़ चली। चक्रधर ने और तेजी से कदम बढ़ाया।

सहसा उन्हें सड़क के किनारे एक कुएं के पास कई आदमी बैठे दिखाई दिये। उनके बीच में एक लाश रखी हुई थी। कई आदमी लकड़ी के कुन्दे लिये पीछे आ रहे थे। चक्रधर पूछना चाहते थे-कौन मर गया है? धन्नासिंह की आवाज पहचानकर वह सड़क ही पर ठिठक गये। इसने पहचान लिया तो बड़ी मुश्किल होगी।

धन्नासिंह कह रहा था-कजा आ गयी, तो कोई क्या कर सकता है? बाबूजी के हाथ में कोई डण्डा भी तो न था। दो-चार घूंसे मारे होंगे और क्या मगर उस दिन से फिर बेचारा उठा नहीं।

दूसरे आदमी ने कहा-ठांव-कुठांव की बात है। मन्ना को कुठाव चोट लग गयी।

धन्नासिंह-बाबूजी सुनेंगे, तो उन्हें बहुत रंज होगा जेल में हम लोग उन्हें भगतजी कहा करते थे।

एक बूढ़ा आदमी बोला-भैया, जेल की बात दूसरी थी। तब दयावान रहे होंगे। राज पाकर दयावान रहें, तो जानो।

धन्नासिंह-दादा, वह राज पाकर फूल उठाने वाले आदमी नहीं। तुमने देखा, यहां से जाते-ही-जाते माफी दिला दी।

बूढ़ा-अरे पागल, जान का बदला कहीं माफी से चुकता है? तुम बाबूजी को दयावान कहते हो, मैं उन्हें सौ हत्यारों का एक हत्यारा कहता हूं। राजा हैं, इससे बचे जाते हैं; दूसरा होता तो फांसी पर लटकाया जाता।

चक्रधर वहां एक क्षण भी और खड़े न रह सके। उन आदमियों के सामने जाने की हिम्मत न पड़ी।

पांच साल गुजर गये; पर चक्रधर का कुछ पता नहीं। फिर यही गर्मी के दिन हैं, दिन को लू चलती है, रात को अंगारे बरसते हैं, मगर अहल्या को न अब पंखे की जरूरत है, न खस की टट्टियों की। उस वियोगिनी को अब रोने के सिवा दूसरा काम नहीं है। वह अपने को बार-बार धिक्कारती है कि वह चक्रधर के साथ क्यों न चली गयी?

शंखधर उससे पूछता रहता है-अम्मा, बाबूजी कब आयेंगे? वह क्यों चले गये, अम्माजी? रानी अम्मा कहती है, वह आदमी नहीं देवता हैं। क्यों अम्मा जी, क्या वह देवता हैं? फिर तो लोग उनकी पूजा करते होंगे। अहल्या के पास इन प्रश्नों का उत्तर रोने के सिवा और कुछ नहीं है। शंखधर कभी-कभी अकेले बैठकर रोता है! कभी-कभी अकेले सोचा करता है कि पिताजी कैसे आयेंगे।

शंखधर का जी अपने पिता की कीर्ति सुनने से कभी नहीं भरता। वह रोज अपनी दादी के पास जाता है और वहां उनकी गोद में बैठा हुआ घंटों उनकी बातें सुना करता है। निर्मला दिन-भर उसकी राह देखा करती है। उसे देखते ही निहाल हो जाती है। शंखधर ही अब उसके जीवन का आधार है। अहल्या का मुंह भी वह नहीं देखना चाहती।

मुंशीजी को अब रियासत से एक हजार रुपया महीना वजीफा मिलता है। राजा साहब ने उन्हें रियासत के कामों से मुक्त कर दिया है। इसलिए मुंशीजी अब अधिकांश घर पर ही रहते हैं। शराब की मात्रा तो धन के साथ नहीं बड़ी, बल्कि और घट गयी है; लेकिन संगीत-प्रेम बढ़ गया है। उनके लिए सबसे आनन्द का समय वह होता है, जब वह शंखधर को गोद में लिये मुहल्लेभर के बालकों को मिठाइयां और पैसे बांटने लगते हैं। इससे बड़ी खुशी की वह कल्पना ही नहीं कर सकते।

एक दिन शंखधर 9 बजे ही पहुंचा। निर्मला उस समय स्नान करके तुलसी को जल चढ़ा रही थी। जब जल चढ़ाकर आयी तो शंखधर ने पूछा-दादीजी तुम पूजा क्यों करती हो?

निर्मला ने शंखधर को गोद में लेकर कहा-बेटा, भगवान से मनाती हूं कि मेरी मनोकामना पूरी करें।

शंखधर-भगवान सबके मन की बात जानते हैं?

निर्मला-हां बेटा, भगवान सब कुछ जानते हैं।

दूसरे दिन प्रात:काल शंखधर ने स्नान किया; लेकिन स्नान करके वह जलपान करने न आया। न जाने कहां चला गया। अहल्या इधर-उधर देखने लगी; कहां चला गया। मनोरमा के पास आकर देखा, वहां भी न था। अपने कमरे में भी न था, छत पर भी न था। दोनों रमणियां घबरायीं कि स्नान करके कहां चला गया। लौंडियों से पूछा तो उन सबों ने भी कहा हमने तो उन्हें नहाकर आते देखा। फिर कहां चले गये, यह हमें नहीं मालूम। चारों ओर तलाश होने लगी। दोनों बगीचे की ओर दौड़ी गयी। वहां भी वह न दिखायी दिया। सहसा बगीचे के पल्ले सिरे पर, जहां दिन को भी सन्नाटा रहता था, उसकी झलक दिखाई दी। दोनों चुपके-चुपके वहां गयी और एक पेड़ की आड़ में खड़ी होकर देखने लगी। शंखधर तुलसी के चबूतरे के सामने आसन मारे,

आंखें बन्द किये ध्यान-सा लगाये बैठा था। उसके सामने कुछ फूल पड़े हुए थे। एक क्षण के लिए उसने आंखें खोली, कई बार चबूतरे की परिक्रमा और तुलसी की वन्दना करके धीरे से उठा। दोनों महिलाएं आड़ से निकल कर उसके सामने खड़ी हो गयीं। शंखधर उन्हें देखकर कुछ लज्जित हो गया और बिना कुछ बोले आगे बढ़ा।

मनोरमा-वहां क्या करते थे, बेटा?

शंखधर-कुछ तो नहीं। ऐसे ही घूमता था।

मनोरमा-नहीं, कुछ तो कर रहे थे।

शंखधर-जाइए, आपसे क्या मतलब?

अहल्या-तुम्हें न बतायेंगे। मैं इसकी अम्मा हूं, मुझे बता देगा। मेरा लाल मेरी कोई बात नहीं टालता। हां बेटे, बताओ क्या कर रहे थे? मेरे कान में कह दो। मैं किसी से न कहूंगी।

शंखधर ने आंखों में आंसू भरकर कहा-कुछ नहीं, मैं बाबूजी के जल्दी से लौट आने की प्रार्थना कर रहा था। भगवान पूजा करने से सबकी मनोकामना पूरी करते हैं।

सरल बालक यह की पितृ-भक्ति और श्रद्धा देखकर दोनों महिलाएं रोने लगीं। इस बेचारे को कितना दु:ख है। शंखधर ने फिर पूछा-क्यों अम्मा, तुम बाबूजी के पास कोई चिट्ठी क्यों नहीं लिखतीं?

अहल्या ने कहा-कहां लिखूं बेटा, उनका पता भी तो नहीं जानती!

20

इधर कुछ दिनों से लौंगी तीर्थ करने चली गयी थी। गुरुसेवकसिंह ही के कारण उनके मन में यह धर्मोत्साह हुआ था। जबसे वह गयी थी, दीवान साहब दीवाने हो गये थे। यहां तक कि गुरुसेबक को भी कभी-कभी यह मानना पड़ता था कि लौंगी का घर में होना पिताजी की रक्षा के लिए जरूरी है। घर में अब कोई नौकर एक सप्ताह से ज्यादा न टिकता था, कितने ही पहली ही फटकार में छोड़कर भागते -थे। शराब की मात्रा भी दिनोंदिन बढ़ती जाती थी, जिससे भय होता था कि कोई भयंकर रोग न खड़ा हो जाय, भोजन वह अब बहुत थोड़ा करते थे लौंगी दिन-भर में दो ढाई सेर दूध उनके पेट में भर दिया करती थी, आध पाव के लगभग घी भी किसी-न-किसी तरह पहुंचा ही देती थी। इस कला में वह निपुण थी। पति-सेवा का वह अमर सिद्धान्त, जो चालीस साल की अवस्था के बाद भोजन को योजना ही पर विशेष आग्रह करता है, सदैव उसकी आंखों के सामने रहता था ठाकुर साहब लौंगी की अब सूरत भी नहीं देखना चाहते थे, इसी आशय के पत्र उनको लिखा करते हैं। हर एक पत्र में वह अपने स्वास्थ्य का विवरण अवश्य करते थे। उनकी पाचन-शक्ति अब बहुत अच्छी हो गयी थी, रुधिर के बढ़ जाने से जितने रोग उत्पन्न होते हैं, उनकी अब कोई सम्भावना न थी।

दीवान साहब की पाचन-शक्ति अच्छी हो गई हो; पर विचार-शक्ति तो जरूर क्षीण हो गयी थी। निश्चय करने की अब उनमें सामर्थ्य ही न थी। ऐसी-ऐसी गलतियां करते थे कि राजा साहब को उनका बहुत लिहाज करने पर भी बार-बार ऐतराज करना पड़ता था। वह कार्यदक्षता, वह तत्परता, वह विचारशीलता, जिसने उन्हें चपरासी से दीवान बनाया था, अब उनका साथ छोड़ गयी थी। लोगों को आश्चर्य होता था इन्हें क्या हो गया है। गुरुसेवक को भी शायद मालूम होने लगा कि पिता की आड़ में कोई दूसरी ही शक्ति रियासत का संचालन करती थी।

एक दिन उन्होंने पिताजी से कहा-लौंगी कब तक आयेगी?

दीवान साहब ने उदासीनता से कहा-उसका दिल जाने, यहां आने की तो कोई खास जरूरत नहीं मालूम होती। अच्छा है, अपने कमी का प्रायश्चित्त ही कर ले। यहां आकर क्या करेगी?

उसी दिन भाई-बहन में भी इसी विषय पर बातें हुई। मनोरमा ने कहा-भैया, क्या तुमने लौंगी अम्मा को भुला ही दिया? दादाजी की दशा देख रहे हो कि नहीं? सूखकर कांटा हो गये हैं। जब से अम्माजी का स्वर्गवास हुआ दादाजी ने अपने को उसके हाथों बेच दिया। लौंगी ने न संभाला होता, तो अम्मा जी के शोक में दादाजी प्राण दे देते। मैंने किसी विवाहिता स्त्री में इतनी पति-भक्ति नहीं देखी। अगर दादाजी को बचाना चाहते हो, तो जाकर लौंगी अम्मा को अपने साथ लाओ।

गुरुसेवक-मेरा जाना तो बहुत मुश्किल है, नोरा?

मनोरमा-क्यों? इसमें आपका अपमान होगा?

गुरुसेवक-बह समझेगी, आखिर इन्हीं को गरज पड़ी। आकर और भी सिर चढ़ जाएगी। उसका मिजाज और भी आसमान पर जा पहुंचेगा।

मनोरमा-अच्छी बात है, तुम न जाओ; लेकिन मेरे जाने में तुम्हें कोई आपत्ति नहीं है?

गुरुसेवक-तुम जाओगी?

मनोरमा-क्यों मैं क्या हूं! क्या भूल गई हूं कि लौंगी अम्मा ही ने मुझे गोद में लेकर पाला है? जब मैं बीमार पड़ी थी, तो वह रात-की-रात मेरे सिरहाने बैठी रहती थी। क्या मैं इन बातों को भूल सकती हूं? माता के ऋण से उऋण होना चाहे सम्भव हो, उसके ऋण से मैं कभी उऋण नहीं हो सकती, चाहे ऐसे-ऐसे दस जन्म लूं।

गुरुसेवक लज्जित हुये। घर आकर उन्होंने देखा कि दीवान साहब लिहाफ ओढ़े पड़े हुए हैं। पूछा-आपका जी कैसा है?

दीवान साहब की लाल आंखें बड़ी हुई थी। बोले-कुछ नहीं जी, जरा सरदी लग रही थी।

गुरुसेवक-आपकी इच्छा हो, तो मैं जाकर लौंगी को बुला लाऊं?

हरसेवक-तुम! नहीं तुम उसे बुलाने क्या जाओगे। कोई जरूरत नहीं उसका जी चाहे आये या न आये। हुंह! उसे बुलाने जाओगे! ऐसी कहां की अमीरजादी है?

दूसरे दिन दीवान साहब को ज्वर हो आया। गुरुसेवक ने तापमान लगाकर देखा तो ज्वर 104 डिग्री का था। घबराकर डॉक्टर को बुलाया। मनोरमा यह खबर पाते ही दौड़ी आई। उसने आते-ही-आते गुरुसेवक से कहा, मैंने आपसे कल ही कहा था, जाकर लौंगी अम्मा को बुला लाइए; लेकिन आप न गये। अब तक तो आप हरिद्वार से लौटते होते। अब भी मौका है। मैं इनकी देखभाल करती रहूंगी, तुम इसी गाड़ी में चले जाओ और उन्हें साथ लाओ। वह इनकी बीमारी की खबर सुनकर एक क्षण भी न रुकेंगी। वह केवल तुम्हारे भय से नहीं आ रही हैं।

दीवान साहब मनोरमा को देखकर बोले-आओ नोरा, मुझे तो आज ज्वर आ गया। गुरुसेवक कह रहा था कि तुम लौंगी को बुलाने जा रही हो। बेटी, इसमें तुम्हारा अपमान है। भला दुनिया क्या कहेगी? सोचो, कितनी बदनामी की बात है।

मनोरमा-दुनिया जो चाहे कहे, मैंने भैया जी को भेज दिया है।

हरसेवक-सच! यह तुमने क्या किया! लौंगी कभी न आयेगी।

मनोरमा-आयेगी क्यों नहीं। न आयेगी, तो मैं जाऊंगी और उसे मना लाऊंगी।

हरसेवक-तुम उसे मनाने जाओगी? रानी मनोरमा लौंगी कहारिन को मनाने जाएगी।

मनोरमा-मनोरमा लौंगी कहारिन का दूध पीकर बड़ी न होती, तो आज रानी मनोरमा कैसे होती?

हरसेवक का मुरझाया हुआ चेहरा खिल उठा, बुझी हुई आंखें जगमगा उठी, प्रसन्नमुख होकर बोले-नोरा, तुम सचमुच दया की देवी हो। देखो-अगर लौंगी आये और मैं न रहूं तो उसकी खबर लेती रहना। उसने बड़ी सेवा की है। मैं कभी उसके एहसानों का बदला नहीं चुका सकता। गुरुसेवक उसे सतायेगा उसे घर से निकालेगा; लेकिन तुम उस दुखिया की रक्षा करना। मैं चाहता तो अपनी सारी सम्पत्ति उसके नाम लिख सकता हूं। लेकिन लौंगी कुछ न लेगी। वह दुष्ट मेरी जायदाद का एक पैसा भी न छुएगी। वह अपने गहने पाते भी काम पड़ने पर इस घर में लगा देगी। बस वह सम्मान चाहती है। कोई उससे आदर के साथ बोले और उसे लूट ले। वह घर की स्वामिनी बनकर भूखों मर जाएगी, लेकिन दासी बनकर सोने का कौर भी न खाएगी। नोरा, जिस दिन से वह गयी है, मैं कुछ और ही हो गया हूं। जान पड़ता है, मेरी आत्मा कहीं चली गयी है। तुम्हें अपने बचपन की याद आती है, नीरा?

मनोरमा-बहुत पहले ही बातें तो नहीं याद हैं; लेकिन लौंगी अम्मा का मुझे गोद में खिलाना खूब याद है: अपनी बीमारी भी याद आती है, जब लौंगी अम्मा मुझे पंखा झला करती थी।

हरसेवक ने अवरुद्ध कण्ठ से कहा-उससे पहले की बात है नीरा, जब गुरुसेवक तीन वर्ष का था और तुम्हें तुम्हारी माता साल-भर का छोड़कर चल बसी थी। मैं पागल हो गया था। यही जी में आता था कि आत्महत्या कर लूं। उस दशा में इसी लौंगी ने मेरी रक्षा की। उसकी सेवा ने मुझे मुग्ध कर दिया। उसे तुम लोगों पर प्राण देते देखकर उस पर मेरा प्रेम हो गया। तुम्हारी माता भी तुम लोगों का लालन-फलन इतना तन्मय होकर न कर सकती थी। गुरुसेवक को न-जाने कौन-

सा रोग हो गया था। खून के दस्त आते थे और तिल-तिल पर। इसके बचने की कोई आशा न थी। गलकर कांटा हो गया था। यह लौंगी ही थी, जिसने उसे मौत के मुंह से निकाल लिया। और आज गुरुसेवक उसे घर से निकाल रहा है, समझता है कि लौंगी मेरे धन के लोभ से मुझे घेरे हुए है। मूर्ख नहीं सोचता कि जिस समय लौंगी उसका पज्जर गोद में लेकर रोया करती थी, उस समय धन कहां था। सच पूछो, तो यहां लक्ष्मी भी लौंगी के समय ही आयी। क्यों नोरा, मेरे सिरहान कौन खड़ा है? कोई बाहरी आदमी है? कह दो, यहां से जाय।

मनोरमा-यहां तो मेरे सिवा और कोई नहीं है। आपको कोई कष्ट हो रहा है? डॉक्टर को बुलाऊं ?

हरसेवक-मेरी दवा लौंगी के पास है। उस सती का कैसा प्रताप था! जब तक वह रही, मेरे सिर में कभी दर्द नहीं हुआ। मेरी मूर्खता देखो कि जब उसने तीर्थयात्रा की बात कही, तो मेरे मुंह से एक बार भी न निकला-तुम मुझे किस पर छोड़कर जाती हो? अगर मैं यह कह सकता, तो वह कभी न जाती।

यह कहते-कहते दीवान साहब फिर चौंक पड़े और द्वार की ओर आशंकित नेत्रों से देखकर बोले-यह कौन अन्दर आया, नोरा? ये लोग क्यों मुझे घेरे हुए हैं? मुझे कुछ नहीं हुआ है। लेटा हुआ बातें कर रहा हूं।

मनोरमा ने धड़कते हुए हृदय से उमड़ने वाले आंसुओं को दबाकर पूछा-क्या आपका जी फिर घबरा रहा है?

हरसेवक-वह कुछ नहीं था नोरा! मैंने अपने जीवन में अच्छे काम कम किये; बुरे काम बहुत किये। अच्छे काम जितने किये वे लौंगी ने किये। बुरे काम जितने किये, वे मेरे हैं। उन दंड का भागी मैं हूं। लौंगी के कहने पर चलता, तो आज मेरी आत्मा शान्त होती।

मनोरमा आंसुओं के वेग को रोके हुए थी। उसे उस चिर-परिचित स्थान में आज एक विचित्र शंका का आभास हो रहा था। ऐसा जान पड़ता था कि सूर्य-प्रकाश कुछ क्षीण हो गया, मानो सन्ध्या हो गयी है। दीवान साहब के मुख की ओर ताकने की हिम्मत न पड़ती थी।

दीवान साहब छत की ओर टकटकी लगाये हुए थे, मानो उनकी दृष्टि अनन्त के उस पार पहुंच जाना चाहती हो। सहसा उन्होंने क्षीण-स्वर में पुकारा-नोरा!

मनोरमा ने उनकी ओर करुण नेत्रों से देखकर कहा-खड़ी हूं दादाजी!

दीवान-जरा कलम-दवात लेकर मेरे समीप आ जाओ। कोई और तो यहां नहीं है? मेरा दान-पत्र लिख लो। गुरुसेवक की लौंगी से न पटेगी। मेरे पीछे उसे बहुत कष्ट होगा। मैं अपनी सब जायदाद लौंगी को देता हूं। जायदाद के लोभ से गुरुसेवक उससे दबेगा। तुम यह लिख लो और तुम्हीं इसकी साक्षी देना। यह वसीयत तुम अपने ही पास रखना।

मनोरमा अन्दर जाकर रोने लगी। अब आंसुओं का वेग उसके रोके न रुका;

थोड़ी देर में राजा साहब आ पहुंचे। अहल्या भी उनके साथ थी। मुंशी वज्रधर को भी उड़ती हुई खबर मिली। दौड़े आये। रियासत के सैकड़ों कर्मचारी जमा हो गये। डॉक्टर भी आ पहुंचा। किन्तु दीवान साहब ने आंखें न खोलीं। अचेत पड़े हुए थे; किन्तु आंखों से आंसू की धारें वह-बहकर गालों पर आ रही थी।

एकाएक द्वार पर एक बग्घी आकर रुकी और उसमें से एक स्त्री उतरकर घर में दाखिल हुई। शोर मच गया-आ गयी, आ गयी! यह लौंगी थी।

लौंगी आज ही हरिद्वार से चली थी। गुरुसेवक से उसकी भेंट न हुई थी। इतने आदमियों को जमा देखकर उसका हृदय दहल उठा। उसके कमरे में आते ही और लोग हट गए। केवल मनोरमा, उसकी भाभी और अहल्या रह गयी। लौंगी ने दीवान साहब के सिर पर हाथ रखकर भर्रायी हुई आवाज में कहा-प्राणनाथ! क्या मुझे छोड़कर चले जाओगे?

दीवान साहब की आंखें खुल गयी। उन आंखों में कितनी अपार वेदना थी, किन्तु कितना प्रेम!

उन्होंने दोनों हाथ फैलाकर कहा-लौंगी, और पहले क्यों न आयी?

लौंगी ने दोनों फैले हुए हाथ के बीच में अपना सिर रख दिया और उस अन्तिम प्रेमालिंगन के आनन्द से विह्वल हो गयी। आज उसे मालूम हुआ कि जिसके चरणों पर मैंने अपने को समर्पित किया था, वह अन्त तक मेरा रहा। यह शोकमय कल्पना भी कितनी मधुर और शान्तिदायिनी थी।

वह इसी विस्मृति की दशा में थी कि मनोरमा का रोना सुनकर चौंक पड़ी और दीवान साहब के मुख की ओर देखा। तब उसने स्वामी के चरणों पर सिर रख दिया और फूट-फूटकर रोने लगी। एक क्षण में सारे घर में कुहराम मच गया।

ठाकुर हरसेवकसिंह का क्रिया कर्म हो जाने के बाद एक दिन लौंगी ने अपना कपड़ा लत्ता बांधना शुरू किया। उसके पास रुपये-पैसे जो कुछ थे, सब गुरुसेवक को सौंपकर बोली-भैया, मैं अब किसी गांव में जाकर रहूंगी, यहां मुझसे नहीं रहा जाता।

वास्तव में लौंगी से अब इस घर में न रहा जाता था। घर की एक-एक चीज उसे काटने दौड़ती थी। 25 वर्ष तक इस घर की स्वामिनी बनी रहने के बाद वह किसी की आश्रिता न बन सकती थी। वैधव्य के शोक के साथ यह भाव कि मैं किसी दूसरे की रोटियों पर पड़ी हूं उसके लिए असह्य था। हालांकि गुरुसेवक पहले से अब कहीं ज्यादा उसका लिहाज करते थे, और कोई ऐसी बातें न होने देते थे, जिससे उसे रंज हो। फिर भी कभी-कभी ऐसी बातें हो ही जाती थी, जो उसकी पराधीनता की याद दिला देती थीं। इसीलिए अब वह यहां से जाकर किसी देहात में रहना चाहती है। आखिर जब ठाकुर साहब ने उसके नाम कुछ नहीं लिखा, उसे दूध की मक्खी की भांति निकालकर फेंक दिया, तो वह यहां क्यों पड़ी दूसरों का मुंह जोहे? उसे अब एक टूटे-फूटे झोंपड़े और एक टुकड़े रोटी के सिवा और कुछ नहीं चाहिए।

गुरुसेवक ने कहा-आखिर सुने तो, कहा जाने का विचार कर रही हो?

लौंगी-जहां भगवान ले जायेंगे, वहां चली जाऊंगी; कोई नैहर या दूसरी ससुराल है, जिसका नाम बात दूं?

गुरुसेवक-सोचती हो, तुम चली जाओगी तो मेरी कितनी बदनामी होगी? दुनिया यही कहेगी कि इनसे एक बेवा का पालन न हो सका। मेरे लिए कहीं मुंह दिखाने. की भी जगह न रहेगी। तुम्हें इस घर में जो शिकायत हो वह मुझसे, कहो; जिस बात की जरूरत हो, मुझसे बतला दो। अगर मेरी तरफ से उसमें जरा भी कोर-कसर देखो तो फिर तुम्हें अख्तियार है, जो चाहे करना। यों मैं कभी न जाने दूंगा।

लौंगी-क्या बांधकर रखोगे?

गुरुसेवक-हां, बांधकर रखेंगे।

अगर उम्र-भर में लौंगी को गुरुसेवक की कोई बात पसन्द आयी, तो उनका यही दुराग्रह-पूर्ण वाक्य था। लौंगी का हृदय पुलकित हो गया। इस वाक्य में उसे आत्मीयता जान पड़ी। उसने जरा तेज होकर कहा-बांधकर क्यों रखोगे? क्या तुम्हारी बेसाही हूं?

गुरुसेवक-हां, बेसाही हो! मैंने नहीं बेसाहा, मेरे बाप ने तो बेसाहा है। बेसाही न होती, तो तुम तीस साल यहां रहती कैसे? मैं तुम्हारे पैर तोड़कर रख दूंगा। क्या तुम अपने मन की हो कि जो चाहोगी करोगी और जहां चाहोगी, जाओगी, और कोई न बोलेगा? तुम्हारे नाम के साथ मेरी और मेरे पूज्य बाप की इज्जत बंधी हुई हे।

लौंगी के जी में आया कि गुरुसेवक के चरणों पर सिर रखकर रोऊं और छाती से लगाकर कहूं-बेटा, मैंने तो तुझे गोद में खेलाया है, तुझे छोड़कर भला मैं कहां जा सकती हूं? लेकिन उससे क्रुद्ध भाव से कहा-यह तो अच्छी दिल्लगी हुई। यह मुझे बांधकर रखेंगे।

गुरुसेवक तो झल्लाये हुए बाहर चले गये और लौंगी अपने कमरे में जाकर खूब रोई। गुरुसेवक किसी महरी से क्या कह सकते थे-हम तुम्हें बांधकर रखेंगे? कभी नहीं; लेकिन अपनी स्त्री से वह यह बात कह सकते है; क्योंकि उसके साथ उनकी इज्जत बंधी हुई हे। थोड़ी देर के बाद वह उठकर एक महरी से बोली-सुनती है रे, मेरे सिर में दर्द हो रहा है। जरा आकर दबा दे।

सहसा मनोरमा ने कमरे में प्रवेश किया और लौंगी को सिर में तेल डलवाते देखकर बोली-कैसा जी है अम्मा? सिर में दर्द है क्या?

लौंगी-नहीं बेटा, जी तो अच्छा है। आओ, बैठो।

मनोरमा ने महरी से कहा-तुम जाओ मैं दबाये देती हूं।

महरी चली गयी। मनोरमा सिर दबाने बैठी तो लौंगी ने उसका हाथ पकड़ लिया और बोली-नहीं बेटा; तुम रहने दो। दर्द नहीं था, यों ही बुला लिया था। कोई देखे तो कहे कि बुढ़िया पगला गई है, रानी से सिर दबवाती है।

मनोरमा ने सिर दबाते हुए कहा-रानी जहां हूं वहां हूं यहां तो तुम्हारी गोद की खेलायी नोरा हूं। आज तो भैयाजी यहां से जाकर तुम्हारे ऊपर बहुत बिगड़ते रहे। मैं उसकी टांग तोड़ दूंगा, गर्दन काट लूंगा। कितना पूछा-कुछ बताओ तो, बात क्या है? पर गुस्से में कुछ सुने ही न। भाई हैं। तो क्या, पर उनका अन्याय मुझसे भी नहीं देखा जाता। दादाजी उनकी नियत को पहले ही ताड़ गए थे। मैंने अब तक तुमसे नहीं कहा अम्माजी, पर आज उनकी बातें सुनकर कहती हूं कि पिताजी ने अपनी सारी जायदाद तुम्हारे नाम लिख दी है।

लौंगी पर इस सूचना का जरा भी असर न हुआ। किसी प्रकार का उल्लास, उत्सुकता या गर्व उसके चेहरे पर न दिखायी दिया। वह उदासीन भाव से चारपाई पर पड़ी रही।

मनोरमा ने फिर कहा-मेरे पास उनकी लिखायी हुई वसीयत रखी है। और मुझी को उन्होंने उसका साक्षी बनाया है। जब यह महाशय वसीयत देखेंगे तो आंखें खुलेंगी।

लौंगी ने गम्भीर स्वर में कहा-नोरा, तुम यह वसीयतनामा ले जाकर उन्हीं को दे दो। तुम्हारे दादाजी ने व्यर्थ ही वसीयत लिखायी। मैं उनकी जायदाद की भूखी नहीं थी; उनके प्रेम की भूखी थी। और ईश्वर को साक्षी देकर कहती हूं बेटी, कि इस विषय में मेरा जैसा भाग्य बहुत कम स्त्रियों का होगा। मैं उनका प्रेम- धन पाकर ही सन्तुष्ट हूं। इसके सिवा अब मुझे और किसी धन की इच्छा नहीं है। गुरुरनेवक को मैंने गोद में खिलाया है, उसे पाला-पोसा है। वह मेरे स्वामी का बेटा है। उसका हक मैं किस तरह छीन सकती हूं? उसके सामने की थाली किस तरह खींच सकती हूं? वह फाड़कर फेंक दो। यह कागज लिखकर उन्होंने अपने साथ और गुरुसेवक के साथ अन्याय किया है। गुरुसेवक अपने बाप का बेटा है, तो मुझे आदर से रखेगा। वह मुझे माने या न माने, मैं उसे अपना ही समझती हूं। तुम बैठी मेरा सिर दबा रही हो, क्या धन में इतना सुख कभी मिल सकता है। गुरुसेवक के मुंह से अम्मा सुनकर मुझे वह खुशी होगी, जो संसार की रानी बनकर भी नहीं हो सकती, तुम उनसे इतना ही कह देना।

यह कहते -कहते लौंगी की आंखें सजल हो गयीं। मनोरमा उसकी ओर प्रेम, श्रद्धा, गर्व और आश्चर्य से ताक रही थी, मानो वह कोई देवी हो।

21

जगदीशपुर के ठाकुरद्वारे में नित्य साधु महात्मा आते रहते थे। शंखधर उनके पास जा बैठता और उनकी बातें बड़े ध्यान से सुनता। उसके पास चक्रधर की तस्वीर थी; उससे मन-ही-मन साधुओं की सूरत का मिलान करता, पर उस सूरत का साधु उसे न दिखायी देता था। किसी की भी बातचीत से चक्रधर की टोह न मिलती थी।

एक दिन मनोरमा के साथ शंखधर भी लौंगी के पास गया। लौंगी बड़ी देर तक अपनी तीर्थ-यात्रा की चर्चा करती रही। शंखधर उसकी बातें गौर से सुनने के बाद बोला-क्यों दाई, तो तुम्हें साधु-संन्यासी बहुत मिले होंगे।

लौंगी ने कहा-हां बेटा, मिले क्यों नहीं। एक संन्यासी तो ऐसा मिला था कि हूबहू तुम्हारे बाबूजी से सूरत मिलती थी। बदले हुए भेस में ठीक तो न पहचान सकी, लेकिन मुझे ऐसा मालूम होता था कि वही हैं।

शंखधर ने बड़ी उत्सुकता से पूछा-जटा बड़ी-बड़ी थीं?

लौंगी-नहीं, जटा-सटा तो नहीं थी, न वस्त्र ही गेरुआ रंग के थे। हां, कमण्डल अवश्य लिये हुए थे। जितने दिन मैं जगन्नाथपुरी में रही, वह एक बार रोज मेरे पास आकर पूछ जाते-क्यों माताजी, आपको किसी बात का कष्ट तो नहीं है? और यात्रियों से भी वह यही बात पूछते थे।

शंखधर बोला-दाई, तुमने यहां तार क्यों न दिया? हम लोग फौरन पहुंच जाते।

लौंगी-अरे, तो कोई बात भी तो हो बेटा, न जाने कौन था, कौन नहीं था। बिना जाने-बूझे क्यों तार देती?

शंखधर-मैं यदि उन्हें एक बार देख पाऊं, तो फिर कभी साथ ही न छोड़े। क्यों दाई, आजकल वह संन्यासीजी कहां होंगे?

मनोरमा-अब दाई यह क्या जाने? संन्यासी कहीं एक जगह रहते हैं, जो वह बता दें?

शंखधर-अच्छा दाई, तुम्हारे खयाल में संन्यासीजी की उम्र क्या रही होगी?

लौंगी-मैं समझती हूं उनकी उम्र 40 वर्ष की रही होगी।

शंखधर ने कुछ हिसाब करके कहा-रानी अम्मा, यही तो बाबूजी की भी उम्र होगी।

मनोरमा ने बनावटी क्रोध से कहा-हां, हां वही संन्यासी तुम्हारे बाबूजी हैं, बस, अब माना। अभी उम्र 40 की कैसे हो जाएगी?

शंखधर समझ गया कि मनोरमा को यह जिक्र बुरा लगता है। इस विषय में फिर मुंह से एक शब्द भी न निकला; लेकिन वहां रहना अब उसके लिए असम्भव था। पुरी का हाल तो उसने भूगोल में पढ़ा था; लेकिन अब उस अल्पज्ञान से उसे सन्तोष न हो सकता था। वह जानना चाहता था कि पुरी को कौन रेल जाती है, वहां जाकर लोग ठहरते कहां हैं? घर के पुस्तकालय में शायद कोई ऐसा ग्रन्थ मिल जाय, यह सोचकर वह बाहर आया शोफर से बोला-मुझे घर पहुंचा दो।

घर आकर पुस्तकालय में जा ही रहा था कि गुरुसेवकसिंह मिल गये। शंखधर उन्हें देखते ही बोला-गुरुजी, जरा, कृपा करके मुझे पुस्तकालय से कोई ऐसी पुस्तक निकाल दीजिये, जिसमें तीर्थ-स्थानों का पूरा-पूरा हाल लिखा हो।

गुरुसेवक ने कहा-ऐसी तो कोई किताब पुस्तकालय में नहीं है।

शंखधर-अच्छा, तो मेरे लिये कोई ऐसी किताब मंगवा दीजिये।

यह कहकर वह लौटा ही था कि कुछ सोचकर बाहर चला गया और एक मोटर तैयार कराके शहर चला। अभी उसका तेरहवां ही साल था; लेकिन चरित्र में इतनी दृढ़ता थी कि जो बात मन

में ठान लेता, उसे पूरा करके छोड़ता। शहर जाकर उसने अंग्रेजी पुस्तकों की कई दुकानों में तीर्थ-यात्रा सम्बन्धी पुस्तकें देखीं और किताबों का एक बण्डल लेकर घर आया।

राजा साहब भोजन करने बैठे, तो शंखधर वहां न था। अहल्या ने जाकर देखा, तो वह अपने कमरे में बैठा कोई किताब देख रहा था।

अहल्या ने कहा-चलकर खाना खा लो, दादाजी बुला रहे हैं।

शंखधर-अम्माजी, आज मुझे बिलकुल भूख नहीं है।

अहल्या-कोई नयी किताब लाये हो क्या? अभी भूख नहीं है। कौन-सी किताब है।

अहल्या ने उसके सामने से खुली हुई किताब उठा ली और दो-चार पंक्तियां पढ़कर बोली-इसमें तो तीर्थों का हाल लिखा हुआ है-जगन्नाथ, बदरीनाथ, काशी और रामेश्वर। यह किताब कहां से लाये?

शंखधर-आज ही तो बाजार से लाया हूं। दाई कहती थी कि बाबूजी की सूरत का एक संन्यासी उन्हें जगन्नाथ में मिला था।

अहल्या ने शंखधर को दया-सजल नेत्रों से देखा; पर उसके मुख से कोई बात न निकली। आह! मेरे लाल। तुझमें इतनी पितृ-भक्ति क्यों है? तू पिता के वियोग में क्यों इतना पागल हो गया है? तुझे तो पिता की सूरत भी याद नहीं। तुझे तो इतना भी याद नहीं कि कब पिता की गोद में बैठा था, कब उनकी प्यार की बातें सुनी थीं। फिर भी तुझे उन पर इतना प्रेम है? और वह इतने निर्दयी हैं। आंसुओं के वेग को दबाती हुई वह बोली-बेटा, तुम्हारा उठने का जी न चाहता हो, तो यहीं लाऊं।

शंखधर-अच्छा खा लूंगा अम्मा, किसी से खाना भेजवा दो, तुम क्यों लाओगी। अहल्या एक क्षण में छोटी-सी थाली में भोजन लेकर आयी और शंखधर के सामने रखकर बैठ गयी।

शंखधर को इस समय खाने की रुचि न थी, यह बात नहीं थी। उसे अब तक निश्चित रूप से अपने पिता के विषय में कुछ मालूम न था। यह जानता था कि वह किसी दूसरी जगह आराम से होंगे। आज उसे यह मालूम हुआ कि वह संन्यासी हो गये हैं। अब वह राजसी भोजन कैसे करता? इसीलिए उसने अहल्या से कहा था कि भोजन किसी के हाथ भेज देना, तुम न आना। अब वह थाल देखकर वह बड़े धर्म-संकट में पड़ा। अगर नहीं खाता; तो अहल्या दु:खी होती है और खाता है तो कौर मुंह में नहीं जाता। उसे खयाल आया, मैं यहां चांदी के थाल में मोहन-भोग उड़ाने बैठा हूं और बाबूजी पर इस समय न जाने क्या गुजर रही होगी। बेचारे किसी पेड़ के नीचे पड़े होंगे, न जाने आज कुछ खाया भी है या नहीं। वह थाली पर बैठा; लेकिन कौर उठाते ही फूट-फूटकर रोने लगा। अहल्या उसके मन का भाव ताड़ गयी और स्वयं रोने लगी कौन किसे समझाता?

आज से अहल्या को हरदम यही संशय रहने लगा कि शंखधर पिता की खोज में कही भाग न जाय। उसने सबको मना कर दिया कि शंखधर के सामने उसके पिता की चर्चा न करें। कहीं

शंखधर अपने पिता के गृह-त्याग का कारण न जान ले। कहीं वह यह न जान जाय कि बाबूजी को राज-पाट से घृणा है, नहीं तो फिर इसे कौन रोकेगा।

उसे अब हरदम यही पछतावा होता रहता कि मैं शंखधर को लेकर स्वामी के साथ क्यों न चली गयी? राज्य के लोभ में वह पति तो पहले ही खो बैठी थीं, कहीं पुत्र को भी तो न खो बैठेगी।

शंखधर का नाम स्कूल में लिखा दिया गया है। स्कूल से छुट्टी पाकर वह सीधे लौंगी के पास जाता है और उससे तीर्थयात्रा की बातें पूछता है। यात्री लोग कहां ठहरते हैं, क्या खाते हैं, जहां रेलें नहीं हैं, वहां लोग कैसे जाते हैं, चोर तो नहीं मिलते? लौंगी उसके मनोभाव को ताड़ती है; लेकिन इच्छा न होते हुए भी उसे सारी बातें बतानी पड़ती है। वह झुंझलाती है, घुड़क बैठती है; लेकिन जब वह किशोर आग्रह करके उसकी गोद में बैठ जाता है तो उसे दया आ जाती है।

छुट्टियों के दिन शंखधर पितृगृह के दर्शन करने अवश्य जाता है। वह घर उसके लिए तीर्थ है। निर्मला की आंखें उसे देखने से तृप्त ही नहीं होती। दादा और दादी दोनों उसकी बालोत्साह से भरी बातें सुनकर मुग्ध हो जाते हैं; उनके हृदय पुलकित हो उठते हैं, ऐसा जान पड़ता है, मानो चक्रधर स्वयं बाल-रूप धारण करके उनका मन हरने आ गया है।

एक दिन निर्मला ने कहा-बेटा, तुम यहीं आ के क्यों नहीं रहते? तुम चले जाते हो, तो यह घर काटने दौड़ता है।

शंखधर ने कुछ सोचकर गम्भीर भाव से कहा-अम्माजी तो आती ही नहीं। वह क्यों कभी यहां नहीं आतीं, दादीजी?

निर्मला-क्या जानें बेटा, मैं उसके मन की बात क्या जानूं? तुम कभी कहते नहीं। आज कहना, देखो क्या कहती है?

शंखधर-नहीं दादीजी, यह रोने लगेंगी। जब थोड़े दिनों में मैं गद्दी पर बैठूंगा, तो यही मेरा राजभवन होगा। तभी अम्माजी आयेंगी।

जब वह चलने लगा, तो निर्मला द्वार पर खड़ी हो गयी।

सहसा शंखधर ड्योढ़ी में खड़ा हो गया और बोला-दादीजी आपसे कुछ मांगना चाहता हूं।

निर्मला ने विस्मित होकर सजल नेत्रों से उसे देखा और गदगद होकर बोली-क्या मांगते हो, बेटा?

शंखधर-मुझे आशीर्वाद दीजिए कि मेरी मनोकामना पूरी हो।

निर्मला ने पोते को कंठ से लगाकर कहा-भैया, मेरा तो रोया-रोया तुम्हें आशीर्वाद दिया करता है। ईश्वर तुम्हारी मनोकामनाएं पूरी करें।

शंखधर घर पहुंचा तो अहल्या ने पूछा-आज इतनी देर कहां लगाई बेटा, मैं कब से तुम्हारी राह देख रही हूं।

शंखधर-अभी तो ऐसी बहुत देर नहीं हुई, अम्मा! जरा दादीजी के पास चला गया था। उन्होंने तुम्हें आज एक सन्देशा भेजा है।

अहल्या-क्या सन्देशा है, सुनूं? कुछ तुम्हारे बाबूजी की खबर तो नहीं मिली है।

शंखधर-नहीं। बाबूजी की खबर नहीं मिली। तुम कभी-कभी वहां क्यों नहीं चली जातीं।

अहल्या ने ऊपरी मन से हां तो कह दिया, लेकिन भाव से साफ मालूम होता था कि बह वहां जाना उचित नहीं समझती। शायद वह कह सकती तो कहती-यहां से तो एक बार निकाल दी गयी, अब कौन मुंह लेकर जाऊं? क्या अब मैं कोई दूसरी हो गयी हूं।

अहल्या तश्तरी में मिठाइयां और मेवे लायी और एक लौंडी से पानी लाने को कहकर बेटे से बोली-वहां तो कुछ जल-पान न किया होगा, खा लो, आज इम इतने उदास क्यों हो?

शंखधर ने तश्तरी की ओर बिना देखे ही कहा-इस वक्त तो खाने का जी नहीं चाहता, अम्मा!

एक क्षण के बाद उसने कहा-क्यों अम्मा जी, बाबूजी को हम लोगों की याद भी कभी आती होगी?

अहल्या ने सजल-नेत्र होकर कहा-क्या जानें बेटा, याद आती तो काले कोसों बैठे रहते।

शंखधर-क्या वह बड़े निष्ठुर हैं अम्मा?

अहल्या रो रही थी, कुछ न बोल सकी। उसका कंठ-स्वर अश्रुप्रवाह में समा जा रहा था।

शंखधर ने फिर कहा-मुझे तो मालूम होता है, अम्माजी कि वह बहुत ही निर्दयी है, इसी से उन्हें हम लोगों का दु:ख नहीं जान पड़ता। मेरा तो कभी-कभी ऐसा चित्त होता है कि देखूं तो प्रणाम तक न करूं, कह दूं-आप मेरे होते कौन हैं, आप ही ने तो हम लोगों को त्याग दिया है।

अब अहल्या चुप न रह सकी, कांपते हुए स्वर में बोली-बेटा, उन्होंने हमें त्याग नहीं दिया है। वहां उनकी जो दशा हो रही होगी, उसे मैं ही जानती हूं। हम लोगों की याद एक क्षण के लिए भी उनके वित्त से न उतरती होगी। खाने-पीने का ध्यान भी न रहता होगा। हाय! यह सब मेरा ही दोष है, बेटा! उनका कोई दोष नहीं।

शंखधर ने कुछ लज्जित होकर कहा-अच्छा अम्माजी, यदि मुझे देखें, तो वह पहचान जायेंगे कि नहीं?

अहल्या-तुझे? मैं तो जानती हूं, न पहचान सकें। तब तू जरा-सा बच्चा था। आज उनको गये दसवां साल है। न-जाने कैसे होंगे। भगवान करें जहां रहें, कुशल से रहें। बदा होगा, तो कभी भेंट हो ही जाएगी।

शंखधर अपनी ही धुन में मस्त था। उसने यह बातें सुनी ही नहीं। बोला-लेकिन अम्माजी, मैं तो उन्हें देखकर फौरन पहचान जाऊं। वह चाहे किसी वेष में हो, मैं पहचान लूंगा।

अहल्या-नहीं बेटा, तुम भी उन्हें न पहचान सकोगे। तुमने उनकी तस्वीरें ही तो देखी हैं। ये तस्वीरें बारह साल पहले की हैं। फिर, उन्होंने केश भी बढ़ा लिए होंगे।

शंखधर ने कुछ जवाब न दिया। बगीचे में जाकर दीवारों को देखता रहा फिर अपने कमरे में आया और चुपचाप बैठकर कुछ सोचने लगा। वह यहां से भाग निकलने के लिए विकल हो रहा था।

एकाएक उसे खयाल आया, ऐसा न हो कि लोग मेरी तलाश में निकलें, थाने में हुलिया लिखाएं, खुद भी परेशान हों, मुझे भी परेशान करें, इसलिए उन्हें बता देना चाहिए कि मैं कहा और किस काम के लिए जा रहा हूं। अगर किसी ने मुझे जबरदस्ती लाना चाहा, तो अच्छा न होगा। हमारी खुशी है; जब चाहेंगे आयेंगे; हमारा राज्य तो कोई नहीं उठा ले जाएगा। उसने एक कागज पर पत्र लिया और अपने बिस्तर पर रख दिया।

आधी रात बीत चुकी थी। शंखधर एक कुर्ता पहने हुए कमरे से निकला बगल के कमरे में राजा साहब आराम कर रहे थे। वह पिछवाड़े की तरफ बाग में गया और एक अमरूद के पेड़ पर चढ़कर बाहर की तरफ कूद पड़ा। अब उसके सिर पर तारिकामण्डित नीला आकाश था, सामने विस्तृत मैदान और छाती में उल्लास, शंका और आशा से धड़कता हुआ हृदय। वह बड़ी तेजी से कदम बढ़ाता हुआ चला, कुछ नहीं मालूम कि किधर जा रहा है, तकदीर कहां लिए जाती है।

22

पांच वर्ष व्यतीत हो गए। पर न शंखधर का कहीं पता चला न चक्रधर का। राजा विशालसिंह ने दया और धर्म को तिलांजली दे दी है और खूब दिल खोलकर अत्याचार कर रहें हैं। दया और धर्म से जो कुछ होता है, उसका अनुभव करके अब वह यह अनुभव करना चाहते हैं कि अधर्म और अविचार से क्या होता है। प्रजा पर नाना प्रकार के अत्याचार किये जा रहे हैं। उनकी फरियाद कोई नहीं सुनता। राजा साहब को किसी पर दया नहीं आती। अब क्या रह गया है, जिसके लिए वह धर्म का दामन पकड़े? वह किशोर अब कहां है, जिसके दर्शन-मात्र से हृदय में प्रकाश का उदय हो जाता था? वह जीवन और मृत्यु की सभी आशाओं का आधार कहां चला गया? कुछ पता नहीं। इतने प्राणियों में केवल एक मनोरमा है, जिसने अभी तक धैर्य का आश्रय नहीं छोड़ा, लेकिन उसकी अब कोई नहीं सुनता। राजा साहब अब उसकी सूरत भी नहीं देखना चाहते। वह उसी को सारी विपत्ति का मूल कारण समझते हैं। वह मनोरमा जो उनकी हृदयेश्वरी थी, जिसके इशारे पर रियासत चलती थी, अब भवन में भिखारिनी की भांति रहती है, कोई उसकी बात तक नहीं पूछता, वही इस भीषण अंधकार में अब भी दीपक की भांति जल रही है। पर उसका प्रकाश केवल अपने ही तक रह जाता है, अंधकार में प्रसारित नहीं होता।

संध्या हो गयी है। सूर्यदेव पहाड़ियों की आड़ में छिप गये हैं। रमणियां जल भरने के लिए कुएं पर आ गयी हैं। इसी समय एक युवक हाथ में एक खंजरी लिए आकर कुएं की जगत पर बैठ गया। यही शंखधर है। उसके वर्ण, रूप और वेष में इतना परिवर्तन हो गया है कि शायद अहल्या भी उसे देखकर चौंक पड़ती। यह वह तेजस्वी किशोर नहीं, उसकी छायामात्र है। उसका

मांस गल गया है, केवल अस्थि-पंजर मात्र रह गया है, मानो किसी भयंकर रोग से ग्रस्त रहने के बाद उठा हो!

एक रमणी ने उसकी ओर देखकर पूछा-कहां से आते हो परदेशी, बीमार मालूम होते हो?

शंखधर ने आकाश की ओर अनिमेष नेत्रों से देखते हुए कहा-बीमार तो नहीं हूं माता, दूर से आते-आते थक गया हूं।

यह कहकर उसने अपनी खंजरी उठा ली और उसे बजाकर गाने लगा।

इस क्षीणकाय युवक के कंठ में इतना स्वर-लालित्य, इतना विकल अनुराग था कि रमणियां चित्रवत खड़ी रह गयीं।

एक युवती ने पूछा-बाबाजी, अब तो बहुत देर हो गयी है, यहीं ठहर जाओ न। आगे तो बहुत दूर तक कोई गांव नहीं है।

शंखधर-आपकी इच्छा है माता, तो यहीं ठहर जाऊंगा। भला, माताजी यहां कोई महात्मा तो नहीं रहते?

दूसरी रमणी ने कहा-अभी कई दिन हुए, एक महात्मा आकर टिके थे; पर वह साधुओं के भेष में न थे। वह यहाँ एक महीने-भर रहे। तुम एक दिन पहले यहाँ आ जाते, तो उनके दर्शन हो जाते।

एक वृद्धा बोली-साधु-सन्त तो बहुत देखे; पर ऐसा उपकारी जीव नहीं देखा। तुम्हारा घर कहां है, बेटा?

शंखधर-कहां बताऊं माता, यों ही घूमता-फिरता हूं।

वृद्धा-अभी तुम्हारे माता-पिता हैं न बेटा?

शंखधर-कुछ मालूम नहीं माता! पिताजी तो बहुत दिन हुए कहीं चले गये। मैं तब दो-तीन वर्ष का था। माताजी का हाल नहीं मालूम।

वृद्धा-तुम्हारे पिता क्यों चले गये? तुम्हारी माता से कोई झगड़ा हुआ था?

शंखधर-नहीं माताजी, झगड़ा तो नहीं हुआ। गृहस्थी के माया-मोह में नहीं पड़ना चाहते थे।

वृद्धा-तो तुम्हें घर छोड़े कितने दिन हुए?

शंखधर-पांच साल हो गये, माता! पिताजी को खोजने निकल पड़ा था; पर अब तक कहीं पता न चला।

एक युवती ने वृद्धा से कहा-अम्मा, इनकी सूरत महात्मा जी से मिलती है कि नहीं कुछ तुम्हें दिखायी देता है?

वृद्धा-हां रे, कुछ-कुछ तो मालूम होता है। क्यों बेटा, तुम्हारे पिताजी की क्या अवस्था होगी?

शंखधर- 40 वर्ष के लगभग होगी।

वृद्धा-आंखें खूब बड़ी-बड़ी हैं?

शंखधर-हां माताजी, उतनी बड़ी आंखें तो मैंने किसी की देखी ही नहीं।

वृद्धा-लम्बे-लम्बे गोरे आदमी हैं?

शंखधर का हृदय धक-धक करने लगा। बोला-हां माताजी, उनका रंग बहुत गोरा है।

वृद्धा-बेटा, जिन महात्मा की मैंने तुमसे चर्चा की है, उनकी सूरत तुमसे बहुत मिलती है।

शंखधर-माता, कुछ बता सकती हो, वह यहां से किधर गये?

वृद्धा-यह तो कुछ नहीं कह सकती; पर वह उत्तर ही की ओर गये हैं।

शंखधर ने कांपते हुए हृदय से पूछा-उनका नाम क्या था माताजी?

वृद्धा-नाम तो उनका था भगवानदास, पर यह उनका असली नाम नहीं मालूम होता था; असली नाम कुछ और ही था।

एक युवती ने कहा-यहीं उनकी एक तस्वीर भी तो रखी हुई है!

शंखधर का हृदय शतगुण वेग से धड़क रहा था। बोला-जरा बह तस्वीर मुझे दिखा दीजिए, आपकी बड़ी कृपा होगी।

युवती लपकी हुई घर गयी, और एक क्षण में तस्वीर लिये हुए लौटी। शंखधर ने दोनों हाथों से हृदय को सँभालते हुए तस्वीर पर एक भयकम्पित दृष्टि डाली और पहचान गया। हां, यह चक्रधर ही की तस्वीर थी। उसकी देह शिथिल पड़ गयी। हृदय का धड़कना शान्त हो गया। आशा, भय, चिन्ता और अस्थिरता से व्यग्र होकर वह हतबुद्धि-सा खड़ा रह गया, मानों किसी पुरानी बात को याद कर रहा हो। सहसा उसने निद्रा से जगे हुए मनुष्य की भाँति पूछा-वह इधर उत्तर ही की ओर गये हैं न? आगे कोई गांव पड़ेगा?

वृद्धा-हां बेटा, पांच कोस पर गांव है! भला-सा उसका नाम है, हां साईगंज, लेकिन आज तो तुम यहीं रहोगे?

शंखधर ने केवल इतना कहा-नहीं माता, आज्ञा दीजिए। और खंजरी उठाकर चल खड़ा हुआ।

रात्रि के उस अगम्य अंधकार में शंखधर भागा चला जा रहा था! उसके पैर पत्थर के टुकड़ों से छलनी हो गये थे। सारी देह थककर चूर हो गयी थी, भूख के मारे आंखों के सामने अंधेरा छाया जाता था, प्यास के मारे कण्ठ में कांटे पड़ रहे थे, पैर कहीं रखता था, पड़ते कहीं थे, पर वह गिरता-पड़ता भागा चला चला जाता था। अगर वह प्रातःकाल तक साईगंज पहुंचा, तो सम्भव है, चक्रधर कहीं चले जायें और फिर उस अनाथ की पांच साल की मेहनत और दौड़-धूप पर पानी न फिर जाय।

हिंसक पशुओं का भयंकर गर्जन सुनाई देता था, अंधेरे में खड्ड और खाई का पता न चलता था, पर उससे अपने प्राणों की चिंता न थी। उसे केवल यह धुन थी-'मुझे सूर्योदय से पहले साईगंज पहुंच जाना चाहिए।'

गगन-मण्डल पर उषा का लोहित प्रकाश छा गया। तारागण किसी थके हुए पथिक की भांति अपनी उज्ज्वल आंखें बन्द करके विश्राम करने लगे। पक्षी गण वृक्षों पर चहकने लगे; पर साईगंज का कहीं पता न चला।

सहसा एक बहुत दूर की पहाड़ी पर कुछ छोटे-छोटे मकान बालिकाओं के घरौंदे की तरह दिखायी दिये। यह साईगंज आ गया। शंखधर का कलेजा धक-धक करने लगा। उसके जीर्ण शरीर में अदभुत स्फूर्ति का संचार हो गया, पैरों में न जाने कहां से दुगुना बल आ गया।

पहाड़ी की चढ़ाई कठिन थी। शंखधर को ऊपर बढ़ने का रास्ता न मालूम था, न कोई आदमी ही दिखाई देता था, जिससे रास्ता पूछ सके। वह कमर बांध कर चढ़ने लगा।

गांव के आदमी ने ऊपर से आवाज दी-इधर से कहां आते हो भाई? रास्ता तो पश्चिमी ओर से है! कहीं पैर फिसल जाये, तो 200 हाथ नीचे जाओ।

लेकिन शंखधर को इन बातों के सुनने की फुरसत कहां थी? दम-के-दम में वह ऊपर पहुंच गया और पूछा-बाबा भगवानदास अभी यहीं हैं न?

किसान-कौन बाबा भगवानदास?

शंखधर-बाबा भगवानदास को नहीं जानते? वह इसी गांव में तो आये हैं? साईगंज यही है न?

किसान-साईगंज! अ-र-र! साईगंज तो तुम पूरब छोड़ आये। इस गांव का नाम बेंदों है।

शखधर ने हताश होकर कहा-तो साईगंज यहां से कितनी दूर है?

किसान-साईगंज तो पड़ेगा यहाँ से कोई पांच कोस; मगर रास्ता बहुत बीहड़ है।

शंखधर कलेजा थामकर बैठ गया। पांच कोस की मंजिल, उस पर रास्ता बीहड़। उसने आकाश की ओर एक बार नैराश्य में डूबी हुई आंखों से देखा और सिर झुकाकर सोचने लगा-यह अवसर फिर हाथ न आयेगा? अगर आराध्यदेव के दर्शन आज न किये, तो फिर न कर सकूंगा।

बैठने का समय फिर आयेगा। आज या तो इस तपस्या का अन्त हो जायेगा या इस जीवन का ही। वह उठ खड़ा हुआ।

किसान ने कहा-क्या चल दिये भाई? चिलम-विलम तो पी लो।

लेकिन शंखधर इसके पहले ही चल चुका था। वह कुछ नहीं देखता, कुछ नहीं सुनता, चुपचाप किसी अन्य शक्ति की भांति चला जा रहा है। रास्ते में जो मिलता, उससे वह पूछता, साईगंज कितनी दूर है? जवाब मिलता-बस. आगे साईगंज है, तो फिर यही जवाब मिलता-बस

आगे साईगंज है। आखिर दोपहर होते-होते उसे दूर से एक मन्दिर का कलश दिखायी दिया। एक चरवाहे से पूछा-यह कौन गांव है? उसने कहा-साईगंज आ गया।

लेकिन ज्यों-ज्यों गांव निकट आता था, शंखधर के पांव सुस्त पड़ते जाते थे। उसे यह शंका होने लगी कि यह यहां से चले न गये हों। अब उनसे भेंट न होगी। वह इस शंका को कितना ही दिल से निकालना चाहता था, पर वह अपना आसन न छोड़ती थी।

साईगंज दिखायी देने लगा। स्त्री-पुरुष खेतों में अनाज काटते नजर आने लगे। अब वह गांव के डांड़ पर पहुंच गया। कई आदमी उसके सामने से होकर निकल भी गये; पर उसने किसी से कुछ नहीं पूछा। अगर किसी ने कह दिया-बाबा जी है, तो वह क्या करेगा? इसी असमंजस में पड़ा हुआ वह मन्दिर के सामने के चबूतरे पर बैठ गया। सहसा मन्दिर में से आदमी को निकलते देखकर वह चौंक पड़ा, अनिमेष नेत्रों से उसकी ओर एक क्षण देखा, फिर उठा कि उस पुरुष के चरणों पर गिर पड़े, पर पैर थरथरा गये, मालूम हुआ, कोई नदी उसकी ओर वही चली आती है-वह मूर्छित होकर गिर पड़ा।

शंखधर को होश आया, तो अपने को मन्दिर के बरामदे में चक्रधर की गोद में पड़ा हुआ पाया। चक्रधर चिन्तित नेत्रों से उसके मुंह की ओर ताक रहे थे। गांव के कई आदमी आस-पास खड़े पंखा झल रहे थे। आह! आज कितने दिनों के बाद शंखधर को यह सौभाग्य प्राप्त हुआ है! वह पिता की गोद में लेटा हुआ था।

शंखधर ने फिर आंखें बन्द कर लीं।

चक्रधर ने स्नेह-मधुर स्वर में पूछा-क्यों बेटा, अब कैसी तबीयत है?

कितने स्नेह-मधुर शब्द थे! किसी के कानों ने कभी इतने कोमल शब्द सुने हैं? उसने कोई उत्तर नहीं दिया। उसका जी चाहा, इन चरणों पर सिर रखकर खूब रोये। इससे बढ़कर और किसी सुख की वह कल्पना ही न कर सकता था।

चक्रधर ने फिर पूछा-क्यों बेटा. कैसी तबीयत है?

शंखधर ने कातर स्वर से कहा-अब तो अच्छा हूं। आप ही का नाम बाबा भगवानदास है?

चक्रधर-हां, मुझी को भगवानदास कहते हैं।

शंखधर-मैं आप ही के दर्शनों के लिए आया हूं। आपके दर्शन हुए, मैं कृतार्थ हो गया। अब मेरे संकट कट जायेंगे। आप ही मेरा उद्धार कर सकते हैं।

चक्रधर का चित्त अस्थिर हो गया। उस युवक के रूप और वाणी में न-जाने कौन-सी बात थी, जो उनके मन में उससे बातचीत करने की प्रबल इच्छा हो रही थी। जरा पूछना चाहिए कि यह युवक कौन है? क्यों मुझसे मिलने के इतना उत्सुक है? कितना सुशील बालक है! इसकी वाणी में कितना विनय है लिए और स्वरूप देवकुमारों का-सा है।

एक आदमी पानी लाया। शंखधर ने मुंह-हाथ धोया और चाहता था कि खाली पेट पानी पी ले; लेकिन चक्रधर ने मना किया-हां-हां, यह क्या? अभी पानी न पियो। आओ, कुछ भोजन कर लो।

शंखधर-बड़ी प्यास लगी है।

चक्रधर-पानी कहीं भागा तो नहीं जाता। कुछ खाकर पीना, और वह भी इतना नहीं कि पेट में पानी डोलने लगे।

शंखधर-दो ही घूंट पी लूं नहीं रहा जाता।

चक्रधर ने आकर उसके हाथ से लोटा छीन लिया और कठोर स्वर में कहा-अभी तुम एक बूंद पानी नहीं पी सकते। क्या जान देने पर उतारू हो गये ही!

शंखधर को इस भर्त्सना में जो आनन्द मिल रहा था, यह कभी माता की प्रेम-भरी बातों में भी न मिला था।

मन्दिर के पीछे छोटा-सा बाग और कुंआ था। वहीं एक वृक्ष के नीचे चक्रधर की रसोई बनी थी। चक्रधर अपना भोजन आप पकाते थे, बर्तन भी आप ही धोते थे, पानी भी खुद खींचते थे। शंखधर उनके साथ भोजन करने गया, तो देखा कि रसोई में पूरी, मिठाई, दूध, दही, घी सब कुछ है। उसे कितना आश्चर्य हुआ, जब उसने देखा। कि ये सारे पदार्थ उसी के लिए मंगवाये गये हैं। चक्रधर ने उसके लिए खाना पत्तल में रख दिया और आप कुछ रोटियां और भाजी लेकर बैठे, जो खुद उन्होंने बनायी थीं।

शंखधर ने कहा-आप तो सब मुझी को दिये जाते हैं, अपने लिए कुछ रखा ही नहीं।

चक्रधर-मैं तो बेटा, रोटियों के सिवा और कुछ नहीं खाता। मेरी पाचनशक्ति अच्छी नहीं है। दिन में एक बार खा लिया करता हूं।

शंखधर-अगर आप न खायेंगे, तो मैं भी न खाऊंगा।

आखिर शंखधर के आग्रह से चक्रधर को अपना सोलह वर्षों का पाला हुआ नियम तोड़ना पड़ा। उन्होंने झुंझलाकर कहा-भाई, तुम बड़े जिद्दी मालूम होते हो। अच्छा, लो, मैं भी खाता हूं।

उन्होंने सब चीजों में से जरा-जरा सा निकालकर अपनी पत्तल में रख लिया और बाकी चीजें शंखधर के आगे रख दीं।

शंखधर-आपने तो केवल उलाहना छुड़ाया है। लाइए मैं परस दूं।

चक्रधर-अगर तुम इस तरह जिद करोगे, तो मैं तुम्हारी दवा न करूंगा।

शंखधर-मुझे क्या, न दवा दीजिएगा। तो यही पड़ा-पड़ा मर जाऊंगा। कौन कोई रोने वाला बैठा हुआ है?

यह कहते -कहते शंखधर की आंखें सजल हो गईं। चक्रधर ने विकल होकर कहा-अच्छा लाओ, तुम्हीं अपने हाथ से दे दो। अपशब्द क्यों मुंह से निकालते हो?

शंखधर ने सभी चीजों में से आधी से अधिक उनके सामने रख दी; और आप एक पंखा लेकर उन्हें झलने लगा। चक्रधर ने वात्सल्यपूर्ण कठोरता से कहा-मालूम होता है, आज तुम मुझे बीमार करोगे। भला, इतनी चीजें मैं खा सकूंगा?

शंखधर-इसीलिए तो मैंने थोड़ी-थोड़ी दी हैं।

चक्रधर-यह थोड़ी-थोड़ी हैं। तो क्या तुम सब-की-सब मेरे ही पेट में ठूंस देना चाहते हो? अब भी बैठोगे या नहीं? मुझे पंखे की जरूरत नहीं।

शंखधर-आप खाइये, मैं तो आपकी जूठन खाऊंगा।

उसकी आंखें फिर सजल हो गयीं। चक्रधर ने तिरस्कार के भाव से कहा-क्यों भाई, मेरी जूठन क्यों खाओगे? अब तो सब बातें तुम्हारे ही मन की हो रही हैं।

शंखधर-मेरी बहुत दिनों से यही आकांक्षा थी। जब से आपकी कीर्ति सुनी, तभी से यह अवसर खोज रहा था।

चक्रधर को फिर हार माननी पड़ी। वह एकान्तवासी, संयमी, व्रतधारी, योगी आज इस अपरिचित दीन बालक के दुराग्रहों को किसी भांति न टाल सकता था।

चक्रधर जब भोजन करके उठ गये, तो उसने उसी पत्तल में अपनी चीजें डाल लीं और भोजन करने बैठा। ओह! इस भोजन में कितना स्वाद था! क्या सुधा में इतना स्वाद हो सकता है!

चक्रधर हाथ मुंह धोकर गदगद कण्ठ से बोले -तुमने आज मेरे दो नियम भंग कर दिये। बिना जाने ये किसी को मेहमान बना लेने का यही फल होता है। मैं ऐसे जिद्दी लड़के को अपने साथ और न रखूंगा। तुम्हारा घर कहां है? यहां से कितनी दूर है?

शंखधर-मेरे तो कोई घर ही नहीं।

चक्रधर-माता-पिता तो होंगे? वह किस गाँव में रहते हैं?

शंखधर-यह मुझे कुछ नहीं मालूम। पिताजी तो मेरे बचपन ही में घर से चले गये थे और माताजी का पांच साल से मुझे कोई समाचार नहीं मिला।

चक्रधर को ऐसा मालूम हुआ, मानो पृथ्वी नीचे खिसकी जा रही है, मानो वह जल में बहे जा रहे हैं। पिता बचपन ही में घर से चले गये और माताजी का पांच साल से कुछ समाचार नहीं मिला? भगवान, क्या यह वही नन्हा-सा बालक है। जिसे अपने हृदय से निकालने की चेष्टा करते हुए आज 16 वर्षों से अधिक हो गये!

उन्होंने हृदय को संभालते हुए पूछा-तुम पांच साल तक कहा रहे बेटा, जो घर नहीं गये?

शंखधर-पिताजी को खोजने निकला था और जब तक वह न मिलेंगे, लौटकर घर न जाऊंगा।

चक्रधर को ऐसा मालूम हुआ, मानो पृथ्वी डगमगा रही है, मानों समस्त ब्रह्मांड एक प्रलयकारी भूचाल से आन्दोलित हो रहा है। वह सायबान के स्तम्भ के सहारे बैठ गये और ऐसे

स्वर में बोले, जो आशा और भय के वेगों को दबाने के कारण क्षीण हो था, यह प्रश्न न गया था बल्कि-एक जानी हुई बात का समर्थन मात्र था। तुम्हारा नाम क्या है बेटा? वह धड़कते हुए हृदय से उत्तर की ओर कान लगाये थे, जैसे कोई अपराधी अपना कर्मदण्ड सुनने के लिए न्यायाधीश की ओर कान लगाये खड़ा हो।

शंखधर ने जवाब दिया-मेरा नाम तो शंखधर सिंह है।

चक्रधर-और तुम्हारे पिता का क्या नाम है?

शंखधर-उन्हें मुंशी चक्रधरसिंह कहते हैं।

चक्रधर-घर कहां है?

शंखधर-जगदीशपुर!

सर्वनाश! चक्रधर को ऐसा ज्ञात हुआ कि उनकी देह से प्राण निकल गये हैं, मानो उनके चारों ओर शून्य है। ' शंखधर!' बस, यही एक शब्द उस प्रशस्त शून्य में किसी पक्षी की भांति चक्कर लगा रहा था। ' शंखधर! ' यही एक स्मृति थी, जो उस प्राण-शून्य दशा में चेतना को संस्कारों में बांधे हुए थी।

शंखधर को अपने पिता के साथ रहते एक महीना हो गया। न वह जाने का नाम लेता है, न चक्रधर ही जाने को कहते हैं। शंखधर इतना प्रसन्न चित्त रहता है मानो अब उसके लिए संसार में कोई दु:ख, कोई बाधा नहीं इतने ही दिनों में उसका रंग-रूप कुछ और हो गया है। मुख पर यौवन का तेज झलकने लगा और जीर्ण शरीर भर आया है। मालूम होता है, कोई अखण्ड ब्रह्मचर्य व्रतधारी ऋषिकुमार है।

चक्रधर को अपने हाथों कोई काम नहीं करना पड़ता। शंखधर कभी उन्हें अपनी धोती भी नहीं छांटने देता। दोनों प्राणियों के जीवन का वह समय सबसे आनन्दमय होता है, जब एक प्रश्न करता है और दूसरा उत्तर देता है। बाबाजी अपने जीवन के सारे अनुभव, दर्शन, धर्म, इतिहास की सारी बातें घोलकर पिला देना चाहते हैं। दूसरों से उसकी सज्जनता और सहनशीलता का बखान सुनकर उन्हें कितना गर्व होता है! वह मारे आनन्द से गदगद हो जाते हैं, उनकी आंखें सजल हो जाती हैं। सब जगह यह बात खुल गयी है कि यह युवक उनका पुत्र है। दोनों सूरतें इतनी मिलती हैं कि। चक्रधर के इनकार करने पर भी किसी को विश्वास नहीं आता। जो बात सब जानते हैं, उसे वह स्वयं नहीं जानते और न जानना ही चाहते हैं।

शंखधर को कभी-कभी प्रबल इच्छा होती थी कि पिताजी के चरणों पर गिर पड़ूं और साफ-साफ कह दूं। उसी के मन में यह इच्छा नहीं थीं। चक्रधर भी कभी-कभी पुत्र-प्रेम से विकल हो जाते और चाहते कि उसे गले लगाकर कहूं-बेटा, तुम मेरी ही आंखों के तारे हो; तुम मेरे ही जिगर के टुकड़े हो। वह शंखधर के मुख से उसकी माता की विरह-व्यथा, दादी के शोक और दादा के क्रोध की कथाएं सुनते कभी न थकते थे। रानी जी उससे कितना प्रेम करती थीं; यह चर्चा सुनकर चक्रधर बहुत दु:खी हो जाते थे।

इस तरह एक महीना गुजर गया और अब शंखधर को यह फिक्र हुई कि इन्हें किस बहाने से घर से चलूं। अहा, कैसे आनन्द का समय होगा, जब मैं इनके साथ घर पहुंचूंगा।

लेकिन बहुत सोचने पर भी उसे कोई बहाना न मिला। तब उसने निश्चय किया कि माताजी को पत्र लिखकर यहीं क्यों न बुला लूं? माताजी पत्र पाते ही सिर के बल दौड़ी आयेंगी। वह पछताया कि मैंने व्यर्थ ही इतनी देर लगायी। उसी रात को उसने अपनी माता के नाम पत्र डाल दिया। वहां का पता-ठिकाना, रेल का स्टेशन सभी बातें स्पष्ट करके लिख दीं।

एक महीना पूरा गुजर गया और न अहल्या ही आयी, न कोई दूसरा ही। शंखधर दिन-भर उसकी बाट जोहता रहता। रेल का स्टेशन वहां से पांच मील पर था। रास्ता भी साफ था। फिर भी कोई नहीं आया। चक्रधर जब कहीं चले जाते, तो वह चुपके से स्टेशन की राह लेता और निराश लौट आता। आखिर एक महीने के बाद तीसरे दिन उसे एक पत्र मिला; जिसे पढ़कर उसके शोक की सीमा न रही। अहल्या ने लिखा था-मैं बड़ी अभागिनी हूं। तुम इतनी कठिन तपस्या करके जिस देवता के दर्शन कर पाये, उसके दर्शन करने की परम अभिलाषा होने पर भी मैं हिल नहीं सकती। एक महीने से बीमार हूं जीने की आशा नहीं। अगर तुम आ जाओ, तो तुम्हें देख लूं नहीं तो यह अभिलाषा भी साथ जायेगी! मैं कई महीने हुए, आगरे में पड़ी हूं। जी घबराया करता है। अगर किसी तरह स्वामीजी को ला सकी, तो अन्त समय उनके चरणों के दर्शन भी कर लूं। मैं जानती हूं वह न आयेंगे। व्यर्थ ही उनसे आग्रह न करना; मगर तुम आने में एक क्षण का भी विलम्ब न करना।

शंखधर डाकखाने के सामने खड़ा देर तक रोता रहा।

उसका मुख उतरा हुआ देखकर चक्रधर ने पूछा-क्यों बेटा, आज उदास क्यों मालूम होते हो?

शंखधर-माता जी का पत्र आया है, वह बहुत बीमार हैं। मैं पिताजी को खोजने निकला था। वह तो न मिले, माताजी भी चली जा रही हैं। आपके पास बड़ी-बड़ी आशाएं लेकर आया था; पर आपने भी अनाथ पर दया न की। आपको परमात्मा ने योगबल दिया है, आप चाहते, तो पिताजी की टोह लगा देते।

चक्रधर ने गम्भीर स्वर में कहा-बेटा, मैं योगी नहीं हूं पर तुम्हारे पिताजी की टोह लगा चुका हूं, उनसे मिल भी चुका हूं। वह गुप्त रीति से तुम्हें देख भी चुके हैं।

शंखधर-आपने पिताजी से भेंट की और मुझसे कुछ न कहा। इससे तो यह प्रकट होता है कि आपको मुझ पर दया नहीं आती।

चक्रधर ने कुछ जवाब न दिया। वह अत्यन्त कठिन परीक्षा में पड़े हुए थे। बहुत दिनों के बाद अनायास ही उन्हें पुत्र का मुख देखने का सौभाग्य प्राप्त हो गया था। वे सारी भावनाएं, जिन्हें वह दिल से निकाल चुके थे, जाग उठीं और इस समय वियोग के भय से आर्तनाद कर रहीं थीं। वह मोहबन्धन, उसे वे बड़ी मुश्किल से ढीला कर पाये थे, अब उन्हें शतगुण वेग से अपनी ओर खींच रहा था।

सहसा शंखधर ने अवरुद्ध कण्ठ से कहा-तो मैं निराश हो जाऊँ?

चक्रधर ने हृदय से निकलते उच्छवास को दबाते हुए कहा-नहीं बेटा, सम्भव है, कभी वह स्वयं पुत्र-प्रेम से विकल होकर तुम्हारे पास दौड़ जाय। अगर तुम अपने जीवन में ऊंचे आदर्श का पालन कर सके, तो तुम उन्हें अवश्य खींच लोगे।

शंखधर-आपके दर्शन मुझे फिर कब होंगे? आपका पता कैसे मिलेगा? मैंने आपको पिता-तुल्य ही समझा हूं और जीवन-पर्यन्त समझता रहूंगा। इन चरण-कमलों की भक्ति मेरे मन में सदैव बनी रहेगी। आपके दर्शनों के लिए मेरी आत्मा सदैव विकल रहेगी और माताजी के स्वस्थ होते ही मैं फिर आपकी सेवा में आ जाऊंगा।

चक्रधर ने आर्द्र कंठ से कहा-नहीं बेटा, तुम यह कष्ट न करना। मैं स्वयं कभी-कभी तुम्हारे पास आया करूंगा। मैंने भी तुमको पुत्र-तुल्य समझा है और सदैव समझता रहूंगा। मेरा आशीर्वाद सदैव तुम्हारे साथ रहेगा।

संध्या समय शंखधर अपने पिता से विदा होकर चला। चक्रधर को ऐसा मालूम हो रहा था मानो उनका हृदय वक्षस्थल को तोड़कर शंखधर के साथ चला जा रहा है। जब वह आंखों से ओझल हो गया, उन्होंने एक लम्बी सांस ली और बालकों की भांति बिलख-बिलखकर रोने लगे।

उन्हें ऐसी भावना हुई कि फिर उस प्रतिभा-सम्पन्न युवक के दर्शन न होंगे!

23

अभागिन अहल्या के लिए संसार सुना हो गया। पति को पहले ही खो चुकी थी। जीवन का एक मात्र आधार पुत्र रह गया था। उसे भी खो बैठी। अब वह किसका मुंह देखकर जियेगी? वह राज्य उसके लिए किसी ऋषि का अभिशाप हो गया।

अहल्या को अब वह राज-भवन फाड़े खाता था। वह अब उसे छोड़कर कहीं चली जाना चाहती थी। कोई सड़ा-गला झोपड़ा, किसी वृक्ष की छांह, पर्वत की गुफा, किसी नदी का तट उसके लिए इस भवन से सहस्रों गुना अच्छा था। वे दिन कितने अच्छे थे, जब वह अपने स्वामी के साथ पुत्र को हृदय से लगाये एक छोटे से मकान में रहती थी। रह-रहकर उसको अपनी भोग-लिप्सा पर क्रोध आता था, जिसने उसका सर्वनाश कर दिया था। क्या उस पाप का कोई प्रायश्चित्त नहीं है? क्या इस जीवन में स्वामी के दर्शन होंगे? अपने प्रिय पुत्र की मोहिनी मूर्ति फिर वह न देख सकेगी? कोई ऐसी युक्ति नहीं है?

राज-भवन अब भूतों का डेरा हो गया है। उसका अब कोई स्वामी नहीं रहा। राजा साहब अब महीनों नहीं आते। यह अधिकतर इलाके ही में घूमते रहे हैं। उनके अत्याचार की कथाएं सुनकर लोगों के रोएं खड़े हो जाते हैं। सारी रियासत में हाहाकार मचा हुआ है। कहीं किसी गांव में आग लगायी जाती है, किसी गांव में कुएं भ्रष्ट किये जाते हैं। राजा साहब को किसी पर दया नहीं

आती। उनके सारे सद्भाव शंखधर के साथ चले गये। विधाता ने अकारण ही उन पर इतना कठोर आघात किया है। वह उस आघात का बदला दूसरों से ले रहे हैं।

अब राजा साहब के पास जाने का किसी को साहस नहीं होता। मनोरमा को देखकर तो वह जामे से बाहर हो जाते हैं। अहल्या भी उनसे कुछ कहते हुए थर-थर कांपती है। अपने प्यारों को खोजने के लिए वह तरह-तरह के मनसूबे बांधा करती है; लेकिन कहे किससे? उसे ऐसा विदित होता है कि ईश्वर ने उसकी भोग लिप्सा का यह दण्ड दिया है। यदि वह अपने पति के घर जाकर प्रायश्चित्त करे, तो कदाचित ईश्वर उसका अपराध क्षमा कर दें! लेकिन हाय रे मानव हृदय! इस घोर विपत्ति में भी मान का भूत सिर से नहीं उतरता। जाना तो चाहती है; लेकिन उसके साथ यह शर्त है कि कोई बुलाये अगर राजा साहब मुंशीजी से इस विषय में कुछ संकेत कर दें, तो उसके लिए अवश्य बुलावा आ जाय, पर राजा साहब से तो भेंट ही नहीं होती और भेंट भी होती है, तो कुछ कहने की हिम्मत नहीं पड़ती।

इसमें सन्देह नहीं कि अपने मन की बात मनोरमा से कह देती, तो बहुत आसानी ने काम निकल जाता; लेकिन अहल्या का मन मनोरमा से न पहले कभी मिला था, न अब मिलता था। उससे यह बात कैसे कहती?

एक दिन अहल्या का चित्त इतना उद्विग्न हुआ कि यह संकोच और झिझक छोड़कर मनोरमा के पास आ बैठी। मनोरमा के सामने प्रार्थी के रूप में आते हुए उसे जितनी मानसिक वेदना हुई, उसका अनुमान इसी से किया जा सकता है कि अपने कमरे से यहां तक आने में उसे कम-से-कम दो घण्टे लगे। कितनी ही बार द्वार तक आकर लौट गयी। जिसकी सदैव अवहेलना की, उसके सामने अब अपनी गरज लेकर जाने में उसे लज्जा आती थी; लेकिन जब भगवान ने ही उसका गर्व तोड़ दिया था, तो तब झूठी ऐंठ से क्या हो सकता था।

अहल्या ने कहा-मैं प्रायश्चित्त करना चाहती हूं। और आपसे उसके लिए सहायता मांगने आयी हूं। मुझे अनुभव हो रहा है कि यह सारी विडम्बना मेरे विलास-प्रेम का फल है और मैं इसका प्रायश्चित्त करना चाहती हूं। मेरा मन कहता है कि यहां से निकलकर मैं अपना मनोरथ पा जाऊंगी। यह सारा दण्ड मेरी विलासान्यता का है। आप जाकर अम्माजी से कह दीजिए। मुझे बुला लें। इस घर में आकर मैं अपना सुख खो बैठी और इसी घर से निकल कर ही उसे पाऊंगी।

उसने कहा-अच्छा; अहल्या, मैं आज ही जाती हूं।

इसके चौथे दिन मुंशी वज्रधर ने राजा साहब के पास रुखसती का संदेशा भेजा। राजा साहब इलाके पर थे। सन्देशा पाते ही जगदीशपुर आये। अहल्या का कलेजा धक-धक करने लगा कि राजा साहब कहीं आ न जाय। इधर-उधर छिपती फिरती थी कि उनका सामना न हो जाय। उसे मालूम होता था कि राजा साहब ने रुखसती मंजूर कर ली है; पर अब जाने के लिए वह बहुत उत्सुक न थी। यहां से जाना तो चाहती थी; पर जाते दु:ख होता था। वह इसी घर को अपना घर समझने लगी थी। ससुराल उसके लिए बिरानी जगह थी। कहीं निर्मला ने कोई बात कह दी, तो वह क्या करेगी? जिस घर से मान करके निकली थी, वहीं अब विवश होकर जाना पड़ रहा था।

इस बातों को सोचते-सोचते आखिर उसका दिल इतना घबराया कि वह राजा साहब के पास जाकर बोली-आप मुझे क्यों विदा करते हैं? मैं नहीं जाती।

राजा साहब ने हंसकर कहा-कोई लड़की ऐसी भी है, जो खुशी से ससुराल जाती हो? और कौन पिता ऐसा है, जो लड़की को खुशी से विदा करता हो? मैं कब चाहता हूं कि तुम जाओ; लेकिन मुंशी वज्रधर की आज्ञा है, और यह मुझे शिरोधार्य करनी पड़ेगी। वह लड़के के बाप हैं, मैं लड़की का बाप हूं मेरी और उनकी क्या बराबरी? और बेटी, मेरे दिल में भी अरमान हैं, उसको पूरा करने का और कौन अवसर आएगा? शंखधर होता, तो उसके विवाह में वह अरमान पूरा होता, अब यह तुम्हारे गौने में पूरा होगा।

अहल्या इसका क्या जवाब देती?

दूसरे दिन से राजा साहब ने विदाई की तैयारियां करनी शुरू कर दीं। सारे इलाके के सोनार पकड़ बुलाये गये और गहने बनने लगे। इलाके ही के दर्जी कपड़े सीने लगे। हलवाइयों के कढ़ाह चढ़ गये और पकवान बनने लगे। घर की सफाई और रंगाई होने लगी। राजाओं, रईसों और अफसरों को निमन्त्रण भेजे जाने लगे। सारे शहर की वेश्याओं को बयाने दे दिये गये। बिजली की रोशनी का इन्तजाम होने लगा। अहल्या यह सामान देख-देख कर दिल में झुंझलाती और शर्माती थी। सोचती-कहां-से-कहां मैंने यह विपत्ति मोल ले ली? अब इस बुढ़ापे में मेरा गौना? मैं मरने की राह देख रही हूं यहां गौने की तैयारी हो रही है।

राजा विशालसिंह ने जिस हौसले से अहल्या का गौना किया, वह राजाओं, रईसों में भी बहुत कम देखने में आता है। तहसीलदार साहब के घर में इतनी चीजों को रखने की जगह भी न थी। बर्तन, कपड़े, शीशे के सामान, लकड़ी की अलभ्य वस्तुएं, मेवे, मिठाइयां, गायें, भैंसे-इनका हफ्तों तक तांता लगा रहा। दो हाथी और पांच घोड़े भी मिले, जिनके बांधने के लिए घर में जगह न थी पांच लौंडिया अहल्या के साथ आयीं। यद्यपि तहसीलदार साहब ने नया मकान बनवाया था; पर वह क्या जानते थे कि एक दिन यहां रियासत जगदीशपुर की आधी सम्पत्ति आ पहुंचेगी? घर का कोना-कोना सामानों से भरा हुआ था। कई पड़ोसियों के मकान भी अंट उठे। उस पर लाखों रुपये नगद मिले वह अलग। तहसीलदार साहब लाने को तो सब कुछ लाये, पर उन्हें देख-देख रोते और कुढ़ते थे। कोई भोगने वाला नहीं!

दिन में बीसों ही बार चक्रधर पर बिगड़ते-नालायक आप तो आप गया अपने साथ लड़के को भी ले गया। न जाने कहां मारा-मारा फिरता होगा, देश का उपकार करने चला है! सच कहा है घर की रोये, बन की सोये। घर के आदमी मरें, परवाह नहीं; दूसरे के लिए जान देने को तैयार! अब बताओ, इन हाथी, घोड़े मोटरों और गाड़ियों को लेकर क्या करूं? अकेले किस-किस पर बैठूं? बहू है, उसे रोने से फुरसत नहीं। बच्चों की माँ है, उनसे अब मारे शोक के उठा नहीं जाता, कौन बैठे। यह सामान तो मेरे जी का जंजाल हो गया है।

अहल्या यहां आकर और भी पछताने लगी। वह रनिवास के विलासमय जीवन से विरक्त होकर यहां प्रायश्चित्त करने के इरादे से आयी थी; पर यह विपत्ति उसके साथ यहां भी आयी।

सम्पत्ति से गला छुड़ाना चाहती थी, पर सम्पत्ति उससे और चिमट गयी थी। वह यहां कुछ देर शान्ति से बैठ सकती थी, कुछ देर हंस-बोलकर जी बहला लेती थी। किसी के ताने-मेहने न सुनने पड़ते थे। यहां निर्मला बाणों से छेदती और घाव पर नमक छिड़कती रहती थी। बहू के कारण वह पुत्र से वंचित हुई। बहू के ही कारण पोता भी हाथ से गया ऐसी बहू को वह पान-फूल से पूज न सकती थी। सम्पत्ति लेकर वह क्या करे? चाटे? भोजन वह अब भी अपने हाथों ही पकाती थी। अहल्या के साथ जो महाराजिनें आयीं थीं, उनका पकाया हुआ भोजन वह ग्रहण न कर सकती थी। अहल्या से भी वह छूत मानती थी। इन दिनों मंगला भी आयी हुई थी। उसका जी चाहता था कि यहाँ की सब चीजें समेट ले जाऊं। पर अहल्या अपनी चीजों को तीन-तेरह न होने देना चाहती थी। और इससे ननद-भावज में कभी-कभी खटपट हो जाती थी।

इस तरह कई महीनें गुजर गये; अहल्या का आशा-दीपक दिन-दिन मन्द होता गया। वह कितना ही चाहती थी कि मोह-बन्धन से अपने को छुड़ा ले; पर मन पर कोई वश न चलता था। उसके मन में बैठा हुआ कोई नित्य कहा करता था-जब तक मोह में पड़ी रहोगी, पति-पुत्र के दर्शन न होंगे। पर विश्वास कौन दिला सकता था कि मोह टूटते ही उसके मनोरथ पूरे हो जायेंगे। तब क्या वह भिखारिणी जीवन भोजन व्यतीत करेगी? सम्पत्ति के हाथ से निकल जाने पर फिर उसके लिए कौन आश्रय रह जायेगा?

अहल्या बार-बार व्रत करती कि अब अपने सारे काम अपने हाथ से करूंगी, अब सदा एक ही जून भोजन किया करूंगी, मोटा-से-मोटा अन्न खाकर जीवन व्यतीत करूंगी, लेकिन उसमें किसी व्रत पर स्थिर रहने की शक्ति न रह गयी थी। विलासिता ने उसकी क्रिया-शक्ति को निर्बल कर दिया था।

यहां रहकर वह अपने उद्धार के लिए कुछ कर सकेगी, यह बात शनैः-शनैः अनुभव से सिद्ध हो गयी।

अब उसे वागीश्वरी की याद आयी। सुख के दिन वही थे, जो उसके साथ कटे। असली मैका न होने पर भी जीवन का जो सुख वहां मिला, वह फिर न नसीब हुआ। यह स्नेह, सुख स्वप्न हो गया। सास मिली वह इस तरह की, ननद मिली वह इस ढंग की, मां थी ही नहीं, केवल बाप को पाया; मगर उसके बदले में क्या-क्या देना पड़ा।

अब अहल्या को रात-दिन यही धुन रहने लगी कि किसी तरह वागीश्वरी के पास चलूं मानों वहां उसके सारे दु:ख दूर हो जायेंगे।

आखिर एक दिन अहल्या ने सास से यह चर्चा कर ही दी। निर्मला ने कुछ भी आपत्ति नहीं की। शायद वह खुश हुई कि किसी तरह यह यहां से टले। मंगला तो उसके जाने का प्रस्ताव सुनकर हर्षित हो उठी। जब वह चली जाएगी, तो घर में मंगला का राज हो जाएगा। जो चीज चाहेगी, उठा ले जाएगी। कोई हाथ पकड़ने वाला या टोकने वाला न रहेगा।

दूसरे दिन अहल्या वहां से चली। अपने साथ कोई साज-सामान न लिया। साथ की लौंडिया चलने को तैयार थीं; पर उसने किसी को साथ न लिया। केवल एक बुड्ढे कहार को पहुंचाने के लिए ले लिया। और उसे भी आगरे पहुंचने के दूसरे ही दिन विदा कर दिया।

आज 20 साल के बाद अहल्या ने इस घर में फिर प्रवेश किया था; पर आह! इस घर की दशा ही कुछ और थी, सारा घर गिर पड़ा था। न आंगन का पता था, न बैठक का। चारों और मलबे का ढेर जमा हो रहा था। उस पर मदार और धतूर के पौधे उगे हुए थे। एक छोटी-सी कोठरी बच रही थी। वागीश्वरी उसी में रहती थी। उसकी सूरत भी उस घर के समान ही बदल गयी थी। न मुंह में दांत, न आंखों में ज्योति; सिर के बाल सन हो गये थे, कमर झुककर कमान हो गयी थी। दोनों गले मिलकर खूब रोयीं। जब आंसुओं का वेग कुछ कम हुआ, तो वागीश्वरी ने कहा-बेटी, तुम अपने साथ कुछ सामान नहीं लायीं क्या? दूसरी ही गाड़ी से लौट जाने का विचार है? इतने दिनों के बाद आयी भी, तो इस तरह! बुढ़िया को बिलकुल भूल ही गयी। खंडहर में तुम्हारा जी क्यों लगेगा?

अहल्या-अम्मा, महल में रहते-रहते जी ऊब गया, अब कुछ दिन इस खंडहर में ही रहूंगी और तुम्हारी सेवा करूंगी। जब से तुम्हारे घर से गयी, दु:ख-ही-दु:ख पाया, आनन्द के दिन तो इस घर में बीते थे।

वागीश्वरी-लड़के का अभी कुछ पता न चला?

अहल्या-किसी का पता नहीं चला, अम्मा! मैं राज्य-सुख पर लट्टू हो गयी थी। उसी का दण्ड भोग रही हूं। राज्य-सुख भोगकर तो जो कुछ मिलता है वह देख चुकी; अब उसे छोड़ कर देखूंगी कि क्या जाता है; मगर तुम्हें तो बड़ा कष्ट हो रहा है, अम्मा?

वागीश्वरी-कैसा कष्ट, बेटी! जब तक स्वामी जीते रहे, उनकी सेवा करने में सुख मानती थी। तीर्थ, व्रत, पुण्य, धर्म सब कुछ उनकी सेवा ही में था। अब वह नहीं हैं तो उनकी मर्यादा की सेवा कर रही हूं। आज भी उनके कितने ही भक्त मेरी मदद करने को तैयार हैं, लेकिन क्यों किसी की मदद लूं? तुम्हारे दादाजी सदैव दूसरों की सेवा करते रहे। इसी में अपनी उम्र काट दी। तो फिर मैं किस मुंह से सहायता के लिए हाथ फैलाऊं?

यह कहते-कहते वृद्धा का मुखमण्डल गर्व से सनक उठा। उसकी आंखों में एक विचित्र स्फूर्ति झलकने लगी! अहल्या का सिर लज्जा से झुक गया। माता तुझे धन्य हैं, तू वास्तव में सती है, तू अपने ऊपर जितना गर्व करे, वह थोड़ा है।

वागीश्वरी ने फिर कहा-ख्वाजा महमूद ने बहुत चाहा कि मैं कुछ महीना ले लिया करूं। मेरे मैकेवाले कई बार मुझे बुलाने आये। यह भी कहा कि महीने में कुछ ले लिया करो। भैया बड़े भारी वकील हैं, लेकिन मैंने किसी का एहसान नहीं लिया। पति की कमाई को छोड़कर और किसी की कमाई पर स्त्री का अधिकार नहीं होता। चाहे कोई मुंह से न कहे, पर मन में जरूर समझेगा कि मैं इन पर एहसान कर रहा हूं। जब तक आंखें थीं, सिलाई करती रही। जब से आंखें गयीं, दलाई करती हूं। कभी-कभी उन पर जी झुंझलाता है। जो कुछ कमाया, उड़ा दिया।

तुम तो देखती ही थी। ऐसा कौन-सा दिन जाता कि द्वार पर चार मेहमान न आ जाते हों! लेकिन फिर दिल से समझती हूं कि उन्होंने किसी बुरे काम में तो धन नहीं उड़ाया। जो कुछ किया, दूसरों के उपकार ही के लिए किया। यहां तक कि अपने प्राण भी दे दिये। फिर मैं क्यों पछताऊं और क्यों रोऊं! यश सेंत में थोड़े ही मिलती है; मगर मैं तो अपनी बातों में लग गयी। चलो, हाथ-मुंह धो डालो, कुछ खा पी लो, तो फिर बातें करूं।

लेकिन अहल्या हाथ-मुंह धोने न उठी। वागीश्वरी की आदर्श पतिभक्ति देखकर उसकी आत्मा उसका तिरस्कार कर रही थी। अभागिनी! इसे पतिभक्ति कहते हैं। सारे कष्ट झेलकर स्वामी की मर्यादा का पालन कर रही है। नैहरवाले बुलाते हैं और नहीं जाती, हालांकि इस दशा में मैके चली जाती, तो कोई बुरा न कहता। सारे कष्ट झेलती है और खुशी से झेलती है। एक तू है कि मैके की सम्पत्ति देखकर फूल उठी, अन्धी हो गयी। राजकुमारी और पीछे चलकर राजमाता बनने की धुन में तुझे पति की परवाह ही न रही। तूने सम्पत्ति के सामने पति को कुछ न समझा, उसकी अवहेलना की। वह तुझे अपने साथ ले जाना चाहते थे, तू न गयी, राज्य-सुख तुझसे न छोड़ा गया! रो, अपने कर्मों को।

वागीश्वरी ने फिर कहा-अभी तक बैठी ही है। हां, लौंडी पानी नहीं लायीं न, कैसे उठेगी। लें मैं पानी लाये देती हूं, हाथ मुंह धो डाल। तब तक मैं तेरे लिए गरम रोटियां सेंकती हूं। देखूं तुझे अब भी भाती हैं कि नहीं। तू मेरी रोटियों का बहुत बखान करके खाती थी।

अहल्या ये स्नेह में सने शब्द सुनकर पुलकित हो उठी। इस ' तू' में तो जो सुख था; वह ' आप' और ' सरकार' में कहां। बचपन के दिन आंखों में फिर गये। एक क्षण के लिए उसे अपने सारे दु:ख विस्मृत हो गये। बोली-अभी तो भूख-प्यास नहीं है अम्माजी, बैठिए कुछ बातें कीजिए। मैं आप से दु:ख की कथा कहने के लिए व्याकुल हो रही हूं। बताइए, मेरा उद्धार कैसे होगा?

वागीश्वरी ने गम्भीर भाव से कहा-पति-प्रेम से वंचित होकर स्त्री के उद्धार का कौन उपाय है, बेटी! पति ही स्त्री का सर्वस्व है। जिसने अपना सर्वस्व खो दिया, उसे सुख कैसे मिलेगा? जिसको लेकर तूने पति को त्याग दिया, उसको त्यागकर ही पति को पायेगी। जब तक धन और राज्य का मोह न छोड़ेगा, तुझे उस त्यागी पुरुष के दर्शन न होंगे।

अहल्या-अम्माजी, सत्य कहती हूं मैं केवल शंखधर के हित का विचार करके उनके साथ न गयी।

वागीश्वरी-उस विचार में क्या तेरी भोग-लालसा न छिपी थी? खूब ध्यान करके सोच। तू इससे इनकार नहीं कर सकती?

अहल्या ने लज्जित होकर कहा-हो सकता है, अम्माजी, मैं इनकार नहीं कर सकती।

वागीश्वरी-सम्पत्ति यहां भी तेरा पीछा करेगी, देख लेना? जो उससे भागता है, उसके पीछे दौड़ती है। मुझे शंका होती है कि कहीं तू फिर लोभ में न पड़ जाय। एक बार चूकी, तो 14 वर्ष रोना पड़ा। अबकी चूकी तो बाकी उम्र रोते ही गुजर जाएगी।

अहल्या के आने की खबर पाकर मुहल्ले की सैकड़ों औरतें टूट पड़ी। शहर के कई बड़े घरों की स्त्रियां भी आ पहुंचीं। शाम तक तांता लगा रहा। कुछ लोग डेपुटेशन बनाकर संस्थाओं के लिए चन्दे मांगने आ पहुंचे। अहल्या को इन लोगों से जान बचानी मुश्किल हो गयी किस-किस से अपनी विपत्ति कहे? अपनी गरज के बावले अपनी कहने में मस्त रहते हैं, वह किसी की सुनते ही कब हैं? इस वक्त अहल्या को फटे-हालों यहां आने पर बड़ी लज्जा आयी। वह जानती कि यहां यह हरबोंग मच जायेगा तो साथ दस-बीस हजार के नोट लेती आती। उसे अब इस टूटे-फूटे मकान में ठहरते भी लज्जा आती थी। जब से देश ने जाना कि वह राजकुमारी है, तब से वह कहीं बारह न गयी थी। कभी काशी रहना क्या कभी जगदीशपुर। दूसरे शहर में आने का उसे यह पहला ही अवसर था। अब उसे मालूम हुआ कि धन केवल भोग की वस्तु नहीं है। उससे यश और कीर्ति भी मिलती है। भोग से तो उसे घृणा हो गयी थी, लेकिन यश का स्वाद उसे पहली ही बार मिला। शाम तक उसने 15-20 हजार के चंदे लिख दिये और मुंशी वज्रधर को रुपये भेजने के लिए पत्र भी लिख दिया। खत पहुंचने की देर थी। रुपये आ गये। फिर तो उसके द्वार पर भिक्षुओं का जमघट रहने लगा। लंगड़ी-अंधी से लेकर जोड़ी और मोटर पर बैठने वाले भिक्षुक भिक्षा-दान मांगने आने लगे। कहीं से किसी अनाथालय के निरीक्षण करने का निमंत्रण आता, कहीं से टी पार्टी में सम्मिलित होने का। कुमारी-सभा, बालिका विद्यालय, महिला क्लब आदि संस्थाओं ने उसे मान-पत्र दिये, और उसने ऐसे सुन्दर उत्तर दिये कि उसकी योग्यता और विचार-शीलता का सिक्का बैठ गया। 'आये थे हरिभजन को ओटन लगे कपास' वाली कहावत हुई। तपस्या करने आयी थी, यहां सभ्य समाज की क्रीड़ाओं में मग्न हो गयी। अपने अभीष्ट का ध्यान ही न रहा।

अहल्या को अब रोज ही किसी-न-किसी जलसे में जाना पड़ता और वह बड़े शौक से जाती। दो ही सप्ताह में उसकी कायापलट-सी हो गयी। यश लालसा ने धन की उपेक्षा का भाव उसके दिल से निकाल दिया। वास्तव में वह समारोहों में अपनी मुसीबतें भूल गयी। अच्छे-अच्छे व्याख्यान तैयार करने में वह तत्पर रहने लगी, मानो उसे नशा हो गया है। वास्तव में यह नशा ही था। यश-लालसा से बढ़कर दूसरा नशा नहीं।

वागीश्वरी पुराने विचारों की स्त्री थी। उसे अहल्या का यों, घूम-घूमकर व्याख्यान देना और रुपये लुटाना अच्छा न लगता था। एक दिन उसने कह ही डाला-क्योंरी अहल्या; तू अपनी सम्पत्ति लुटा कर ही रहेगी?

अहल्या ने गर्व से कहा-और धन है ही किस लिए अम्माजी? धन में यही बुराई है कि इससे विलासिता बढ़ती है, लेकिन इसमें परोपकार करने की सामर्थ्य भी है।

वागीश्वरी ने परोपकार के नाम से चिढ़कर कहा-तू जो कर रही है, यह परोपकार नहीं, यश-लालसा है।

दूसरे दिन प्रात:काल डाकिया शंखधर का पत्र लेकर पहुंचा जो जगदीशपुर और काशी से घूमता हुआ आया था। अहल्या पत्र पढ़ते ही उछल पड़ी और दौड़ी हुई वागीश्वरी के पास जाकर बोली-अम्मा, देखो, लल्लू का पत्र आ गया। दोनों जने एक ही जगह हैं। मुझे बुलाया है।

वागीश्वरी-तो बस, अब तू चली ही जा। चल, मैं भी तेरे साथ चलूंगी।

अहल्या-आज पूरे पांच साल के बाद खबर मिली है, अम्माजी! मुझे आगरे आना फल गया। यह तुम्हारे आशीर्वाद का फल है, अम्माजी।

बागीश्वरी-मैं तो उस लड़के के जीवट को बखानती हूं कि बाप का पता लगाकर ही छोड़ा।

अहल्या-इस आनन्द में आज उत्सव मनाना चाहिए, अम्माजी।

वागीश्वरी-उत्सव पीछे मनाना, पहले वहां चलने की तैयारी करो। कहीं और चले गये, तो हाथ मलकर रह जाओगी।

लेकिन सारा दिन गुजर गया और अहल्या ने यात्रा की तैयारी न की। वह अब यात्रा के लिए उत्सुक न मालूम होती थी आनन्द का पहला आवेश समाप्त होते ही वह इस दुविधे में पड़ गयी थी, कि यहां जाऊं या न जाऊं? वहां जाना केवल दस-पांच दिन या महीने के लिए जाना न था वरन् राजपाट से हाथ धो लेना और शंखधर के भविष्य को बलिदान करना था। यह जानती थी पितृभक्त शंखधर पिता को छोड़कर किसी भांति न आयेगा और मैं भी प्रेम के बन्धन में फंस जाऊंगी। उसने यही निश्चय किया कि शंखधर को किसी हीले से बुला लेना चाहिए। उसका मन कहता था कि शंखधर आ गया, तो स्वामी के दर्शन भी उसे अवश्य होंगे। इस वक्त वहां जाकर वह अपनी प्रेमाकांक्षाओं की वेदी पर अपने पुत्र के जीवन को बलिदान न करेगी। जैसे इतने दिनों पति-वियोग में जली है, उसी तरह कुछ दिन और जलेगी। उसने मन में यह निश्चय करके शंखधर के पत्र का उत्तर दे दिया। लिखा- मैं बीमार हूं बचने की कोई आशा नहीं; बस एक बार तुम्हें देखने की अभिलाषा है। तुम आ जाओ, तो शायद जी उठूं। लेकिन न आये तो समझ लो अम्मा मर गयी। अहल्या को विश्वास था कि यह पत्र पढ़कर शंखधर दौड़ा चला आयेगा और स्वामी भी यदि उसके साथ न आयेंगे तो उसे आने से रोकेंगे भी नहीं।

संध्या समय वागीश्वरी ने पूछा-क्या जाने का इरादा नहीं है?

अहल्या ने शर्माते हुए कहा-अभी तो अम्माजी मैंने लल्लू को बुलाया है। अगर वह न आयेगा, तो चली जाऊंगी।

वागीश्वरी-लल्लू के साथ क्या चक्रधर भी आ जायेंगे? तू ऐसा अवसर पाकर भी छोड़ देती है। न जाने तुझ पर क्या विपत्ति आने बाली है!

अहल्या अपने सारे दुःख भूलकर शंखधर के राज्याभिषेक की कल्पना में विभोर हो गयी।

24

राजा विशालसिंह की हिंसा-वृत्ति किसी प्रकार शान्त न होती थी। ज्यों-ज्यों अपनी दशा पर उन्हें दुःख होता था, उनके अत्याचार और भी बढ़ते थे। उनके हृदय में अब सहानुभूति, प्रेम और धैर्य के लिए जरा भी स्थान न था। उनकी सम्पूर्ण वृत्तियां 'हिंसा-हिंसा!' पुकार रही थीं। इधर

कुछ दिनों से उन्होंने प्रतिकार का एक और ही शस्त्र खोज निकाला था। उन्हें निस्सन्तान रखकर, मिली हुई सन्तान उनकी गोद से छीनकर दैव ने उनके साथ सबसे बड़ा अन्याय किया था। दैव के शस्त्रालय में उनका दमन करने के लिए यही सबसे कठोर शस्त्र था। इसे राजा साहब उनके हाथों से छीन लेना चाहते थे। उन्होंने सातवां विवाह करने का निश्चय कर लिया था। राजाओं के लिए कन्याओं की क्या कमी कई महीने से इस, सातवें विवाह की तैयारियां बड़े जोरों से हो रही थीं। कई राजवैद्य रात-दिन बैठे भांति-भांति के रस बनाते रहते। पौष्टिक औषधियां चारों ओर से मंगायी जा रही थीं। राजा साहब यह विवाह इतनी धूम-धाम से करना चाहते थे कि देवताओं के कलेजे पर सांप लोटने लगे!

रानी मनोरमा ने इधर बहुत दिनों से घर या रियासत के मामले में बोलना छोड़ दिया था। वह बोलती भी, तो सुनता कौन? राजा साहब को उसकी सूरत से घृणा हो गयी थी। मनोरमा के लिए अब वह घर नरकतुल्य था चुपचाप सारी विपत्ति सहती थी। उसे बड़ी इच्छा होती थी कि एक बार राजा साहब के पास जाकर पूछे मुझसे क्या अपराध हुआ है; पर राजा साहब उसे इसका अवसर ही न देते थे।

मनोरमा को आये दिन कोई-न-कोई अपमान सहना पड़ता था। उसका गर्व चूर करने के लिए रोज कोई-न-कोई षड्यन्त्र रचा जाता था। पर वह उद्दण्ड प्रकृति वाली मनोरमा अब धैर्य और शान्ति का अथाह सागर है, जिसमें वायु के हलके-हलके झोंके से कोई आन्दोलन नहीं होता। वह मुस्कुराकर सब कुछ शिरोधार्य करती जाती है! यह विकट मुस्कान उसका साथ कभी नहीं छोड़ती। नयी रानी साहब के लिए सुन्दर भवन बनवाया जा रहा था। उसकी सजावट एक बड़े आईने की जरूरत थी। हुक्म हुआ छोटी रानी के दीवानखाने का बड़ा आईना उतार लाओ। मनोरमा ने यह हुक्म सुना और मुस्कुरा दीं। फिर कालीन की जरूरत पड़ी। फिर वही हुक्म हुआ-छोटी रानी के दीवानखाने से लाओ। मनोरमा ने मुस्कुराकर सारी कालीने दे दीं। इसके कुछ दिनों बाद हुक्म हुआ-छोटी रानी की मोटर नये भवन में लायी जाय। मनोरमा इस मोटर को बहुत पसन्द करती थी, उसे खुद चलाती थी। यह हुक्म सुना, तो मुस्कुरा दिया। मोटर चली गयी।

मनोरमा के पास पहले बहुत-सी सेविकाएं थीं। इधर घटते-घटते यह संख्या तीन तक पहुंच गयी थी। एक दिन हुक्म हुआ कि तीन सेविकाओं में से दो नये महल में नियुक्त की जाएं। उसके एक सप्ताह बाद वह एक भी बुला ली गयी। इस हुक्म का मनोरमा ने मुस्कुराकर स्वागत किया।

मगर अभी सबसे कठोर आघात बाकी था। नयी रानी के लिए तो नया महल बन ही रहा था। उनकी माताजी के लिए एक दूसरे मकान की जरूरत पड़ी। इसलिए हुक्म हुआ कि छोटी रानी का महल खाली करा लिया जाय। रानी ने यह हुक्म सुना और मुस्करा दी। जिस हिस्से में पहले महरियां रहती थीं, उसी को उसने अपना निवास-स्थान बना लिया। द्वार पर टाट के परदे लगवा दिये। यहां भी वह उतनी ही प्रसन्न थी, जितने अपने महल में।

रात अधिक बीत गयी थी। बाहर बारात की तैयारियां हो रही थीं। ऐसा शानदार जुलूस निकालने की आयोजना की जा रही थी, जैसा इस नगर में कभी न निकला हो। गोरी फौज थी, काली फौज थी, रियासत का फौजी-बैंड था, कोतल घोड़े, सजे हुए हाथी, फूलों से संवारी हुई सवारी गाड़ियां, सुन्दर पालकियां-इतनी जमा की गयी थीं कि शाम से घड़ी-रात तक उनका तांता ही न टूटे। बैंड से लेकर डफले और नृसिंहे तक सभी प्रकार के बाजे थे। सैकड़ों ही विमान सजाए गए थे और फुलवारियों की तो गिनती ही नहीं थी। सारी रात द्वार पर चहल-पहल रही और सारी रात राजा साहब सजावट का प्रबन्ध करने में व्यस्त रहे।

सारे शहर में इस जुलूस और इस विवाह का उपहास हो रहा था, नौकर चाकर तक आपस में हंसी उड़ाते थे, राजा साहब की चुटकियां लेते थे, लेकिन अपनी धुन में मस्त राजा साहब को कुछ न सूझता था, कुछ न सुनायी देता था।

चार बजते-बजते बारात निकली। जुलूस की लम्बाई दो मील से कम न थी। भांति-भांति के बाजे बज रहे थे, रुपये लुटाये जा रहे थे, पगपग पर फूली की वर्षा की जा रही थी। सारा शहर तमाशा देखने को फटा पड़ता था।

इसी समय अहल्या और शंखधर ने नगर में प्रवेश किया और राजभवन की ओर चले; किन्तु थोड़ी ही दूर गये थे कि बारात के जुलूस ने रास्ता रोक दिया। जब यह मालूम हुआ कि महाराज विशालसिंह की बारात है, तो शंखधर ने मोटर रोक दी और उस पर खड़े होकर अपना रुमाल हिलाते हुए जोर से बोले-सब आदमी रुक जायें, कोई एक कदम भी आगे न बड़े। फौरन महाराज साहब को सूचना दो कि कुंवर शंखधर आ रहे हैं।

दम-के-दम में सारी बारात रुक गयी। कुंवर साहब आ गये! यह खबर वायु के झोंके की भांति इस सिरे से उस सिरे तक दौड़ गयी। जो जहां था वहीं खड़ा रह गया। फिर उनके दर्शन के लिए लोग दौड़-दौड़कर जमा होने लगे! सारा जुलूस तितर-बितर हो गया। विशालसिंह ने यह भगदड़ देखी, तो समझे कुछ उपद्रव हो गया।

उसी क्षण शंखधर ने सामने आकर राजा साहब को प्रणाम किया।

शंखधर को देखते ही राजा साहब घोड़े से कूद पड़े और उसे छाती से लगा लिया। आज इस शुभ-मुहूर्त में वह अभिलाषा भी पूरी हो गयी, जिसके नाम को वह रो चुके थे। बार-बार कुंवर को छाती से लगाते थे; पर तृप्ति ही न होती थी। आंखों से आंसू की झड़ी लगी हुई थी। जब जरा चित्त शांत हुआ तो बोले-तुम आ गये बेटा, मुझ पर बड़ी दया की। चक्रधर को लाए हो न?

शंखधर ने कहा-वह तो नहीं आए।

राजा-आयेंगे, मेरा मन कहता है। मैं तो निराश हो गया था, बेटा! तुम्हारी माता भी चली गयी; तुम पहले ही चले गये; फिर मैं किसका मुख देखकर जीता! जीवन का कुछ आधार चाहिए। अहल्या तभी से न जाने कहां घूम रही है।

शंखधर-वह तो मेरे साथ हैं।

राजा-अच्छा, वह भी आ गयी। वाह मेरे ईश्वर! सारी खुशियां एक ही दिन के लिए जमा कर रखी थीं। चलो, उसे देखकर आंखें ठण्डी करूं।

बारात रुक गयी। राजा साहब और शंखधर अहल्या के पास आये। पिता और पुत्री का सम्मिलन बड़े आनन्द का दृश्य था। कामनाओं के वृक्ष, जो मुद्दत हुई, निराश-तुषार की भेंट हो चुके थे, आज लहलहाते, हरी-भरी पत्तियों से लदे हुए सामने खड़े थे। आंसुओं का वेग शान्त हुआ, तो राजा साहब बोले-तुम्हें यह बारात देखकर हंसी आती होगी। सभी हंस रहे हैं; लेकिन बेटा, यह बारात नहीं है। कैसी बारात और कैसा दूल्हा! यह विक्षिप्त हृदय का उद्गार है, और कुछ नहीं। मन कहता था-जब ईश्वर को मेरी सुधि नहीं, वह मुझ पर जरा भी दया नहीं करते, अकारण ही मुझे सताते हैं, तो मैं क्यों उनसे डरूं? जब स्वामी को सेवक की फिक्र नहीं, तो सेवक को स्वामी की फिक्र क्यों होने लगी? मैंने उतना अन्याय किया, जितना मुझसे हो सका। धर्म और अधर्म पाप और पुण्य के विचार दिल से निकाल डाले। आखिर मेरी विजय हुई कि नहीं?

मुंशी वज्रधर ने यह शुभ समाचार सुना, तो फौरन घोड़े पर सवार हुए और राज-भवन आ पहुंचे। शंखधर उनके आने का समाचार पाकर नंगे पांव दौड़े और उनके चरणों को स्पर्श किया? मुंशीजी ने पोते को छाती ने लगा लिया और गदगद कण्ठ से बोले-यह शुभ दिन भी देखना बदा था बेटा, इसी से अभी तक जीता हूं। यह अभिलाषा पूरी हो गयी। बस इतनी, लालसा और है कि तुम्हारा राज-तिलक देख लूं? तुम्हारी दादी बैठी तुम्हारी राह देख रही हैं। क्या उन्हें भूल गये?

शंखधर ने लजाते हुए कहा-जी नहीं, शाम को जाने का इरादा था। उन्हीं के आशीर्वाद से तो मुझे पिताजी के दर्शन हुए। उन्हें कैसे भूल सकता हूं?

मुंशी-तुम लल्लू को अपने साथ घसीट नहीं लाये?

शंखधर-वह अपने जीवन में जो पवित्र कार्य कर रहे हैं, उसे छोड़कर कभी न आते। मैंने अपने को तो जाहिर भी नहीं किया, नहीं तो शायद वह मुझसे मिलना भी स्वीकार न करते।

इसके बाद शंखधर ने अपनी यात्रा का, अपनी कठिनाइयों का और पिता से मिलने का सारा वृत्तान्त कहा।

यों बातें करते हुए मुंशीजी राजा साहब के पास जा पहुंचे। राजा साहब ने बड़े आदर से उनका अभिवादन किया और बोले-आप तो इधर का रास्ता ही भूल गये।

मुंशीजी-महाराज, अब आपका और मेरा सम्बन्ध और प्रकार का है। ज्यादा आऊँ-जाऊँ तो आप ही कहेंगे, यह अब क्या करने आते हैं, शायद कुछ लेने की नीयत से आते होंगे। कभी जिन्दगी में धनी नहीं रहा; पर मर्यादा की सदैव रक्षा की है।

राजा-आखिर आप दिन-भर बैठे-बैठे वहां क्या करते है; दिल नहीं घबराता?

मुंशीजी-अब तो राजकुमार का तिलक हो जाना चाहिए। आप भी कुछ दिन शान्ति का आनन्द उठा लें।

राजा-विचार तो मेरा भी है; लेकिन मुंशीजी, न जाने क्या बात है कि जब से शंखधर आया है, क्यों मुझे शंका हो रही है कि इस मंगल में कोई-न-कोई विघ्न अवश्य पड़ेगा। दिल की बहुत समझाता हूं लेकिन न जाने क्यों यह शंका अन्दर से निकलने का नाम नहीं लेती।

मुंशीजी-आप ईश्वर का नाम लेकर तिलक कीजिए। जब टूटी हुई आशाएं पूरी हो गयीं; तो अब सब कुशल ही होगी। आज मेरे यहां कुछ आनन्दोत्सब होगा। आजकल शहर में अच्छे-अच्छे कलावन्त आये हुए हैं; सभी आयेंगे। आपने कृपा की, तो मेरे सौभाग्य की बात होगी।

राजा-नहीं मुंशीजी, मुझे तो क्षमा कीजिए। मेरा चित्त शान्त नहीं है। आपसे सत्य कहता हूं मुंशीजी, आज अगर मेरा प्राणान्त हो जाये, तो मुझसे बढ़कर सुखी प्राणी संसार में न होगा। शोक की पराकाष्ठा देख ली। आनन्द की पराकाष्ठा भी देख ली। अब और कुछ देखने की आकांक्षा नहीं है। डरता हूं कहीं पलड़ा फिर न दूसरी ओर झुक जाय।

मुंशीजी देर तक बैठे राजा साहब तो तस्कीन दे रहे, फिर सब महिलाओं को अपने यहां आने का निमन्त्रण देकर और शंखधर को गले लगाकर बह घोड़े पर सवार हो गये। इस निर्द्वन्द्व जीव ने चिन्ताओं को कभी अपने पास नहीं फटकने दिया। धन की इच्छा थी, ऐश्वर्य की इच्छा थी, पर उन पर जान न देते थे, संचय करना तो उन्होंने सीखा ही न था। थोड़ा मिला तब भी अभाव रहा, बहुत मिला तब भी अभाव रहा। अभाव हो जीवन-पर्यन्त उनका गला न छूटा। एक समय था, जब स्वादिष्ट भोजनों को तरसते थे। अब दिल खोलकर दान देने को तरसते हैं। क्या पाऊं और क्या दे दूं? बस फिक्र थी तो इतनी ही। कमर झुक गयी थी, आंखों से सूझता भी कम था; लेकिन मजलिस नित्य जमती थी, हंसी-दिल्लगी करने में भी कभी न चूकते थे। दिल में कभी किसी ने कीना नहीं रखा, और न कभी किसी की बुराई चेती।

दूसरे दिन संध्या समय मुंशीजी के घर बड़ी धूम-धाम से उत्सव मनाया गया। निर्मला पोते को छाती से लगाकर खूब रोई। उसका जी चाहता था, यह मेरे ही घर रहता। कितना आनन्द होता! शंखधर से बातें करने से उसकी तृप्ति ही न होती थी। अहल्या ही के कारण उसका पुत्र हाथ से

गया। पोता भी उसी के कारण हाथ से जा रहा है। इसलिए अब भी उनका मन अहल्या से न मिलता था। निर्मला को अपने बाल-बच्चों के साथ रहकर सभी प्रकार का कष्ट सहना मंजूर था। वह अब इस अन्तिम समय किसी को आंखों की ओट न करना चाहती थी। न-जाने कब दम निकल जाय, कब आंखें बन्द हो जायें। बेचारी किसी को देख भी न सके।

बाहर गाना हो रहा था। मुंशीजी शहर से रईसों की दावत का इन्तजाम कर रहे थे। अहल्या लालटेन ले-लेकर धर-भर की चीजों को देख रही थी और अपनी चीजों के तहस-नहस होने पर मन-ही-मन झुंझला रही थी। उधर निर्मला चारपाई पर लेटी शंखधर की बातें सुनने में तन्मय हो रही थी।

प्रात:काल जब शंखधर विदा होने लगे, तो निर्मला ने कहा-बेटा, अब बहुत दिन न चलूंगी। जब तक जीती है एक बार रोज आया करना।

आज राजा साहब के यहां भी उत्सव था; इसलिए शंखधर इच्छा रहते हुए भी न ठहर सके।

स्त्रियां निर्मला के चरणों को अंचल से स्पर्श करके विदा हो गयी, तो शंखधर खड़े हुए निर्मला ने रोते हुए कहा-कल मैं तुम्हारी बाट देखती रहूंगी।

शंखधर ने कहा-अवश्य आऊंगा।

जब वह मोटर पर बैठ गये, तो निर्मला द्वार पर खड़ी होकर उन्हें देखती, मुस्कुरा कर शंखधर के साथ ही उसका हृदय भी चला जा रहा था। युवकों के प्रेम में उद्विग्नता होती है, वृद्धों का प्रेम हृदय-विदारक होता है। युवक जिससे प्रेम करता है, उससे प्रेम की आशा भी रखता है। अगर उसे प्रेम के बदले प्रेम न मिले, तो वह प्रेम को हृदय से निकालकर फेंक देगा। वृद्धजनों की भी क्या यही आशा होती है? वे प्रेम करते हैं और जानते हैं कि इसके बदले में उन्हें कुछ न मिलेगा। या मिलेगी तो दया। शंखधर की आंखों में आंसू न थे, हृदय में तड़प न थी, यों प्रसन्न-चित्त चले जा रहे थे, मानो सैर करके लौटे जा रहे हों।

मगर निर्मला का दिल फटा जाता था और मुंशी वज्रधर की आंखों के सामने अंधेरा छा रहा था?

25

कई दिन गुजर गये। राजा साहब हरि-भजन और देवोपासना में व्यस्त थे। इधर 5-8 वर्ष में उन्होंने किसी मन्दिर की तरफ झांका भी न था। धर्मचर्चा की बहिष्कार-सा कर रखा था। रियासत में धर्म का खाता ही तोड़ दिया गया था। मगर अब एकाएक देवताओं में राजा साहब की फिर श्रद्धा हो आयी थी। धर्म-खाता फिर खोला गया और जो वृत्तियाँ बन्द कर दी गयी थीं, वे

फिर बांधी गयीं। राजा साहब ने फिर चोला बदला। शंखधर के लौटते ही उनका धर्मानुराग फिर जागृत हो गया। सम्पत्ति मिलने ही पर तो रक्षकों की आवश्यकता होती है।

इन दिनों राजा साहब बहुधा एकान्त में बैठे किसी चिन्ता में निमग्न रहते थे, बाहर कम निकलते थे। भोजन से भी उन्हें कुछ अरुचि हो गयी थी। वह मानसिक अंधकार जो नैराश्य की दशा में उन्हें घेरे हुए था, अब एकाएक आशा के प्रकाश से छिन्न-भिन्न हो गया था। धर्मानुराग के साथ उनका कर्त्तव्य-ज्ञान जाग पड़ा था। जैसे जीवन लीला के अन्तिम काण्ड में हमें भक्ति की चिन्ता सवार होती है, बड़े-बड़े भोगी भी रामायण और भगवान का पाठ करने लगते हैं, उसी भांति राजा साहब को भी अव बहुधा अपनी अपकीर्ति पर पश्चात्ताप होता था।

रात आधी से अधिक बीत चुकी थी। रनिवास में सोता पड़ा हुआ था। अहल्या के बहुत समझाने पर भी मनोरमा अपने पुराने भवन में न आयी। वह उसी छोटी कोठरी में पड़ी हुई थी। सहसा राजा साहब ने प्रवेश किया। मनोरमा विस्मित होकर उठ खड़ी हुई।

राजा साहब ने कोठरी को ऊपर-नीचे देखकर करुण-स्वर में कहा-नोरा, मैं आज तुमसे अपना अपराध क्षमा कराने आया हूं। मैंने तुम्हारे साथ बड़ा अन्याय किया है, इसे क्षमा कर दो।

मनोरमा ने सजल-नेत्र होकर कहा-उन बातों को याद न कीजिए। आपको भी दु:ख होता है और मुझे भी दु:ख होता है। मेरा ईश्वर ही जानता है कि एक क्षण के लिए भी मेरे हृदय में आपके प्रति दुर्भावना नहीं उत्पन्न हुई।

राजा-जानता हूं नोरा, जानता हूं। तुम्हें इस कोठरी में पड़े देखकर इस समय मेरा हृदय फटा जाता है। हां! अब मुझे मालूम हो रहा है कि दुर्दिन में मन के कोमल भावों का सर्वनाश हो जाता है। और उनकी जगह कठोर एवं पाशविक भाव जागृत हो जाते हैं। सच तो यह है नोरा, कि मेरा जीवन ही निष्फल हो गया। मैं कमी-कभी सोचता हूं। मुझे यह रिसायत न मिली होती, तो मेरा जीवन कहीं अच्छा होता। मनोरमा-मुझे भी अकसर यही विचार हुआ करता है।

राजा-अब, जीवन-लीला समाप्त करते समय अपने जीवन पर निगाह-डालता हूं तो मालूम होता है, मेरा जन्म ही व्यर्थ हुआ। मुझसे किसी का उपकार न हुआ। मैं गृहस्थी के उस सुख से भी वंचित रहा, जो छोटे-छोटे मनुष्यों के लिए भी सुलभ है। शंखधर अपने साथ मेरे हृदय की सारी कोमलताओं को लेता गया था। उसे पाकर आज मैं फिर अपने को पा गया हूं। लेकिन नोरा, हृदय अन्दर-ही-अन्दर कांप रहा है। मैं इस शंका को किसी तरह दिल से बाहर नहीं निकाल सकता कि कोई अनिष्ट होने वाला है।

मनोरमा-अब ईश्वर ने गयी हुई आशाओं को जिलाया है, तो अब कुशल ही होगी।

राजा-क्या करूं नोरा, मुझे इस विचार से शान्ति नहीं होती। मुझे भय होता है कि यह किसी अमंगल का पूर्वाभास है।

यह कहते-कहते राजा साहब मनोरमा के और समीप चले आये और उसके कान के पास मुंह ले जाकर बोले -यह शंका बिलकुल अकारण ही नहीं है, नोरा! रानी देवप्रिया के पति मेरे बड़े भाई होते थे। उनकी सूरत शंखधर से बिलकुल मिलती है। जवानी में मैंने उनको देखा था। हूबहू यही सूरत थी। तिल-बराबर भी फर्क नहीं। भाई साहब का चित्र भी मेरे अलबम में है। तुम यही कहोगी कि यह शंखधर का ही चित्र है। इतनी समानता तो जुड़वां भाइयों में भी नहीं होती। कोई पुराना नौकर नहीं है, नहीं तो मैं इसकी साक्षी दिला देता। पहले शंखधर की सूरत भाई साहब से उतनी ही मिलती थी, जितनी मेरी। अब तो ऐसा जान पड़ता हैं कि स्वयं भाई साहब ही आ गये हैं।

मनोरमा-तो इसमें शंका की क्या बात है? उसी वृक्ष का फल शंखधर भी तो हैं।

राजा-आह! नोरा, तुम यह बात नहीं समझ रही हो। तुम्हें कैसे समझा दूं? इसमें भयंकर रहस्य है, नोरा! मैंने अबकी शंखधर को देखा, तो चौंक पड़ा। सच कहता हूं उसी वक्त मेरे रोये खड़े हो गये।

मनोरमा ने अबकी दृढ़ता से कहा-शंकाए निर्मूल हैं।

राजा ने जांघ पर हाथ पटकर कहा-नोरा, तुम अब भी नहीं समझी। खैर, कल से तुम नये भवन में रहोगी। यह मेरी आज्ञा है।

यह कहते हुए वह उठ खड़े हुए। बिजली के निर्मल प्रकाश में मनोरमा उन्हें खड़ी देखती रही। गर्व से उसका हृदय फूला न समाता था। गर्व इस बात का था कि मेरे स्वामी मेरा इतना आदर करते हैं। प्रेम सहृदयता ही का रसमय रूप है। प्रेम के अभाव में सहृदयता ही दम्पत्ति के सुख का मूल हो जाती है।

राजा साहब को अब किसी तरह शान्ति न मिलती थी। कोई-न-कोई भयंकर विपत्ति आने वाली है, इस शंका को वह दिल से न निकाल सकते थे। दो-चार प्राणियों को जोर-जोर से बातें करते सुनकर वह घबरा जाते थे कि कोई दुर्घटना तो नहीं हो गयी। शंखधर कहीं जाता, तो जब तक यह कुशल से लौट न आये, वह व्याकुल रहते थे। उनका जी चाहता था कि यह मेरी आंखों के सामने से दूर न हो। उसके मुख की ओर देखकर उनकी आंखें आप-ही-आप सजल हो जाती थी। वह रात को उठकर ठाकुरद्वारे में चले जाते और घण्टों ईश्वर की वन्दना किया करते। जो शंका उनके मन में थी, उसे प्रकट करने का उन्हें साहस न होता था। वह उसे स्वयं न व्यक्त करते थे। वह अपने मेरे हुए भाई की स्मृति को मिटा देना चाहते थे; पर वह सूरत आंखों से न टलती थी। कोई ऐसी क्रिया, ऐसी आयोजना, ऐसी विधि न थी, जो इस पर मंडराने वाले संकट का मोचन करने के लिए न की जा रही हो; पर राजा साहब को शान्ति न मिलती थी।

संध्या हो गयी थी। राजा साहब ने मोटर मंगवायी और मुंशी वज्रधर के मकान पर जा पहुंचे। मुंशीजी की संगीत-मण्डली जमा हो गयी थी। संगीत ही उनका दान, व्रत, ध्यान और तप था। उनकी सारी चिन्ताएं और बाधाएं संगीत स्वरों में विलीन हो जाती थीं। मुंशीजी राजा साहब को देखते ही खड़े होकर बोले-आइए, महार! आज ग्वालियर के आचार्य का गाना सुनाऊं। आपने बहुत ग़ाने सुने होंगे, पर इनका गाना कुछ और ही चीज है।

राजा साहब मन में मुंशीजी की बेफिक्री पर झुंझलाये। ऐसे प्राणी भी संसार में हैं, जिन्हें अपने विलास के आगे किसी वस्तु की परवाह नहीं। शंखधर से मेरा और इनका एक-सा सम्बन्ध है; पर यह अपने संगीत में मस्त हैं। और मैं शंकाओं से व्यग्र हो रहा हूं, सच है- सबसे अच्छे मूढ़, जिन्हें न व्यापत जगत गति।' बोले-इसीलिए तो आया ही हूं पर जरा देर के लिए आपसे कुछ बातें करना चाहता हूं।

दोनों आदमी अलग एक कमरे में जा बैठे। राजा सोचने लगे, किस तरह बात शुरू करूं? मुंशीजी ने उनको असमंजस में देखकर कहा-मेरे लायक जो काम हो, फरमाइए। आप बहुत चिन्तित मालूम होते हैं। बात क्या है?

राजा-मुझे मालूम हो रहा है कि संसार में मन लगाना ही सारे दु:ख का मूल है। जगदीशपुर-राज्य को भोगना ही मेरे जीवन का लक्ष्य था। मैंने अपने जीवन में जो कुछ किया, इसी उद्देश्य को पूरा करने के लिए। अपने जीवन पर उसने एक क्षण के लिए विचार नहीं किया। जीवन का सदुपयोग कैसे होगा, इस पर कभी ध्यान नहीं दिया। जब राज्य न था, तब अवश्य कुछ दिनों के लिए सेवा के भाव मन में जागृत हुए थे-वह भी बाबू चक्रधर के सत्संग से। राज्य मिलते ही मेरी कायापलट हो गयी। फिर कभी आत्मचिन्तन की नौबत न आयी। शंखधर को पाकर मैं निहाल हो गया। मेरे जीवन में ज्योति-सी आ गयी। मैं सब कुछ पा गया; पर अबकी जब से शंखधर लौटा है, मुझे उसके विषय में भयंकर शंका हो रही है। आपने मेरे भाई साहब को देखा था?

मुंशी-जी नहीं, उन दिनों तो मैं यहां से बाहर नौकर था।

राजा-भाई साहब की सूरत आज तक मेरी आंखों में फिर रही है। ये देखिये, उनकी तस्वीर है।

राजा साहब ने एक फोटो निकालकर मुंशीजी को दिखायी। मुंशीजी उसे देखते ही बोले-यह तो शंखधर की तस्वीर है।

राजा-नहीं साहब, यह मेरे बड़े भाई का फोटो है। शंखधर ने तो अभी तक तस्वीर ही नहीं खिंचवायी। न जाने तस्वीर खिंचवाने ने उसे क्यों चिढ़ है!

मुंशी-मैं इसे कैसे मान लूं? यह तस्वीर साफ शंखधर की है।

राजा-तो मालूम हो गया कि मेरी आंखें धोखा नहीं खा रही थीं।

मुंशी-तब तो बड़ी विचित्र बात है।

राजा-अब आपसे क्या अर्ज करूं? मुझे बड़ी शंका हो रही है, रात को नींद नहीं आती। दिन को बैठे-बैठे चौंक पड़ता हूं, दो प्राणियों की सूरत कभी इतनी नहीं मिलती। भाई साहब ने ही फिर मेरे घर में जन्म लिया है, इसमें मुझे बिलकुल शंका नहीं रही। ईश्वर ही जाने, क्यों उन्होंने कृपा की है, अगर शंखधर का बाल भी बांका हुआ, तो मेरे प्राण न बचेंगे।

मुंशी-ईश्वर चाहेंगे, तो सब कुशल होगा। घबराने की कोई बात नहीं। कभी-कभी ऐसा होता है।

राजा साहब उठ खड़े हुए और चलते-चलते गम्भीर भाव से बोले-जो बात पूछने आया था, वह तो भूल ही गया। साधु-सन्तों की बहुत सेवा की है। मरने के बाद जीव को किसी बात का दुःख नहीं होता?

मुंशी-सुना तो यही है कि होता है और उससे अधिक होता है जितना जीवन में।

राजा-झूठी बात है, बिलकुल झूठी। विश्वास नहीं आता। उस लोक के दुःख-सुख और ही प्रकार के होंगे। मैं तो समझता हूं किसी बात की याद ही न रहती होगी। मेरे बाद जो कुछ होना है, वह तो होगा ही, आपसे इतना ही कहना है कि अहल्या को ढाढस दीजिएगा। मनोरमा की ओर से मैं निश्चिन्त हूं। वह सभी दशाओं में संभल सकती है। अहल्या उस वज्रघात को न सह सकेगी।

मुंशीजी ने भयभीत होकर राजा साहब का हाथ पकड़ लिया और सजल नेत्र होकर बोले-आप इतने निराश क्यों होते है? ईश्वर पर भरोसा कीजिए। सब कुशल होगी।

राजा-क्या करूं, मेरा हृदय आपका-सा नहीं है। शंखधर का मुंह देखकर मेरा खून ठण्डा हो जाता है। वह मेरा नाती नहीं, शत्रु है। इससे कहीं अच्छा था कि निस्सन्तान रहता। मुंशीजी, आज मुझे ऐसा मालूम हो रहा है कि निर्धन होकर मैं इससे कहीं सुखी रहता।

राजा साहब द्वार की ओर चले। मुंशीजी भी उनके साथ मोटर तक आये। शंका के मारे मुंह से शब्द न निकलता था। दीन भाव से राजा साहब की ओर देख रहे थे, मानो प्राण-दान मांग रहे हों।

राजा साहब ने मोटर पर बैठकर कहा-अब तकलीफ न कीजिए। जो बात कही है, उसका ध्यान रखिएगा।

मुंशीजी मूर्तिवत खड़े रहे। मोटर चली गयी।

अभी राजा विशालसिंह द्वार पर आकर खड़े ही थे कि अहल्या ने विलाप करके कहा-हाय बेटा! तुम मुझे छोड़कर कहाँ चले गये? क्या इसीलिए मुझे आगरा से लाये थे?

राजा साहब ने यह करुण-विलाप सुना और उनके पैरों-तले से जमीन निकल गयी। वह अपनी आंखों से जो कुछ न देखना चाहते थे, वह देखना पड़ा और इतनी जल्द! अभी ही यह मुंशी वज्रधर के पास से लौटे थे। आह! कौन जानता था विधि इतनी जल्द यह सर्वनाश कर देगा! इससे पहले कि यह अपने जीवन का अन्त कर दें, विधि ने उनकी आशाओं का अन्त कर दिया।

राजा साहब ने कमरे में जाकर शंखधर के मुख की ओर देखा। उनके जीवन का आधार निर्जीव पड़ा हुआ था। यही दृश्य आज से पचास वर्ष पहले उन्होंने देखा था।

उनके मुख से विलाप का एक शब्द भी न निकला। आंखों से आंसू की एक बूंद भी न गिरी। खड़े-खड़े भूमि पर गिर पड़े और दम निकल गया।

26

शंखधर के चले जाने के बाद चक्रधर को संसार शून्य जान पड़ने लगा।

सेवा का वह पहला उत्साह लुप्त हो गया। उसी सुन्दर युवक की सूरत आंखों में नाचती रहती। उसी की बातें कानों में गूंजा करतीं। भोजन करने बैठते, तो उसकी जगह थाली देखकर उनके मुंह में कौर न धंसता। हरदम कुछ खोये-खोये से रहते। बार-बार यही जी चाहता था कि उसके पास चला जाऊं। बार-बार चलने का इरादा करते, पर रुक जाते। साईगंज से जाने का अब उनका जी नहीं चाहता था। इतने दिनों तक यह एक जगह कभी नहीं रहे। शंखधर जिस कम्बल पर सोता था, उसे यह रोज झाड़-पोछकर तह करते हैं। शंखधर अपनी खंजरी यहीं छोड़कर गया है। चक्रधर के लिए संसार में इससे बहुमूल्य कोई वस्तु नहीं है। शंखधर की पुरानी धोती और फटे हुए कुरते को सिरहाने रखकर सोते हैं। रमणी अपने सुहाग के जोड़े की भी इतनी देख-रेख न करती होगी।

संध्या हो गयी है। चक्रधर मन्दिर की दालान में बैठे हुए चलने की तैयारी कर रहे हैं। अब यहां नहीं रहा जा सकता। उस देवकुमार को देखने के लिए आज वह बहुत बिकल हो रहे हैं।

रात को इन्हें एक भयंकर स्वप्न दिखाई दिया। क्या देखते हैं कि शंखधर एक नदी के किनारे उनके साथ बैठा हुआ है। सहसा दूर से एक नाव आती हुई दिखाई दी। उसमें से मन्नासिंह उतर पड़ा। उसने हंसकर कहा-बाबूजी, यही शंखधर हैं न? मैं बहुत दिनों से खोज रहा हूं। राजा साहब इन्हें बुला रहे हैं। शंखधर उठकर मन्नासिंह के साथ चला। दोनों नाव पर बैठे, मन्नासिंह डांड़ चलाने लगा। चक्रधर किनारे ही खड़े रह गये। नाव थोड़ी ही दूर जाकर चक्कर खाने लगी। शंखधर ने दोनों हाथ उठाकर उन्हें बुलाया। वह दौड़े, पर इतने में नाव डूब गई। एक क्षण में फिर नाव ऊपर आ गयी। मन्नासिंह पूर्ववत डांड़ चला रहा था, शंखधर का पता न चला।

चक्रधर जोर से एक चीख मारकर जग पड़े। उनका हृदय धक- धक कर रहा था। उनके मुख से ये शब्द निकल पड़े-ईश्वर! यह स्वप्न है, या होने वाली बात! उसी वक्त उठ बैठे, बकुचा लिया और चल खड़े हुए।

चांदनी छिटकी हुई थी। चारों ओर सन्नाटा था। पर्वत-श्रेणियां अभिलाषाओं की समाधियों-सी मालूम होती थीं। वृक्षों के समूह श्मशान से उठने वाले धुएं की तरह नजर आते थे। चक्रधर कदम बढ़ाते हुए पथरीली पगडण्डियों पर चले जाते थे।

चक्रधर की इस वक्त वह मानसिक दशा हो गयी थी, जब अपने ही को अपनी खबर नहीं रहती। वह सारी रात पथरीले पथ पर चलते रहे। प्रात:काल रेलवे स्टेशन मिला। गाड़ी आयी। उस पर जा बैठे। गाड़ी में कौन लोग बैठे थे, उन्हें देख-देखकर लोग उनसे क्या प्रश्न करते थे, उसका वह क्या उत्तर देते थे, रास्ते में कौन-कौन से स्टेशन मिले, कब दोपहर हुई, कब संध्या हुई, इन बातों का उन्हें जरा भी ज्ञान न हुआ। पर वह कर वही रहे थे, जो उन्हें करना चाहिये था। किसी की बात का ऊटपटांग जवाब न देते थे, जिन गाड़ियों पर बैठना न चाहिए था, उन पर न बैठते थे, जिन स्टेशनों पर न उतरना चाहिए था, वहां न उतरते थे। अभ्यास बहुधा चेतना का स्थान ले लिया करता है।

तीसरे दिन प्रात:काल गाड़ी काशी जा पहुंची। ज्यों ही गाड़ी गंगा के पुल पर पहुंची, चक्रधर की चेतना जाग उठी। संभल बैठे। गंगा के बायें किनारे पर हरियाली छायी हुई थी। दूसरी ओर काशी का विशाल नगर, ऊंची अट्टालिकाओं और गगनचुम्बी मन्दिर-कलशों से सुशोभित, सूर्य के स्निग्ध प्रकाश से चमकता हुआ खड़ा था। मध्य में गंगा मन्दगति से अनन्त की ओर दौड़ी चली जा रही थी। आज बहुत दिनों के बाद यह चिर-परिचित दृश्य देखकर चक्रधर का हृदय उछल पड़ा। भक्त का उद्गार मन में उठा। एक क्षण के लिए वह अपनी सारी चिन्ताएं भूल गये, गंगा-स्नान की प्रबल इच्छा हुई। इसे वह किसी तरह न रोक सके।

स्टेशन पर कई पुराने मित्रों से उनकी भेंट हो गयी। उनकी सूरतें कितनी बदल गयी थीं। वे चक्रधर को देखकर चौंके, कुशल पूछी और जल्दी से चले गये। चक्रधर ने मन में कहा-कितने रूखे लोग हैं कि किसी की बातें करने की भी फुरसत नहीं।

दशाश्वमेध घाट पहुंचकर तांगे से उतरे। इसी घाट पर यह पहले भी स्नान किया करते थे। सभी पण्डे उन्हें जानते थे; पर आज किसी ने भी प्रसन्नचित्त से उनका स्वागत नहीं किया। ऐसा जान पड़ता था कि उन लोगों को उनसे बातें करते जब हो रहा है किसी ने न पूछा, कहां-कहां घूमे? क्या करते रहे!

स्नान करके चक्रधर फिर तांगे पर बैठे और राजभवन की ओर चले। ज्यों-ज्यों भवन निकट आता था। उसका आशंकित हृदय अस्थिर होता जाता था।

तांगा सिंह-द्वार पर पहुंचा। वह राज्य-पताका, जो मस्तक ऊंचा किये लहराती रहती थी, झुकी हुई थी। चक्रधर का दिल बैठ गया। इतने जोर से धड़कन होने लगी, मानो हथौड़े की चोट पड़ रही हो।

तांगा देखते ही एक बूढ़ा दरबान आकर खड़ा हो गया, चक्रधर को ध्यान से देखा और भीतर की ओर दौड़ा। एक क्षण में अन्दर हाहाकार मच गया। चक्रधर को मालूम हुआ कि वह किसी भयंकर जन्तु के उदर में पड़े हुए तड़फड़ा रहे हैं।

किससे पूछें, क्या विपत्ति आयी है? कोई निकट नहीं आता। सब दूर सिर झुकाए खड़े हैं। वह कौन लाठी टेकता हुआ चला आता है? अरे! यह तो मुंशी वज्रधर हैं। चक्रधर तांगे से उतरे और दौड़कर पिता के चरणों पर गिर पड़े।

मुंशीजी ने तिरस्कार भाव से कहा-दो-चार दिन पहले न आते बना कि लड़के का मुंह तो देख लेते। अब आये हो; जबकि सर्वनाश हो गया! क्या बैठे यही मना रहे थे।

चक्रधर रोये नहीं-गम्भीर एवं सुदृढ़ भाव से बोले- ईश्वर की इच्छा! मुझे किसी ने एक पत्र तक न लिखा। बीमारी क्या थी?

मुंशी-अजी, सिर तक न दुखा, बीमारी होना किसे कहते हैं? बस, होनहार! तकदीर! रात को भोजन; करके बैठे एक पुस्तक पढ़ रहे थे कि स्वर्ग की राह ली। किसी हकीम बैद्य की अक्ल काम नहीं करती कि क्या हो गया था। जो सुनता है, दांतों तले अंगुली दबाकर रह जाता है। बेचारे राजा साहब भी इस शोक में चल बसे। तुमने उसे भुला दिया था; पर उसे तुम्हारे नाम की रट लगी हुई थी। इस दुनिया में क्या कोई रहे! जी भर गया। अब तो जब तक जीना है, तक तक रोना है। ईश्वर बड़ा ही निर्दयी है।

चक्रधर ने लम्बी सांस खींचकर कहा-मेरे कर्मों का फल है। ईश्वर को दोष न दीजिए।

मुंशी-तुमने ऐसे कर्म किए होंगे; मैंने नहीं किए। मुझे क्यों इतनी बड़ी चोट लगायी? मैं भी अब तक ईश्वर को दयालु समझता था; लेकिन अब वह श्रद्धा नहीं रही। गुणानुवाद करते सारी उम्र बीत गयी। उसका यह फल! उस पर कहते हो, ईश्वर को दोष न दीजिए। ऐसे निर्दयी की महिमा कौन गाये और क्यों गाये? मुरदे आदमी तुम्हारी आंखों से आंसू भी नहीं निकलते, खड़े ताक रहे हो। मैं कहता हूं-रो लो, नहीं तो कलेजे में नासूर पड़ जाएगा। बड़े-बड़े त्यागी देखें हैं; लेकिन जो पेट भरकर रोया नहीं, उसे फिर हंसते नहीं देखा। आओ, अन्दर चलो। बहू ने दीवार से सिर पटक दिया, पट्टी बांधे पड़ी हुई है। तुम्हें देखकर उसे धीरज हो जाएगा। मैं डरता हूं कि वहां जाकर कहीं तुम भी रो न पड़ो, नहीं तो उसके प्राण ही निकल जायेंगे।

यह कहकर मुंशीजी ने उनका हाथ पकड़ लिया और अंत:पुर तक ले गये। अहल्या को उनके आने की खबर मिल गयी। उठना चाहती थी, पर उठने की शक्ति न थी।

चक्रधर ने सामने आकर कहा-अहल्या?

अहल्या ने फिर चेष्टा की। बरसों की चिंता, कई दिनों के शोक और उपवास एवं बहुत-सा रक्त निकल जाने के कारण शरीर जीर्ण हो गया था। करवट घूमकर दोनों हाथ पति के चरणों की ओर बढ़ाए; पर वह चरणों को स्पर्श न कर सकी, हाथ फैले रह गये; और एक क्षण में भूमि पर लटक गये। चक्रधर ने घबराकर उसके मुख की ओर देखा। निराशा मुरझाकर रह गयी थी। नेत्रों में करुण याचना भरी हुई थी।

चक्रधर ने रुंधे हुए स्वर में कहा-अहल्या; मैं आ गया, अब कही न जाऊंगा। ईश्वर से कहता हूं, कहीं न जाऊंगा। हाय ईश्वर! क्या तू मुझे यही दिखाने के लिए यहां लाया था।

अहल्या ने एक बार तृषित, दीन एवं तिरस्कामय नेत्रों से पति की ओर देखा। आंखें सदैव के लिए बन्द हो गयीं।

उसी वक्त मनोरमा आकर द्वार पर खड़ी हो गयी। चक्रधर ने आंसुओं को रोकते हुए कहा-रानीजी, जरा आकर इन्हें चारपाई से उतरवा दीजिए।

मनोरमा ने अन्दर आकर अहल्या का मुख देखा और रोकर बोली-आपके दर्शन बदे थे, नहीं तो प्राण तो कब के निकल चुके थे। दुखिया का कोई भी अरमान पूरा न हुआ।

यह कहते-कहते मनोरमा की आंखों से आंसुओं की झड़ी लग गयी।

उपसंहार

कई साल बीत गये हैं। मुंशी वज्रधर नहीं रहे। घोड़े की सवारी का उन्हें बड़ा शौक था। नर घोड़े ही पर सवार होते थे। बग्घी, मोटर, पालकी इन सभी को वह जनानी सवारी कहते थे। एक दिन जगदीशपुर से बहुत रात गये लौट हुआ था; लेकिन मुंशीजी नाले में उतरकर पार करना अपमान की बात समझते थे। घोड़े ने जस्त मारी, उस पार निकल भी गया, पर उसके पांव गड्ढे में पड़ गये, गिर पड़ा, मुंशीजी भी गिरे और फिर न उठे। हंस-खेलकर जीवन काट दिया। निर्मला भी पति का वियोग सहने के लिए बहुत दिन जीवित न रही। उनकी अन्तिम अभिलाषा, कि चक्रधर-विवाह कर ले, पूरी न हो सकी।

रानी मनोरमा नये भवन में रहती हैं। उसने कितनी ही चिड़िया पाल रखी हैं। उन्हीं की देख-रेख में अब वह अपने दिन काटती हैं। पक्षियों के कलरव में वह अपनी मनोव्यथा को विलीन कर देना चाहती है।

चक्रधर बहुत दिन घर पर न रहे। माता-पिता के बाद यह घर, घर ही न रहा। फिर दक्षिण की ओर सिधारे, लेकिन अब यह केवल सेवा-कार्य ही नहीं करते; उन्हें पक्षियों से बहुत प्रेम हो गया है। विचित्र पक्षियों की उन्हें नित्य खोज रहती है। भक्त-जन उनका यह पक्षी-प्रेम देखकर उन्हें प्रसन्न करने के लिए नाना प्रकार के पक्षी लाते रहते हैं। इन पक्षियों के लिए अलग-अलग नाम हैं, अलग-अलग उनके भोजन की व्यवस्था है। उन्हें पढ़ाने, घुमाने व चुगाने का समय नियत है।

सांझ हो गयी थी। मनोरमा बाग में टहल रही थी। सहसा हौज के पास एक बहुत ही सुन्दर पिंजरा दिखायी दिया उसमें एक पहाड़ी मैना बैठी हुई थी। रानीजी को आश्चर्य हुआ। यह पिंजरा कहां से आया? उसके पास कई पहाड़ी चिड़िया थीं, जिन्हें उसने सैकड़ों रुपये खर्च करके खरीदा था, पर ऐसी सुन्दर एक भी न थी। रंग पीला था, सिर पर लाल दाग था; चोंच इतनी प्यारी कि चूम लेने का जी चाहता था। मनोरमा समीप गयी, तो मैना बोली- नोरा! हमें भूल गयी? तुम्हारा पुराना सेवक हूं।'

मनोरमा के आश्चर्य का वारापार न रहा। उसे कुछ भय सा लगा। इसे मेरा नाम किसने पढ़ाया? किसकी चिड़िया है? यहां कैसे आयी? इसका स्वामी अवश्य कोई होगा। आता होगा देखूं कौन है?

मनोरमा बड़ी देर तक खड़ी उस आदमी का इन्तजार करती रही। जब अब भी कोई न आया, तो उसने माली को बुलाकर पूछा-यह पिंजरा बाग में कौन लाया?

माली ने कहा-पहचानता तो नहीं हुजूर; पर हैं कोई भले आदमी। मुझसे देर तक रियासत की बातें पूछते रहे। पिंजरा रखकर गए कि और चिड़िया लेता आऊं; पर लौटकर न आए।

रानी-आज फिर आयेंगे?

माली-हां हुजूर, कह तो गए हैं।

रानी-आयें तो मुझे खबर देना।

माली-बहुत अच्छा सरकार!

रानी-सूरत कैसी है बता सकता है?

माली-बड़ी-बड़ी आंखें हैं हुजूर; लम्बे आदमी हैं। एक-एक बाल पक रहा है।

रानी ने उत्सुकता से कहा-आयें तो मुझे जरूर बुला लेना।

रानी पिंजरा लिये हुए चली आयी। रात-भर वही मैना उसके ध्यान में बसी रही। उसकी बातें कान में गूंजती रही।

चार बजे वह ऊपर के कमरे में जा बैठी और उस आदमी की राह देखने लगी। वहां से माली का मकान साफ दिखायी देता था। बैठे-बैठे बड़ी देर हो गयी। अंधेरा होने लगा। रानी ने एक गहरी सांस ली। शायद अब न आयेंगे।

सहसा उसने देखा, एक आदमी दो पिंजरे दोनों हाथों में लटकाये बाग में आया। मनोरमा का हृदय बांसों उछलने लगा। उसने सोचा, माली मुझे अभी बुलाने आता होगा; पर माली न आया और वह आदमी वहीं पिंजरा रखकर चला गया। मनोरमा अब वहां न रह सकी। हाय! हाय वह चले जा रहे हैं। तब वहीं जमीन पर लेटकर वह फफक-फफक कर रोने लगी।

सहसा माली ने आकर कहा-सरकार, वह आदमी दो पिंजरे रख गया है। और कह गया है कि फिर कभी और चिड़िया लेकर आऊंगा।

मनोरमा ने कठोर स्वर में पूछा-तूने मुझसे उस वक्त क्यों नहीं कहा?

माली पिंजरे को उसके सामने जमीन पर रखता हुआ बोला-सरकार, मैं उसी वक्त आ रहा था; पर उसी आदमी ने मना किया। कहने लगा, अभी सरकार को क्यों बुलाओगे? मैं फिर कभी और चिड़िया लाकर उनसे आप ही मिलूंगा।

रानी कुछ न बोली-पिंजरे में बन्द दोनों चिड़ियों को सजल नेत्रों से देखने लगी।

* * *

www.ingramcontent.com/pod-product-compliance
Lightning Source LLC
LaVergne TN
LVHW100332181026
850499LV00039B/1048
9789354625039